다섯째 아이

The Fifth Child

The Fifth Child
by Doris Lessing

세계문학전집 27

다섯째 아이

The Fifth Child

도리스 레싱

정덕애 옮김

민음사

차례

다섯째 아이   7

작품 해설   199
작가 연보   211

해리엇과 데이비드가 만난 것은 직장 파티에서였다. 두 사람 다 특별히 가고 싶어하던 파티는 아니었지만, 만나자마자 둘은 이것이야말로 그들이 기다리던 일이라는 것을 깨달을 수 있었다. 퇴보적이라고는 할 수 없지만 보수적이고 답답한 사람. 수줍고 비위 맞추기가 어려운 사람. 다른 사람들은 그들을 이렇게 불렀지만 그 외에도 그들에게는 좋지 않은 형용사들이 끝없이 붙어 다녔다. 그들은 자신들에 대한 생각을 완강하다고 할 수 있으리만치 옹호했다. 그들은 평범한 사람이며 그렇기 때문에 감정적 까다로움이나 절제가 단지 인기 없는 자질이라는 이유로 비판 받아서는 안 된다고 생각했다.

이 유명한 직장 파티에선 약 200명의 사람들이 일 년 중 334일은 중역 회의실로 쓰이는 기다랗고 장식적이며 엄숙한 분위기의 방에 꽉 들어찼다. 건축과 관련된 세 개의 제휴회사들이 연말 파티를 하고 있었다. 작은 악단의 시끄러운 연주는 벽과 천장을 뒤흔들고 있었고, 대부분의 사람들은 부족한 공간 때문에 서로 바짝 붙어서 춤을 추었다. 쌍쌍이 위아래로 폴짝 뛰거나 눈에 보이지 않는 레코드판 위에 있는 것처럼 한 장소에서 빙글빙글 돌았다. 여자들은 '저를 좀 봐 주세요, 저 좀 봐 달라니까요.' 하듯이 극적이고도 기발한 온갖 색채의 옷차림을 하고 있었다. 남자들 중에도 역시 그만큼의 관심을 구걸하는 사람들이 있었다. 벽 주위에는 춤을 추지 않는 몇몇의 사람들이 몰려 있었다. 해리엇과 데이비드는 술잔을 들고 홀로 서 있는 구경꾼들 중의 하나였다. 춤추는 사람들의 얼굴이, 남자보다는 여자 쪽이, 그러나 물론 남자들도 역시, 즐거움보다는 고통의 미소와 비명으로 왜곡되었다 해도 좋겠다고 둘은 생각하고 있었다. 그 장면에는 강요된 열기가 있었다……. 그러나 그들은 다른 수많은 생각과 마찬가지로 이런 생각을 다른 사람과 나눌 수 있을 것이라고 기대하지 않았다.

봐 달라고 요구하는 그렇게 많은 사람들 사이에서 만약 누군가가 방을 가로질러 그녀의 모습을 보았다면, 해리엇은 파스텔 톤의 희미한 모습이었다. 인상과 그림에서 또는 손질한 사진에서처럼 그녀는 주위 사물과 윤곽이 융해된 그런 소녀의 모습이었다. 그녀는 말린 풀과 잎들이 꽂힌 거대한 항아리 옆에 서 있었는데 그녀의 옷은 꽃 같아 보였다. 누군가의 눈이 그녀에게 초점을 맞추었다면 유행이 지난 검은 파마 머리, 부드럽지만 사려 깊은 푸른 눈, 굳게 꼭 다문 입술이 보였을 것이다. 건강한 젊은 처녀이지만 아마도 정원에 있는 것이 더 편하지 않을까?

　데이비드는 한 시간 동안 선 채로 신중하게 술을 마시면서 심각한 잿빛 푸른 눈으로 이 사람 저 사람들이 서로를 스치면서 이합집산하는 것을 지켜보고 있었다. 해리엇에게 그는 어느 곳에도 굳건히 뿌리 박지 못한 사람으로 보였다. 그는 공 위에 올라서서 균형을 잡으려고 하는 것 같았다. 나이보다 어려 보이는 호리호리한 젊은이. 그는 둥글고 솔직해 보이는 얼굴과 여자들이 손가락으로 빗질해 주고 싶어하는 부드러운 갈색 머리칼을 갖고 있었다. 그러나 그의 사색적인 눈매는 여자들로 하여금 그러지 못하게 만들었다. 그는 오히려 여자들이 불편하게 느끼도록 만들었다. 그러나 해리엇은 그렇게 느끼지 않았다. 조심스럽게 동떨어져 있는 그의 모습에서 그녀는 거울에 비친 자신의 모습을 보았다. 그녀는 그의 익살스러운 태도가 애써 노력한 것임을 알았다. 그 역시 그녀에 대해 비슷한 평을 마음속으로 하고 있었다. 그녀도 자기만큼이나 이런 상황을 싫어하는 것처럼 보였다. 해리엇은 건축 자재를 공급하고 설계하는 회사의 판매 부서에서 일했고, 데이비드는 설계사였다.

　이 두 사람을 괴짜로, 변종으로 만든 것은 무엇일까? 그것은 섹스에 대한 두 사람의 태도였다! 때는 60년대였다! 데이비드는 마지못해 사랑하게 된 한 여자와 길고도 어려운 관계를 한 번 가졌었다. 여자에게서 그가 원하지 않는 것을 모두 모아 놓은 것이 바로 그 여자였다. 그들은 반대되는 사람끼리

끌리는 것에 대해 농담을 주고받았다. 그녀는 그가 자기를 바꾸려 한다고 농담하듯 말했다. "나를 시작으로, 당신은 시간을 거꾸로 살려고 하는 것 같아요!" 서로가 만족하지 못해 헤어진 이후 그 여자는 시즌스 블랜드 회사의 모든 남자들과 잤다. 데이비드는 그녀가 여자들하고도 잤다 해도 크게 놀라지 않으리라 생각했다. 그 여자는 오늘 밤 플라멩코 드레스를 흉내 낸, 검은 레이스가 달린 진홍빛 드레스를 입고 있었다. 이런 조합 속에서 그녀의 머리는 소스라칠 만큼 뚜렷하게 모습을 드러냈다. 그녀의 검은 머리칼은 매끈하게 뒤로 미끄러져서 목 뒤에서 뾰족한 못같이 하나, 그리고 양쪽 귀 위에 각각 윤기 있는 검은 못 하나씩, 그리고 이마에 검은 머리칼 한 단이 내려온 완전히 1920년대 스타일이었다. 그 여자는 자기 파트너와 빙글빙글 돌면서 방 건너에서 데이비드에게 미친 듯이 손을 흔들며 키스를 보냈다. 나쁜 감정은 없었기에 그는 상냥하게 웃어 주었다. 해리엇에 대해 말하자면, 그녀는 처녀였다. "아직도 처녀야? 너 미쳤니?"라고 여자 친구들은 소리 질렀을 것이다. 만약 처녀가 방어되어야 할 생리학적 상태를 의미한다면 그녀는 자신을 처녀라고 생각지 않았다. 오히려 처녀란 올바른 사람에게 사려 깊게 줄, 예쁜 종이로 여러 겹 포장한 선물 같은 것이라고 생각했다. 그녀의 자매들은 그녀를 비웃었다. 그녀가 "미안해, 난 돌아가면서 막 자는 것은 싫어, 나한테 맞지 않아."라고 주장할 때면 직장에서 같이 일하는 여자들도 흥미로운 연구 대상인 듯 그녀를 쳐다보았다. 그녀도 자신이 항상 흥미로운, 그러나 대개 좋지 않게 이야기되는 대상이라는 사실을 알았다. 그녀 할머니 세대에서 부인들이 나쁜 여자를 경멸할 때 "그 여자는 사실 부도덕해." 또는 "그 여자는 남부끄러운 줄도 몰라.", "그 여자는 할 수 없지."라고 비난했다면, 그다음 어머니 세대에서는 "저 여자는 남자에 미쳤어." 또는 "저 여자는 완전히 색정이야."라고 말했을 것이다. 똑같이 싸늘하게 오늘날의 깨인 여자들은 서로에게 경멸조로 이렇게 말한다. "그 여자가 저렇게 된 것은 아마 어린 시절에 무슨 일이 있었기 때문일 거야, 안됐어."

사실 그녀도 가끔씩은 자신이 어떤 면에서는 부족하고 불운하다고 느꼈다. 왜냐하면 영화를 보거나 식사를 같이하러 나갔던 남자들이 그녀의 거절을 깍쟁이 같은 거절이라기보다는 병적인 증상의 증거로 여겼기 때문이다. 그녀는 한때 나이가 훨씬 어린 여자 친구를 사귀었지만 이 친구 역시 해리엇의 절망적인 말처럼 '다른 사람들하고 마찬가지'가 되었다. 해리엇은 자신이 부적합한 인간이라는 정의를 내렸다. 그녀는 수많은 저녁을 홀로 보냈고 주말에는 어머니에게 갔다. 어머니는 "얘, 너는 보수적인 거야, 그뿐이야. 그리고 많은 여자들이 될 수만 있으면 그렇게 되고 싶어하지."라고 말했다.

이 두 괴팍한 친구, 해리엇과 데이비드가 각자의 코너에서 서로를 향해 동시에 움직였다. '동시에'라는 점이 그들에게는 중요했다. 이 유명한 직장 파티가 그들 이야기의 일부가 되기 때문에. '그래, 정확히 똑같은 시간에······.' 그들은 벽 쪽으로 이미 몰려서 있는 사람들을 밀어야 했다. 춤추는 사람들과 부딪히지 않게 자신들의 잔을 머리 위로 높이 올렸다. 결국 그들은 미소를 지으면서 서로에게 다가서게 되었다. 아마도 약간은 긴장하면서. 그리고 그는 그녀의 손을 잡고 사람들을 밀치고 나가서 뷔페가 차려진, 그리고 시끄러운 사람들로 가득한 다음 방을 지나갔다. 그리고 껴안고 있는 남녀 커플들이 듬성듬성 서 있는 복도를 지나서 손잡이가 돌아가는 첫 번째 문을 열고 들어갔다. 그 방은 책상과 딱딱한 의자들, 그리고 소파가 하나 있는 사무실이었다. 고요함…… 아마, 거의 그랬다. 둘은 심호흡을 했다. 그리고 잔을 내려놓았다. 그들은 원하는 만큼 서로를 보려는 듯이 마주 보고 앉아 이야기를 시작했다. 그들은 대화가 그들 모두에게 금지되어 왔던 것처럼, 마치 대화에 굶주렸던 것처럼 이야기를 했다. 그들은 복도 건너에 있는 방들에서 소리가 줄어들기 시작할 때까지 그곳에 바짝 붙어 앉아 이야기를 했다. 그러고는 조용히 나와서 근처에 있는 그의 아파트로 갔다. 거기서 그들은 그의 침대에 누워 손을 맞잡고 이야기했다. 간혹 키스도 했다. 그리고 잤다. 빠른 시간 안에 그녀는 그의 아파트로 거처를 옮겼다. 왜냐하면 그녀는 거대한 공동주택의 방 한 칸에 세를 들어 있었기 때문이다. 그들은 이미 봄에 결혼하기로 결정했다. 기다릴 것이 뭐 있나? 그들은 천생연분이었다.

해리엇은 세 딸 중 맏이였다. 열여덟에 집을 떠나서야 그녀는 자신의 어린 시절이 얼마나 의미 있었는지를 깨달았다. 왜냐하면 여러 친구들은 이혼한 부모 아래 자라서 기복이 심했고 인생을 되는 대로 막 살기도 해서 정서적으로 불안한 경향을 보였기 때문이다. 해리엇은 전혀 불안하지 않았으며 항상 자신이 원하는 것이 무엇인지를 알았다. 학교 공부도 괜찮게 했고 그래픽 디자이너가 되기 위해 미술 대학에도 진학했다. 그 직업은 결혼할 때까지 유쾌하게 시간을 보낼 수 있을 것 같았다. 전문직 여성이 될 것인가 아닌가라는 질문에 대해 토론할 준비는 하고 있었지만 그 문제에 대해 결코 핏대를 올리지는 않았다. 그녀는 필요 이상으로 괴팍하게 보이고 싶지 않았다. 그녀의 어머니는 적당하게 원하는 만큼은 모두 가질 수 있는 행복한 사람이었고 딸들에게도 그렇게 보였다. 해리엇의 부모는 가정 생활이 행복한 인생의 기본이라는 점을 당연하게 생각했다.

데이비드의 배경은 상당히 달랐다. 그의 부모는 그가 일곱 살 때 이혼했다. 두 세트의 부모를 갖고 있다고 그는 지나치게 자주 농담을 했다. 그는 소위 집이 둘인 아이, 그래서 모두들 그의 정신적인 문제에 대해 신중하게 대하는 그런 아이 중 하나였다. 어린애 입장에서 볼 때 매우 불편하게 또는 불행하게 느꼈을지라도 고약하거나 원한에 사무친 일은 없었다. 데이비드의 의부이자 어머니의 두 번째 남편은 교수 겸 역사학자였고 옥스퍼드에 커다랗고 낡은 집을 갖고 있었다. 어머니하고 비슷하게 약간 거리감은 있지만 친절했던 이 남자 프레더릭 버크를 데이비드는 좋아했다. 이 집에 있던 그의 방이 그의 상상 속에서는 자신의 진짜 집이었다. 하지만 이제 그는 해리엇과 함께 그 집의 연장이자 확대판인 또 다른 집을 창조하고 싶었다. 그가 생각하는 그 집은, 손보지 않은 정원을 내다볼 수 있는 커다란 침실이 뒤편에 있고 영국식으로 난방이 전혀 안 되는 자신의 소년 시절을 간직한 낡은 방——그런 것이었다. 그의 진짜 아버지는 자기와 비슷한 사람과 재혼했다. 계모는 부자들이 갖고 있는 냉소적 유머 감각을 지닌 수다스럽고 친절하며 경쟁적인 여인이었다. 제임스 로바트는 선박 건조업자로, 데이비드가 마지못해 아버지를 방문할 때 그의 자리는 으레 요트 안의 침대이거나 프랑스 남부 지방이나 서인도 제도의 별장에 있는 ("이게 네 방이야, 데이비드!") 어떤 방이었다. 그래도 그는 옥스퍼드에 있는 낡은 방을 더 좋아했다. 그는 미래에 대한 격렬하고 개인적인 요구를 가지고 성장했다. 자신의 자식에게는 모든 것이 달라야 한다고 생각했다. 그는 자신이 무엇을 원하는지, 어떠한 여성을 필요로 하는지 잘 알았다. 해리엇은 자신의 미래가 구식이라고 생각했다. 남자가 왕국의 열쇠를 그녀 손에 쥐여 줄 것이고 그곳에서 자신의 본성이 요구하는 모든 것을 발견할 것이며, 그것은 그녀가 태어날 때부터 갖고 있었던 당연한 권리라고 생각했다. 그러기에 그녀는 인생의 모든 굴곡이나 진창을 처음에는 잘 모르면서 그러나 점차 단호하게 거부하면서 그곳으로 나아갔다. 반면에 데이비드에게 미래는 그가 목표로 삼고 보호해야 하는 어떤 것이었다. 자기 부인은 이런 점에서 그와 같아야만 했다. 즉 그녀는 행복이 어디 있는가 그리고 그것을 어떻게 지키는가를 알아야만 했다. 해리엇을 만났을 때 그는 서른 살이었고 야심 찬 남자가 지닌 완고하고 절제된 방식으로 일해 왔었다. 그러나 그가 일해 온 목표는 가정이었다.

런던에서는 그들이 원했던 생활이나 원하던 종류의 집을

발견하는 것이 불가능했다. 어쨌건 그들은 자신들이 필요로 하는 곳이 런던인지 확신이 없었다. 아니, 그들은 나름대로 분위기 있는 소도시를 선호했다. 런던으로 통근할 수 있는 거리에 위치한 소도시들을 주말마다 둘러보고 다니다가 그들은 무성한 정원을 가진 거대한 빅토리아풍의 집을 발견했다. 완벽해! 그러나 젊은 부부에게는 말도 안 되는 집이었다. 여러 개의 방과 복도, 난간들이 있는 삼층집. 게다가 다락까지 있었다. 아이들을 위해서는 완전한 공간이 있는 그런 집이었다.

하지만 그들은 자식을 많이 낳을 예정이었다. 두 사람은 미래에 대해 엄청난 요구를 갖고 있었기에 약간 도전적으로 "우리는 애가 많아도 개의치 않아요."라고 선언했다. "넷도 좋지, 아니 다섯도…….", "아니 여섯도."라고 데이비드는 말했다. "그래, 여섯!" 안도감에 눈물이 나올 정도로 웃어 대며 해리엇은 맞장구를 쳤다. 그들은 침대 위에서 웃고 뒹굴면서 키스했고 또 기뻐서 어쩔 줄을 몰랐다. 상대방이 이 집에 대해 반대할 것이라고 예상했고 어느 정도는 그런 반대나 절충안을 받아들일 각오를 하고 있던 참이었는데 이제 그런 걱정이 전혀 없어졌기 때문이었다. 하지만 해리엇이 데이비드에게 또한 데이비드가 해리엇에게 '적어도 애는 여섯 명'이라고 말할 수는 있어도 그들은 다른 누구에게도 그 말을 할 수는 없었다. 데이비드가 받는 괜찮은 월급에 해리엇의 월급을 보태도 이 집의 보증금은 그들 능력 밖이었다. 그래도 둘은 어떻게 해 볼 참이었다. 해리엇은 데이비드와 매일 런던으로 통근하면서 2년 간 더 일하고, 그러고는…….

그 집이 그들의 소유가 된 어느 오후, 둘은 작은 현관에서 손을 잡고 서 있었다. 나뭇가지들이 아직은 검은색이지만 이른 봄의 차가운 빗방울로 반짝거리는 정원에서, 새들은 그들의 주위에서 노래하고 있었다. 그들은 현관문을 열고 들어가 널찍한 계단을 마주 보고 있는 커다란 방 한가운데에 서 있었다. 가슴은 행복에 겨워 두근거렸다. 이전의 주인 역시 그들이 생각한 것 같은 가정을 생각했던 모양이다. 거의 일 층 전부를 방 하나로 만들기 위해 벽들을 다 허물었다. 일 층의 반은 부엌으로, 책을 꽂을 수 있는 낮은 벽으로 구분되어 있었고, 나머지 반쪽은 소파와 의자들을 놓을 수 있는 공간이 넉넉한 거실로 편안함을 느끼게 해 주었다. 그들은 조용히, 가볍게, 거의 숨도 쉬지 않고 서로를 쳐다보며 미소 지었다. 그리고 둘 다 눈가에 이슬이 맺힌 것을 보고 다시 한번 미소 지으며 안으로 들어갔다. 곧 양탄자가 깔릴 널빤지 마루를 지나 난간의 옛날식 놋기둥들이 카펫이 깔리기를 기다리고 있는 계단을 서서히 올라갔다. 이 층에 올라서서 그들은 자신들의 왕국의 심장이 될 거대한 방을 돌아보며 감탄했다. 그들은 위로 올라갔다. 위층에는 자신들의 침실이 될 커다란 방이 하나 있었고, 아이들이 새로 태어날 때마다 쓸 작은 방도 그 안에 하나 있었다. 이 층에도 네 개의 쓸 만한 방이 있었다. 그리고 그 위로 약간은 좁지만 여전히 넉넉한 계단과 네 개의 방이 더 있었다. 이 방의 창들을 통해 아래층에서처럼 나무와 정원과 풀밭 같은 교외의 모든 쾌적한 광경을 볼 수 있었다. 그리고 그 위로는 아이들이 비밀스러운 마술놀이를 할 나이가 되었을 때 꼭 맞을 엄청나게 큰 다락방이 있었다.

아이들과 친척, 손님들로 가득 찰 방들을 상상하면서 그들은 한 계단 두 계단 내려와 그들의 침실로 다시 들어갔다. 그 안에는 거대한 침대가 남아 있었다. 그 침대는 그들에게 집을 팔았던 부부가 특별히 만든 것이었다. 중개인 말이, 그것을 갖고 가려면 침대를 해체해야 했고 더구나 그 침대의 주인은 외국에서 살 예정이었다는 것이다. 해리엇과 데이비드는 그 침대에 나란히 앉아 자신들의 방을 보았다. 그들은 자신들이 가지려는 것에 압도당하여 말이 없었다. 라일락 나무 너머로 축축한 태양이 던지는 그림자가 그들이 이 집에서 살아갈 세월을 거대한 천장에 유혹적으로 그리고 있는 것처럼 보였다. 그들은 창문 쪽으로 머리를 돌려 곧 꽃망울이 터질 라일락 나무의 싱싱한 윗부분을 보았다. 그러고는 서로를 쳐다보았다. 그들의 뺨 위로 눈물이 흘러내렸다. 거기서, 자기들의 침대에서, 그들은 사랑을 나누었다. 해리엇은 "안 돼, 그만해! 무슨 짓을 하고 있는 거야?"라고 거의 소리칠 뻔했다. 2년 동안 애 갖는 일은 연기하자고 그들은 결정하지 않았던가? 그러나 그녀는 그의 목표에 압도되었다. 그랬다. 그는 그녀의 눈을 들여다보며 의도적이고 집중된 강렬함으로 성교를 했고, 그 점이 그를 받아들이도록, 그녀의 미래를 그가 소유하겠다는 것을 받아들이도록 했다. 그녀는 피임도구를 갖고 있지 않았다.(두 사람은 물론 피임약은 믿지 않았다.) 그날은 그녀가 임신 가능성이 가장 높은 기간이었다. 그래도 그들은 엄숙한 신중함으로 사랑을 나누었다. 한 번. 그리고 두 번. 나중에 방이 어두워졌을 때 그

다섯째 아이

17

들은 다시 한 번 했다.

"그래." 작은 목소리로 해리엇은 말했다. 그녀는 겁이 났지만 밖으로 드러내지 않을 결심이었다. "그래, 이렇게 하면 확실히 일을 저지른 셈이지."

그는 웃었다. 신중하고 위트 있고 겸손한 데이비드와는 아주 다른, 거리낌 없고 무모한 큰 웃음이었다. 이제 방은 아주 어두워서 끝이 없는 검은 동굴처럼 거대해 보였다. 나뭇가지가 가까운 벽 어딘가를 긁었다. 차가운 비에 젖은 흙과 섹스의 냄새가 났다. 데이비드는 홀로 미소 지으며 누워 있다가 그녀의 시선을 느끼고선 머리를 약간 돌려서 그의 미소에 그녀를 포함시켰다. 그 자신만의 방식으로. 그의 눈은 그녀가 짐작할 수 없는 생각으로 희미하게 번득였다. 그를 알지 못한다는 느낌이 그녀를 스쳤다……. "데이비드." 그녀는 그 느낌을 떨쳐 버리려고 재빨리 말했다. 그러나 그는 믿을 수 없을 만큼 강하고 집요한 손으로 그녀의 팔을 움켜잡았다. 조용히 하라고 그 손아귀 힘은 말하고 있었다.

서서히 정상으로 되돌아오는 동안 그들은 거기 함께 누워 있었다. 그러고는 서로를 보고 누워 안도감을 주는 가벼운 키스를 교환했다. 그들은 일어나 차가운 어둠 속에서 옷을 입었다. 전기는 아직 들어오지 않았다. 완전하게 그들의 소유가 된 집의 계단을 조용히 내려가 커다란 거실을 거쳐 아직까지는 자신들의 것이 아닌 뭔가가 감추어진 듯한 신비한 정원으로 나갔다.

런던으로 돌아오는 차 속에서 해리엇은 "그런데?" 하고 익살스럽게 말했다. "내가 만약 임신하면 우리 저 집값은 어떻게 치르지?"

그랬다. 그들은 어떻게 할 셈인가? 진짜로 해리엇은 그 비 오는 저녁 그 침실에서 임신을 했다. 자신들의 수입이 미미함을, 또한 자신들의 허약함을 생각하면서 그들은 불안한 시간을 보내야 했다. 물질적 기반이 충분하지 않을 때 우리는 마치 심판을 받는 것 같다. 해리엇과 데이비드는 다른 사람들이 항상 잘못된 생각이라고 판단하는 그런 믿음에 군건히 매달리는 것 외에는 자신들이 아무것도 가진 것이 없는, 미미하고 부적절한 존재인 것처럼 느꼈다.

데이비드는 잘사는 아버지와 계모로부터 결코 돈을 받은 적이 없었다. 그들은 그의 교육비를 지불했고 그것이 전부였다. (또한 그의 누이동생 데버라의 교육비도 지불했다. 그러나 데이비드가 어머니의 생활 방식을 좋아하듯이 데버라는 아버지의 생활 방식을 좋아했고 그래서 둘은 자주 만나지 않았다. 오빠와 누이 간의 차이점은 이 한 가지 사실로 요약되는 것 같았다. 누이동생은 부자들의 삶을 선택했다.) 그는 이제 와서 돈을 달라고 하고 싶지는 않았다. 그의 영국 쪽 부모, 즉 자기 어머니와 그녀의 남편은 야심 없는 교육자들로 돈이 없었다.

어느 날 오후 데이비드와 해리엇 그리고 데이비드의 어머니 몰리와 프레더릭, 이렇게 넷은 거실의 계단 옆에 서서 새 왕국을 조사했다. 이제 부엌 끝에는 적어도 열다섯에서 스무 사람은 넉넉히 앉을 수 있는 거대한 식탁이 있었다. 또 커다란 소파 서너 개와 동네 경매에서 산 편안한 중고 안락의자들도 들여놓았다. 자기들을 판단하고 있는 나이 든 이 두 사람 앞에서 데이비드와 해리엇은 보통 때보다 훨씬 더 괴상하고 아이같이 느끼며 함께 서 있었다. 몰리와 프레더릭은 거대한 몸집에다 패션을 무시한 편안한 옷을 입고 흰머리가 텁수룩하게 정돈이 안 된 모습이었다. 그들은 건초 더미처럼 무해해 보였지만 서로를 쳐다보는 눈길은 데이비드가 알던 그것이 아니었다.

"좋아요, 그럼 속에 든 말씀을 하시죠."라고 긴장을 견디다 못해 데이비드가 유머러스하게 말을 시작했다. 그러고 나서 자기 팔로 해리엇을 감쌌다. 해리엇은 일주일 내내 마루를 문지르고 창문을 닦은 데다가 구토증으로 인해 창백하고 긴장한 모습이었다.

"너희들은 호텔을 운영할 생각이냐?" 어떤 판단도 내리지 않을 결심을 하고 프레더릭이 합리적으로 질문했다.

"애는 몇이나 낳을 작정이니?" 반대해 봤자 소용 없음을 의미하는 짧은 웃음과 함께 몰리가 물었다.

"아주 많이요." 데이비드가 다정하게 말했다.

"그래요."라고 해리엇도 말했다. "그래요." 부모가 얼마나 불쾌하게 느끼는지를 해리엇도 데이비드도 느끼지 못했다. 그들의 부모는 그들과 같은 부류의 사람들이 흔히 그렇듯, 순응하지 않는 것처럼 보이는 것을 목표로 하면서도 사실은 전통의 진수였고 과장이나 과다함의 징후가 있는 것이면 무엇이든 싫어했다. 이 집이 바로 그런 것이었다.

"애들아, 괜찮은 호텔이 있으면 저녁을 살게." 데이비드의 어머니가 말했다.

식사를 하면서 다른 문제를 의논하다가 마침내 커피를 마시며 몰리가 지적했다. "너희 아버지한테 도와 달라고 해야만 한다는 사실을 알고 있니?"

데이비드는 움찔하면서 고통스러워하는 듯이 보였지만 그는 현실을 직시해야만 했다. 문제는 집과 그 안에서 이룰 인생이었다. 부모들은, 젊은이다운 독선이 가득하지만 데이비드의 확고한 의지에 찬 표정에서 그가 부모들의 인생——몰리와 프레더릭, 그리고 제임스와 제시카의 인생——에서 모자랐던 모든 점을 다 상쇄하고 말소하며 면죄할 것임을 알았다.

호텔의 어두운 주차장에서 헤어질 때 프레더릭은 말했다. "내 생각에는 너희들이 너무 무모한 것 같다. 잘못 판단한 거야."

"그래, 너희들은 사실 깊이 생각하지 않았어. 애를 가져 보지 않은 사람은 애들이 있으면 얼마나 일이 많아지는지를 모르는 거란다." 몰리가 말했다.

이때 데이비드는 웃으면서 한 가지 주장을 했는데, 몰리는 이 주장이 오래된 것이란 걸 알아채곤 의식적인 웃음으로 받았다. "어머니에게는 모성애가 없어요. 그건 어머니의 특성이 아니에요." 데이비드는 말했다. "그러나 해리엇에겐 있어요."

"좋아, 그래 너희들의 인생이지." 몰리는 말했다.

그녀는 와이트 섬 근처의 요트에 있던 첫 남편 제임스에게 전화했다. 이 대화는 "당신이 와서 직접 봐야 할 것 같아요."로 끝을 맺었다.

"좋아, 그러지." 말해진 것보다 말해지지 않은 것에 동의하며 그가 대답했다. 자기 부인이 입 밖으로 내지 않은 말을 따라잡기 어려웠던 것이 그가 기꺼이 그녀를 떠났던 주된 이유였다.

이 대화 이후 얼마 지나지 않아 데이비드와 해리엇은 집을 감상하고 있는 데이비드의 또 다른 부모와 함께 서 있었다. 이번에는 집 바깥에서였다. 제시카는 겨울과 초봄의 드센 바람으로 인해 떨어진 나뭇가지 잔해로 덮여 있는 잔디밭 한가운데에 서서 곱지 않은 시선으로 집을 둘러보았다. 그녀는 그 집이 영국처럼 암울하고 혐오스럽다고 생각했다. 그녀는 날씬했고 갈색 피부는 선오일을 바르지 않아도 반짝거렸으며 몰리와 같은 나이였지만 스무 살은 젊어 보였다. 그녀는 윤기가 흐르는 짧은 금발 머리에 밝은 빛 옷을 입고 있었다. 그녀는 옥색 하이힐로 잔디 위에 자국을 내면서 남편 제임스를 쳐다보았다.

그는 벌써 집을 둘러보고는 데이비드가 기대했던 말을 했다. "이건 좋은 투자야."

"그래요." 데이비드는 말했다.

"값이 비싸지는 않아. 비싸게 느껴지는 것은 보통 사람들에게는 집이 너무 크기 때문일 거야. 측량기사의 보고는 괜찮겠지?"

"물론이죠." 데이비드는 말했다.

"그렇다면 저당에 대해서는 내가 책임지지. 얼마 동안 상환할 예정이냐?"

"삼십 년이오." 데이비드가 답했다.

"그땐 내가 죽었겠지. 좋아, 내가 너희들 결혼 선물로 많은 것을 못 해 주었으니."

"그럼 데버라에게도 똑같이 해 주어야 하잖아요." 제시카가 말했다.

"이미 데버라에겐 데이비드보다 훨씬 많이 해 주었어. 어쨌건 우리에게 이만한 돈은 있으니까."라고 제임스가 말했다.

그녀는 웃으면서 어깨를 으쓱했다. 그건 거의 자기 돈이었다. 돈에 대한 이런 편안함이 그들이 함께했던 인생을 특징지었다. 그것은 데이비드가 한번 접해 보고 맹렬히 거부했던 것이었다. 비록 그 말을 입 밖에 내지는 않았지만 그는 옥스퍼드 집의 검약함을 더 좋아했다. 부자의 삶은 번쩍거리며 너무 쉬웠다. 그런데 이제 자신이 그 신세를 지게 되었다.

"그래, 애를 몇 명이나 낳을 예정인지 물어봐도 되니?" 축축한 잔디 위에 내려앉은 잉꼬처럼 보이는 제시카가 물었다.

"많이요." 데이비드가 말했다

"많이요." 해리엇이 말했다.

"너희나 많이 가지렴. 내가 안 그런 게 다행이네." 제시카가 말했다. 그 말과 함께 데이비드의 또 다른 부모는 정원을 떠났고 영국을 떠나기로 한 것에 안도했다.

이제 이쯤 해서 해리엇의 어머니 도러시가 등장한다. '맙소사, 어머니가 항상 옆에 계시면 얼마나 끔찍할까.'라는 생각이 해리엇이나 데이비드에게는 들지 않았다. 애를 갖기로 한 것이 그들의 선택이었다면 도러시가 해리엇을 도우러 계속해서 와야 하는 것은 당연히 따르는 일이었기 때문이다. 비록 도러시가 돌아갈 자신의 생활이 있다고 주장하긴 했지만. 도러시는 과부였고 그녀의 생활이라는 것은 주로 딸들을 방문하는 일로 이루어졌다. 도러시는 가족이 함께 살던 집을 팔고 썩 좋지는 않은 작은 아파트에 살고 있었다. 그러나 그녀는 불평하는 타입이 아니었다. 도러시가 새집의 크기와 가능성을 접하게 되었을 때 그녀는 며칠 동안 평상시보다 더 말이 없었다. 그녀에게는 세 딸을 키우는 일이 쉽지 않았었다. 그녀의 남편은 적잖은 월급을 받던 화학 기술자였지만 항상 그렇게 돈이 많은 것은 아니었다. 그래서 아무리 작은 규모의 가족이라도 가정을 갖는 일이 여러 면에서 얼마나 돈이 드는지를 잘 알고 있었다.

어느 저녁 때 그녀는 그런 내용의 이야기를 시도해 보았다. 데이비드는 밤이 늦어서야 도착했다. 기차가 연착했다. 출퇴근이 즐겁지 않으리라는 것은 알았지만 특히 하루에 두 차례 출퇴근에 거의 두 시간씩 드는 일은 데이비드에게는 최악이었다. 이것이 자신의 이상을 위해 그가 희생하는 것 중 하나였다.

부엌은 계획한 것과 거의 비슷했다. 커다란 식탁 주위에 묵직한 나무 의자가 지금은 네 개만 둘러서 있었다. 그러나 앞으로 태어날 아이들과 손님들을 기다리는 더 많은 의자들이 벽에 열 지어 기대서 있었다. 또 옛날식의 커다란 난로, 찻잔과 머그잔들을 걸 수 있는 고리가 달린 구식 찬장도 있었다. 꽃병에는 여름 들어 장미와 백합을 잔뜩 드러낸 정원에서 꺾은 꽃이 꽂혀 있었다. 그들은 도러시가 만든 전통 영국식 푸딩을 먹고 있었다. 바깥에는 불어오는 바람 소리와 창문을 가볍게 두드리며 날리는 낙엽들 속에서 가을이 서서히 자리 잡아가고 있었다. 따스하고 두꺼운 꽃무늬 커튼이 창에 드리워져 있었다.

"얘들아, 너희들 둘에 대해 생각해 보았는데." 하고 도러시가 말했다. 데이비드는 숟가락을 내려놓고 귀를 기울였다. 세상사에 초월적인 자기 어머니나 세속적인 아버지에게는 해 본 적이 없는 일이었다. "내 생각엔 너희들이 만사에 너무 서둘러서는 안 될 것 같아. 잠깐, 내 말을 끝까지 들어. 해리엇은 이제 스물넷이야, 아직 스물다섯도 채 안 되었어. 데이비드, 너는 겨우 서른이야. 너희 둘은 마치 모든 것을 움켜잡지 않으면 그것을 놓쳐 버릴 거라고 믿으면서 살아가고 있는 것 같구나. 그래, 이게 너희들이 말하는 것을 들으면서 내가 받은 인상이야."

데이비드와 해리엇은 듣고 있었다. 그들은 인상을 찌푸린 채 생각하다가 눈이 마주쳤다. 자신만의 단호한 방식이 있고 사려 깊은 태도를 지닌 이 거대하고 건전하며 가정적인 여인 도러시를 무시할 수는 없었다. 그들은 그녀에게 어떻게 대해야 하는지 잘 알고 있었다.

"저도 그렇게 느껴요." 해리엇이 말했다.

"그래, 얘야, 나도 알아. 너는 둘째 아이를 바로 갖겠다고 어제 말하더구나. 내 생각에 넌 후회하게 될 거야."

"모든 것이 다 없어질 수 있겠죠."라고 데이비드가 완고하게 말했다. 이 두 여인들이 깨닫고 있듯이 그의 깊숙한 내부에서 나오는 그 어떤 거대함은 라디오에서 나오는 뉴스로도 수그러들지 않았다. 사방에서 나쁜 뉴스가 들렸다. 뉴스는 충분히 위협적이었다.

"생각해 봐라." 도러시가 말했다. "너희들이 그랬으면 좋겠어. 그 이유는 정확히 모르겠지만 때론 너희 둘이 나를 겁나게 한단다."

해리엇이 거칠게 말했다. "우린 아마도 다른 나라에서 태어났어야 했나 봐요. 이 세상의 다른 곳에서는 여섯 명의 애를 갖는 것이 전혀 놀라운 일이 아닌, 정상이라는 사실을 아세요? 그들은 죄인같이 느끼지 않는다니까요."

"여기 유럽에서는 우리가 비정상이지." 데이비드가 말했다.

"난 모르겠어." 도러시도 그들처럼 완고하게 말했다. "하지만 너희들이 애 여섯을 가질 거라면—아니, 여덟이나 열을—아니야, 난 네가 무슨 생각 하는지 알아, 해리엇. 난 널 잘 알지, 안 그래? 그래 네가 이집트나 인도 같은 다른 곳에 있다고 하자. 그곳 사람은 반 이상이 교육도 못 받고 죽어. 넌 양쪽을 다 갖기를 원하지. 귀족 계급—그래, 그들은 토끼같이 애를 많이 가질 수 있고 그걸 당연하다고 생각하지. 그럴 돈이 있거든. 그리고 가난한 사람도 애를 가질 수는 있겠지. 그 반은 죽을 것이고 그것도 당연하다고 여기니까. 하지만 우리같이 중간에 있는 사람은 애를 갖는 일에 신중해야 돼, 애를 잘 키우려면 말이야. 너희들은 그 점을 생각하지 않은 것 같아……. 아니, 난 가서 커피나 만들어야겠다. 너희 둘은 가서 앉거라."

데이비드와 해리엇은 부엌과 거실을 가르는 벽 사이의 넓은 공간을 지나 소파로 가서 손을 잡고 앉았다. 마르고 완고하고 약간 초조한 젊은이와 상기되어 어색하게 움직이는 거대한 몸집의 여인. 해리엇은 임신 팔 개월이었고 팔 개월간의 임신 기간은 쉽지 않았다. 크게 잘못된 것은 없지만 그녀는 많이 아팠다. 소화불량으로 잠을 못 잤고 자신에 대해서도 실망하고 있었다. 왜 사람들이 자신들을 비난하는지 그들은 궁금했다. 도러시가 커피를 갖다 놓으면서 말했다. "내가 설거지할게, 아니 넌 거기 앉아 있어." 그러고서는 싱크대로 돌아갔다.

"하지만 저는요, 이렇게 생각해요." 해리엇이 우울해하며 말했다.

"그래."

"애를 가질 수 있는 동안 우리는 애를 가져야만 해요." 해리엇이 말했다.

도러시가 싱크대에서 말했다. "지난번 전쟁이 시작되었을 때 사람들은 애를 갖는 일이 무책임하다고 말했지. 그래도 우린 애를 가졌어, 안 그래?" 그녀는 웃었다.

"그래요, 바로 그거예요." 데이비드가 말했다.

"그리고 우린 애를 길렀지." 도러시가 말했다.

"그럼 저도 당연히 그래야죠." 해리엇이 말했다.

그들의 첫아기 루크는 큰 침대에서 주로 산파의 보살핌 속에 태어났다. 물론 브렛 박사도 거기 있었다. 데이비드와 도러시가 해리엇의 손을 잡아 주었다. 두말할 나위도 없이 의사는 해리엇을 병원으로 데려가기를 원했다. 해리엇은 완강했다. 의사는 그녀를 이해할 수가 없었다.

그때는 크리스마스가 갓 지난 춥고 바람 부는 밤이었다. 방 안은 따스하고 훌륭했다. 데이비드는 눈물을 흘렸다. 도러시도 울었다. 해리엇은 울다가 웃었다. 산파와 의사는 축제와 승리의 기분이 약간 들었다. 그들은 모두 샴페인을 마셨고 아기 루크의 머리에 약간을 부었다. 1966년의 일이었다.

루크는 순한 아이였다. 커다란 침실 옆 작은 방에서 그 애는 평온하게 잠을 잤고 만족스럽게 모유를 먹었다. 행복! 아침마다 런던 가는 기차를 타러 데이비드가 떠나면 해리엇은 침대에 앉아 아기에게 젖을 물리면서 데이비드가 가져다 놓은 차를 마셨다. 그가 루크의 머리를 쓰다듬고 자신에게 키스를 하기 위해 수그릴 때, 해리엇은 그의 강렬한 소유욕을 느낄 수 있었다. 그녀는 그것을 좋아했고 이해했다. 왜냐하면 그가 소유하고자 하는 것이 자신이나 아기가 아니라 행복 그 자체였기 때문이다. 그녀와 그의 행복.

그해 부활절에는 첫 번째 가족 파티가 열렸다. 방은 충분했고, 가구도 대충 들여놓았다. 방들은 해리엇의 두 동생인 세라와 앤절라 그리고 그들의 남편과 아이들로 가득 찼다. 자기 임무를 즐기는 도러시도 있었고, 몰리와 프레더릭도 잠시 다녀갔다. 그 정도 규모의 가족 생활이 그들에게 어울리지는 않았지만 그래도 그들은 즐겁게 보냈다.

어디에도 쓰여 있지는 않지만 영국의 계급 제도라는 그 막강한 잣대로 보면 해리엇이 데이비드보다 상당히 낮은 눈금이라는 점을 영국의 일면에 대한 권위자라면 벌써 간파했을 것이다. 로바트 일가나 버크가가 워커 집안 누구라도 만나는 순간 5초 이내에 그런 사실을 감지할 수 있었다. 적어도 입 밖으로 말은 안 했지만. 워커 집안 사람들은 프레더릭과 몰리가 그곳에 단지 이틀만 머물겠다고 했을 때 놀라지 않았다. 또한 제임스 로바트가 나타나 그들이 마음을 바꾸었을 때도 놀라지 않았다. 성격 차이로 헤어져야만 했던 많은 남편들과 아내들처럼 몰리와 제임스는 곧 헤어져야 한다는 사실을 알 때는 그런 만남을 즐겼다. 사실 그들은 이 집이 그런 용도에 적합하다고 동의하면서 모두 즐거운 시간을 보냈다. 커다란 식탁 주위에는 수많은 의자들을 넉넉하게 놓을 자리가 있었고, 가족들은 오랫동안 앉아 식사를 즐기거나 식사 시간 외에도 커피나 차를 마시러 또는 이야기하러 그곳으로 왔다. 그리고 모두들 웃었다……. 그 웃음소리를, 목소리와 대화 소리를, 그리고 애들이 노는 소리를 들으면서 해리엇과 데이비드는 침실에서 또는 계단을 내려오면서 서로의 손을 잡고 미소 지으며 행복을 속삭였다. 아무도, 도러시마저도 해리엇이 다시 임신했다는 사실을 몰랐다. 확실히 도러시는 몰랐다. 루크는 생후 삼 개월이었다. 그들은 해리엇이 다시 임신하는 것을 바라지 않았다. 적어도 한 해 동안은. 그러나 일이 그렇게 되었다. "이 방에는 애를 갖게 만드는 생식력이 있어요. 내가 맹세하지요."라고 데이비드가 웃으면서 말했다. 그들은 유쾌한 죄의식을 느꼈다. 그 두 사람은 옆방에서 루크가 옹알거리는 소리를 들으면서 침대에 누워 있었고 모두 떠날 때까지 아무 말도 하지 않기로 작정했다.

도러시는 해리엇이 다시 임신했다는 소식을 듣고는 다시 한

번 조용히 있다가 말했다. "그래, 너희들은 나를 필요로 하겠지, 안 그래?"

그랬다. 이번 임신은 지난번처럼 정상이었지만 해리엇은 불편해했고 몸도 별로 좋지 않았다. 그녀는 여섯 명(또는 여덟이나 열 명)의 아이를 갖겠다는 생각을 바꾸지는 않았지만 이 아이와 다음 아이 사이에 긴 터울이 있었으면 좋겠다고 생각했다.

그해 내내 도로시는 집 안을 안락하게 해 주었다. 루크를 돌보고 삼 층 방들에 커튼도 달았다.

그해 크리스마스에 해리엇은 다시 한번 임신 팔 개월의 거대한 몸집이 되었다. 그녀는 자신의 몸매와 어색한 모양새에 웃었다. 집 안은 또다시 가득 찼다. 부활절에 왔던 사람들이 모두 모였다. 해리엇과 데이비드에게 이런 종류의 재능이 있다는 점을 모두 인정하게 되었다. 해리엇의 사촌은 부활절 때 일주일 이상 지속되었던 훌륭한 파티에 대한 이야기를 듣고서 세 아이를 데리고 왔다. 데이비드의 직장 동료 한 사람도 부인과 함께 왔다. 이번 크리스마스 휴가는 열흘 이상 계속되었고 한 축제는 다음 축제로 이어졌다. 루크는 유모차를 타고 아래층에 있었고 모두들 루크의 주위에서 법석을 떨었다. 좀 큰 애들은 그 아이를 인형처럼 데리고 다녔다. 잠시나마 데이비드의 여동생인 데버라도 왔다. 그녀는 세련되고 매력적인 처녀로, 몰리의 딸이 아니라 제시카의 딸이라고 해도 좋을 성싶었다. 그녀 말에 의하면 거의 결혼할 뻔한 적은 있었지만 아직은 미혼이었다. 그녀의 대체적인 스타일은 이 집에 있는 사람들과는 상당히 거리가 있었다. 여기 사람들은——그들은 그녀와의 비교를 통해서 상대적으로 자신을 정의한다.——기본적으로 영국인이었고, 이런 차이점들은 농담거리가 되었다. 그녀는 항상 부유하게 살아왔기 때문에 누추하지만 고상한 자기 어머니 집이 불편하다고 생각했다. 사람들이 빽빽하게 몰려 있는 것도 싫어했지만 이번 파티는 재미있다는 데 동의했다.

그 집안에는 12명의 어른과 10명의 아이들이 있었다. 이웃들도 초대 받아 오긴 했지만 가족들의 연대감이 너무나 강해서 어울릴 수가 없었다. 그리고 해리엇과 데이비드는 모든 사람들이 비난하고 비웃던 그들의 완고함이 이 기적을 성공적으로 이루어 냈다는 사실에 의기양양해했다. 그들은 각기 다른 이 모든 사람들을 뭉쳐서 서로 즐기게 만들었던 것이다.

두 번째 아이 헬렌도 루크처럼 같은 사람들이 지켜보는 가운데 안방 침대에서 태어났고, 아이의 머리를 샴페인으로 씻기고는 모두들 다시 한번 눈물을 흘렸다. 루크는 아기 방에서 복도 밖 그다음 방으로 내쫓겼고 헬렌이 그 자리를 차지했다.

해리엇은 피곤했지만, 사실 그녀는 녹초가 되었지만, 그래도 부활절 파티는 열렸다. 도러시는 반대했었다. "얘, 넌 지쳤어. 뼈마디 속속들이." 그러면서도 해리엇의 얼굴을 쳐다보고는 "그래, 좋아. 그 대신 넌 아무 일도 하지 말거라."라고 말했다.

해리엇의 두 동생과 도러시가 제일 어려운 일인 시장 보기와 요리를 담당했다.

집 안은 다시 한번 가득 찼고 아래층 어른들 사이에 파란 눈과 분홍빛 뺨 그리고 가느다란 머리카락을 가진 두 어린애,

헬렌과 루크가 있었다. 루크는 모든 사람들이 도와서 아장아
장 걸었고 헬렌은 유모차 안에 있었다.

그해——1968년이었다.——여름, 그 집은 거의 모든 가족이
모여 다시 한번 다락방까지 가득 찼다. 그 집은 런던에 가기에
너무나 편리했다. 사람들은 데이비드와 함께 떠나 낮 시간을
보내고 저녁에 함께 돌아왔다. 차로 20분 거리에는 산보할 수
있는 훌륭한 시골도 있었다.

사람들은 며칠만 있겠다고 하고 와서는 일주일을 머물렀다.
이 모든 경비는 어디서 나왔을까? 물론 모든 사람들이 조금
씩 냈다. 당연히 충분하지 않았지만 모두들 데이비드의 아버
지가 부자라는 사실을 알고 있었다. 집 보증금을 그가 지불해
주지 않았다면 이 모든 일이 일어나지 않았을 것이다. 돈은 항
상 빠듯했다. 절약해야 했다. 중고 제품인 거대한 호텔용 냉장
고에다 여름 과일과 야채를 가득 채웠다. 도러시와 세라와 앤
절라는 과일과 잼과 양념을 병에다 저장했다. 빵도 구워서 집
안에 빵 굽는 냄새가 가득 찼다. 이것이야말로 옛날식의 행복
이었다.

그러나 구름도 있었다. 세라와 남편 윌리엄은 결혼 생활이
원만치 못했다. 싸웠다 다시 화해했는데 이번에 네 번째 아이
를 임신해서 이혼하는 것이 불가능해졌다.

이전같이 훌륭한 크리스마스 축제가 지나갔다. 그리고 부
활절……. 때로 그들은 모든 사람들이 있을 자리를 다 마련할
수 있는지 의아해했다.

집안의 행복에 구름이 되었던 세라와 윌리엄의 불화가 사

라졌다. 그 불안은 더한 불행 속으로 흡수되었던 것이다. 세라의 새 아기가 다운증후군 환자여서 이제 둘이 갈라설 가능성은 없어졌다. 도러시는 세라가 해리엇만큼, 아니 그보다 더 자신을 원했기 때문에 자기 몸이 둘이 아닌 것이 불행이라고 말하곤 했다. 사실 불행이 닥친 세라를 방문하기 위해 도러시는 그렇지 않은 해리엇의 집을 자주 비웠다.

제인은 헬렌이 두 살이던 1970년에 태어났다. 너무 빨랐다고 도러시는 꾸짖었다. 그렇게 서두를 이유가 무엇인가?

헬렌은 루크의 방으로, 루크는 그다음 방으로 옮겼다. 제인은 아기방에서 만족스러운 소리를 냈고 좀 큰 두 애는 안방의 큰 침대에서 엄마에게 달라붙으며 놀기도 하고 도러시 침대에 가서 놀기도 했다.

행복. 행복한 가정. 로바트가는 행복한 가족이었다. 이것은 그들이 선택한 것이었고 누릴 자격이 있었다. 데이비드와 해리엇은 얼굴을 맞대고 누워 있으면 때로는 그들의 가슴속 대문이 활짝 열리면서 아직도 자신들을 놀라게 할 만큼 엄청나게 강렬한 안도감과 감사의 정이 쏟아져 나오는 것을 느꼈다. 지금 아주 오랜 기간처럼 보이는 그 시간 동안 인내하기란 사실 쉽지 않았다. 탐욕스럽고 이기적인 60년대의 시대정신이 그들을 비난하고 고립시키고 자신들의 가장 좋은 면을 축소시키던 때에, 스스로의 신념을 지키기가 어려웠다. 이제 보라, 자신들의 완고한 개성을 방어하려고 사력을 다한 것이 옳았다.

그 개성은 너무나도 고집스럽게 가장 최상을 선택했다. ─바로 이 삶.

행운의 장소인 이 가족 밖에서는 세상의 폭풍이 몰아쳤다. 안이하고 좋던 시절이 완전히 가 버린 것이다. 데이비드의 회사도 일격을 당해 그가 기대했던 승진이 없었다. 그래도 다른 사람들이 직장을 잃는 데 비해 그는 다행인 셈이었다. 세라의 남편이 해직을 당했다. 세라는 집안의 모든 불행을 자신과 남편이 다 받는다고 우울하게 농을 했다.

해리엇은 그것이 나쁜 운수 탓이 아니라고 생각한다고 데이비드에게 몰래 말했다. 세라와 윌리엄의 불행과 그들의 싸움이 아마도 몽고인 같은 애를 끌어낸 것이리라.—그래, 그래, 물론 그런 사람을 몽고인이라고 불러서는 안 된다는 것을 그녀는 알았다. 하지만 그 작은 여자애는 약간 칭기즈칸 같지, 안 그래? 납작한 작은 얼굴에 찢어진 눈을 가진 아기 칭기즈칸? 데이비드는 해리엇의 이런 면을 좋아하지 않았다. 그녀의 나머지 부분과는 맞지 않는 숙명론. 그는 그건 어리석고 히스테릭한 생각이라 여긴다고 말했다. 해리엇은 토라졌지만 둘은 곧 화해했다.

그들이 지난 5년간 살고 있던 작은 마을도 그동안 변했다. 한때 사람들에게 충격을 주었던 잔인한 사건과 범죄가 이제는 흔해졌다. 일단의 청소년 무리가 다른 사람들을 완전히 무시한 채 막다른 골목이나 카페에 몰려 다녔다. 바로 옆집은 세 번이나 털렸다. 로바트의 집은 아직까지는 괜찮았다. 항상 사람들이 있기 때문이었다. 길 끝 쪽으로 공중전화 부스가 있었는데 너무나 여러 번 파손돼서 이제 시 당국도 손을 든 상태였다. 그 공중전화는 고장난 채로 그냥 거기 서 있었다. 요즈음 해리엇은 밤에 혼자 걸어다니는 것은 꿈도 못 꾸었다. 자기가 가고 싶은 곳은 밤이든 낮이든 언제든지 갈 수 있다고 생각한 시절이 있었다. 만사에 추악한 면이 드러났다. 영국에는 두 부류의 사람들이 사는 것 같았다. 적대적인 두 부류는 서로를 미워하면서 다른 편이 하는 말은 듣지도 못하는 것 같았다. 젊은 로바트 부부는 본능적으로 그러지 말아야 한다고 생각하면서도 신문도 읽고 텔레비전 뉴스도 보았다. 소중한 세 아이가 양육되고 수많은 사람들이 안전과 평안과 친절 속에 그들을 담그기 위해 찾아오는 자신들의 왕국, 이 요새 밖에서 적어도 무슨 일이 진행되는지는 알아야 했다.

그들의 넷째 아이 폴은 1973년에 태어났다. 크리스마스가 지나고 부활절이 오기 전이었다. 해리엇은 상태가 좋지 않았다. 임신 기간 내내 불편했고 작은 문제들도 많았다. 심각한 것은 아니었지만 그래도 그녀는 피곤해했다.

부활절 축제는 이제까지 중 최고였다. 그들이 보낸 해 중 그 해가 최고였고 그 후에 회상해 보면 그 한 해는 축제의 연속이었다. 해리엇과 데이비드가 수호자인 사랑과 친절의 샘물에서 축제는 새롭게 원기를 얻었다. 해리엇의 배가 잔뜩 부풀었던 크리스마스 때부터, 모두들 그녀를 돌보고 훌륭한 식사를 만드는 일을 서로 돕고 태어날 아이에 관심을 가졌다. 그러면서 그들은 부활절이 다가오고 있다는 것을 알았다. 긴 여름과 크리스마스가 다시 오고 있다는 사실도…….

부활절 휴가는 3주일 동안 계속되었다. 집 안은 발 디딜 틈이 없었다. 작은 애 셋은 각자 방이 있었지만 침실이 모자랄

땐 한데 모았다. 물론 애들은 좋아했다. "왜 항상 그 애들을 함께 재우지 않지요?" 다른 사람들이 도러시에게 물었다. "그렇게 작은 젖먹이들에게 각자 방 하나라니요!"

"그건 중요해요. 모든 사람은 각자 방이 하나씩 있어야 해요." 데이비드가 강하게 말했다.

가족들은 누군가가 장애물에 발이 걸렸을 때 그러는 것처럼 눈길을 주고받았다. 자신이 인정을 받으면서도 동시에 교묘한 방법으로 비판을 받는다고 생각하던 몰리는 "이 세상의 모든 사람이라고! 모든 사람!" 하고 재미있게 들리도록 의도하면서 말했다.

이 장면은 아침식사 때 아니 아침이 무한정 계속되므로 거의 대낮에 가까운 시간에 거실에서 있었다. 15명이나 되는 어른들 모두가 아직도 식탁에 앉아 있었다. 아이들은 거실의 소파와 의자들 사이에서 놀았다. 몰리와 프레더릭은 늘상 모든 것을 옥스퍼드식으로 판단하는 그들의 태도를 유지한 채 나란히 앉아 있었다. 그들의 관점은 여기서는 자주 놀림을 받았지만 그들은 개의치 않고 기분 좋게 방어 자세를 취했다. 데이비드의 아버지 제임스는 몰리로부터 다시 편지를 받았다. 그녀는 젊은 부부가 그 모든 일당을 먹이는 일을 감당하지 못하므로 그가 돈을 더 많이 내놓아야 한다고 썼다. 제임스는 관대한 액수의 수표를 보냈고 자신도 직접 방문했다. 그는 전부인과 그녀의 남편 맞은편에 앉아 있었다. 늘상 하던 대로 두 종류의 사람들은 서로를 관찰, 검토하면서 어쩌다 그들이 하나가 될 수 있었는지에 경탄했다. 그는 스포츠 이벤트에 나갈 수 있게 옷을 맞춘 것 같았다. 사실 그는 데버라처럼 곧 스키를 타러 떠날 예정이었다. 데버라는 이상한 장소에 내려앉아 호기심 때문에 그곳에 머물고 있는 이국적인 새 같은 분위기를 풍겼다. 그녀는 자신이 감탄하는 것을 인정하지 않을 참이었다. 도러시가 차와 커피를 돌렸다. 앤절라는 자기 남편과 함께 앉아 있었다. 그녀의 세 자녀는 다른 아이들과 놀았다. 능률적이고 재빠른 앤절라(도러시는 '정말 다행이지.'란 말까지는 입 밖에 안 냈지만 그녀를 수완 좋은 '말장수'라고 불렀다.)는 나머지 두 자매가 도러시의 기운을 몽땅 뺏고서 자기에겐 하나도 남겨 주지 않는다고 느끼는 것을 감추지 않았다. 그녀는 영리하고 귀여운 작은 여우 같았다. 세라와 세라의 남편, 사촌들, 친구들——그 큰 집 구석구석, 아래층 소파에까지 사람들이 박혀 있었다. 다락방은 벌써 오래전에 애들이 몇 명이라도 잘 수 있게 매트리스와 침낭이 쌓인 기숙사로 변했다. 그들이 이 편안하고 따뜻한 큰 방에 앉아 어제 산책할 때 주워 온 나무가 타는 것을 바라보고 있는 동안 위층에서는 음악소리와 목소리가 메아리쳤다. 좀 더 나이 많은 아이들이 노래 연습을 하고 있었다. 이 집은 텔레비전을 잘 보지 않는 집이다.——사람들은 자기 혼자서는 이룰 수 없는 이 일에 존경을 표하며 그 집에 대해 그렇게 정의를 내렸다.

세라의 남편 윌리엄은 식탁에 앉지 않고 벽 쪽에서 서성댔다. 그 얼마 안 되는 거리는 그가 가족들과의 관계에서 느끼는 거리감을 나타냈다. 그는 세라를 두 번이나 떠났었고 그때마다 다시 돌아왔다. 이런 일이 계속될 것임은 모두에게 분명해 보였다. 그가 건축회사에서 얻은 직장도 신통치 않은 것이었다. 문제는 그가 신체 불구 때문에 상심해 있는 데다가 딸의 다운증후군 때문에 경악하고 있다는 점이다. 그래도 그와 세라의 관계는 아주 밀접한 편이었다. 둘은 잘 맞는 한 쌍이었다. 둘 다 키가 크고 넉넉한 몸매, 검은 머리에다 한 쌍의 집시처럼 항상 원색의 옷을 입었다. 그러나 세라의 팔에 안겨 있는 불쌍한 아기는 다른 사람의 비위를 상하게 하지 않기 위해 얼굴까지 덮어쓰고 있었고, 윌리엄은 부인을 애써 외면하면서 여기저기 두리번거리고 있었다.

그는 대신에 젖 먹이기에 편안한 큰 의자에 앉아 두 달 된 폴에게 젖을 먹이는 해리엇을 쳐다보았다. 그녀는 지쳐 보였다. 밤중에 제인이 이가 아프다며 일어나 할머니가 아닌 엄마를 찾았었다.

그녀는 네 명의 아이들을 세상에 내놓았지만 별로 변한 것이 없었다. 그녀는 식탁 머리맡에 앉아 있었고, 한쪽으로 젖힌 푸른 셔츠 깃 아래로 파란 핏줄이 있는 하얀 가슴의 일부와 원기 왕성하게 움직이는 폴의 작은 머리가 보였다. 그녀는 입술을 그녀답게 굳게 다물고 모든 것을 지켜보고 있었다. 생명으로 가득 찬 건강하고 매력적인 젊은 여인. 그러나 피곤했다……. 아이들은 놀다가 엄마의 관심을 끌기 위해 달려왔고 그녀는 갑자기 울컥 화를 내며 신경을 곤두세웠다. "왜 너희들은 다락방으로 가서 놀지 못하니?" 이건 그녀답지 않았다. 다시 한번 어른들 사이에서 눈짓이 교환되었고, 그들은 애들 소리가 그녀를 방해하지 않도록 노력했다. 결국 앤절라가 애들을 데리고 나갔다.

해리엇은 성깔을 부린 것에 대해 기분이 좋지 않았다. "어젯밤 내내 잠을 못 잤어요."라고 그녀가 말을 꺼내자 윌리엄이 끼어들어 모두들 느끼고 있는 것 그리고 해리엇도 알고 있는 사실을 말했다. 왜 남편과 아버지로서 의무 태만자인 윌리엄이 그 말을 하는지조차도 그녀는 알았다.

"그래요, 처형, 이것이 이유예요." 벽 앞으로 몸을 내밀면서 악단장처럼 손을 올리고 그가 말했다. "처형은 몇 살이지요? 아니 말하지 않아도 알아요. 그런데 6년 사이에 애를 넷이나 가졌어요……." 여기서 그는 모두들 자기 말에 동의하는지 한번 둘러보았다. 그들은 모두 그랬고, 해리엇도 그 점을 알 수 있었다. 그녀는 비꼬듯 웃었다.

"죄인이죠, 그게 저예요." 그녀가 말했다.

"좀 쉬지 그래요, 해리엇. 그게 우리 모두가 원하는 거예요." 그는 늘상 그러듯이 점점 우스꽝스러운 연극조의 말을 계속했다.

"아이 넷을 둔 아버지로서 하는 말이다." 불쌍한 에이미를 열심히 쓰다듬으면서 세라는 가족들이 마음속에 있는 말을 크게 말하도록 선동했다. 그녀는 그들 앞에서 자신도 만족스럽지 못한 남편을 옹호하기 위해 보통 때보다 더 허풍을 떨었다. 그는 그녀가 보호하고 있는 불쌍한 보따리를 애써 외면하면서 그녀에게 감사의 눈길을 보냈다.

"그래도 우리는 아이 넷을 10년이란 긴 기간 동안 낳았어요." 그가 말했다.

"우리도 휴식 기간을 가질 예정이에요." 해리엇이 말했다. "적어도 3년간은요." 그녀는 도전적으로 덧붙였다.

모두들 눈길을 주고받았다. 그녀는 그들이 자신을 비난하고 있다고 느꼈다.

"내가 그랬잖아요." 윌리엄이 말했다. "이 정신 나간 사람들은 계속할 거라고요."

"확실히 정신 나간 사람들이죠."라고 데이비드가 말했다.

"내가 그렇게 말했지. 해리엇이 머릿속에서 무언가를 생각하고 있다면 우린 논쟁을 안 하는 것이 나아." 도로시가 말했다.

"꼭 엄마 같아."라고 세라가 쓸쓸히 말했다. 이것은 장애아가 있음에도 불구하고 세라보다 해리엇이 자신을 더 필요로 한다는 도로시의 결정을 비꼬는 말이었다. "세라, 넌 언니보다 훨씬 더 강하잖니."라고 도로시가 말했었다. "해리엇의 문제는 자기 배보다 더 큰 것에 항상 눈독을 들인다는 점이지."

도로시는 어젯밤 잠을 설쳐 졸고 있는 어린 제인을 안고서 해리엇 곁에 앉아 있었다. 그녀는 견고한 몸매를 꼿꼿하게 세우고 있었다. 그녀는 입술을 굳게 다물고, 눈은 아무것도 놓치지 않았다.

"왜, 그러면 안 돼요?" 해리엇이 말했다. 그녀는 어머니를 향해 미소 지었다. "그보다 어떻게 더 잘할 수 있어요?"

"쟤네들은 애 넷을 더 가질 참이야." 도로시가 다른 사람들에게 호소하듯 말했다.

"하느님 맙소사." 제임스가 감탄조로 그러나 질겁하며 말했다. "그러면 내가 돈을 더 많이 벌어야겠군."

데이비드는 이 말을 좋아하지 않았다. 그는 얼굴을 붉히고는 아무도 쳐다보지 않았다.

"형부, 제발 그러지 말아요." 세라는 신랄하게 들리지 않게 하려고 애쓰면서 말했다. 그녀는 돈이 아주 필요했지만, 좋은 직장을 갖고 있는 데이비드는 여유가 있었다. 데이비드는 좋은 직장도 갖고 있으면서 뭔가를 더 많이 받는 것처럼 보였다.

"언니네 정말 애 넷을 더 가질 작정은 아니지?" 세라가 한숨을 쉬면서 물었다. 모두가 그녀의 말을 운명에 네 번 더 도전한다는 뜻으로 받아들였다. 그녀는 숄로 가린 채 자고 있는 에이미의 머리 위에 손을 가볍게 대면서 세상으로부터 안전하게 그 애를 안고 있었다.

"아니, 우린 그럴 참이에요." 데이비드가 말했다.

"그래요, 확실히 그럴 거예요." 해리엇이 말했다. "이게 사실은 모두들 원하는 거지요. 그런데 우리는 그러지 않도록 세뇌를 당한 거예요. 사실 사람들은 이런 식으로 살기를 정말 원하고 있어요."

"행복한 가정 생활이라." 몰리가 비판적으로 말했다. 그녀는 가정이 중요한 일의 뒷배경으로 물러나 있는 그런 생활을 지지했다.

"우리가 이 집안의 중심이에요. 해리엇과 제가요. 어머니가 아니에요." 데이비드가 말했다.

"하느님 용서하소서." 몰리가 말했다. 항상 상기되어 있던 그녀의 커다란 얼굴은 더욱 붉어졌다. 그녀는 신경이 거슬렸다.

"그래요. 이게 결코 엄마 스타일은 아니었죠." 그녀의 아들이 말했다.

"이건 확실히 내 스타일이 아니야. 그리고 난 그 점에 대해 사과할 의사가 없어." 제임스가 말했다.

"하지만 아빤 지금까지 멋진 일류 아빠였어요."라고 데버라가 재잘거렸다. "그리고 제시카도 일등 엄마였고요."

그녀의 진짜 엄마는 육중한 양미간을 들어 올렸다.

"네가 몰리에게 기회를 준 기억이 없구나."라고 프레더릭이 말했다.

"하지만 영국은 너무 추-우-우-워서요." 데버라가 신음하듯 말했다.

남쪽에서 여름을 보내기 위해 화려하고 찬란한 옷을 입은 제임스는 잘생기고 젊어 보였다. 그는 젊은이들의 철없는 태도에 나이 든 사람으로서 비꼬듯이 코웃음을 치면서, 한편으로는 전 부인과 그녀의 남편에게 데버라에 대한 사과의 눈길을 보냈다. "그래, 어쨌든 이건 내 스타일이 아니야. 해리엇, 네가 틀렸어. 사실은 그 반대이거든. 사람들은 가족 생활이 최고라고 세뇌를 당하는 거야. 하지만 그건 과거의 일이지." 그가 주장했다.

"만약 그게 싫으시다면 왜 모두들 여기 계신 거죠?" 이 유쾌한 아침 장면에 비해서는 너무나 호전적으로 해리엇이 물었다. 그러고 나서 그녀는 얼굴을 붉히면서 말했다. "아니에요, 제 말은 그런 뜻이 아니에요!"

"물론, 그런 뜻이 아니고말고." 도러시가 말했다. "넌 너무 지친 거야."

"우리는 여기가 아름다워서 여기 있는 거예요." 학교에 다니는 데이비드의 사촌이 말했다. 그 아이의 가정 환경은 불행했다. 아니 적어도 복잡했다. 그 아이의 부모는 여기서 방학을 보내면서 그 애가 진짜 가족 생활을 맛볼 수 있게 되어 기뻐했다. 그 아이의 이름은 브리짓이었다.

데이비드와 해리엇은 늘상 하듯이 서로 동조하는 우스운 표정을 오랫동안 주고받았다. 그래서 애처로운 시선으로 그들을 바라보는 그 애의 말을 듣지 못했다.

"이봐요, 두 사람." 윌리엄이 말했다. "브리짓에게 환영한다고 말해 줘요."

"뭐라구요? 무슨 말이죠?" 해리엇이 물었다.

"브리짓을 환영한다는 말을 당신들이 해야 돼요. 그래, 사실 우리 모두 그런 것이 때때로 필요하죠." 그는 특유의 익살스러운 방식으로 말하면서 자기 부인을 흘끗 보았다.

"그래, 물론이지, 브리짓. 너는 항상 환영이야." 데이비드가 말했다. 그는 해리엇에게 눈길을 보냈고 그녀도 즉시 응답했다.

"그야 물론이지. 두말할 필요도 없어." 결혼 생활에 관한 수천 가지 토론의 무게는 이제 뒤로 제쳐 놓고 브리짓은 데이비드와 해리엇을 번갈아 쳐다보며 또 온 가족을 쳐다보며 말했다. "저도 결혼하면 이렇게 할 거예요. 난 데이비드와 해리엇같이 될 거예요. 커다란 집을 갖고 애를 많이 낳고……. 그러면 모두들 오셔야 해요." 그 애는 열다섯 살 난 검은 머리의 평범하고 통통한 소녀였지만 얼마 지나지 않아 활짝 피어나 아름다워질 것을 그들은 알았다. 모두들 그러마고 약속했다.

"그건 자연스러운 거야. 너에게 집다운 집이 없으니까 이것을 소중하게 여기는 거지." 도러시가 온화하게 말했다.

"그 논리에는 뭔가 잘못된 게 있는데요." 몰리가 말했다.

브리짓은 무슨 소린가 하고 식탁을 둘러보았다.

"우리 어머니 말씀은 네가 경험을 해 봐야지 그것이 가치 있는지 안다는 의미야." 데이비드가 말했다. "하지만 그렇지 않다는 살아 있는 증거가 바로 나지."

"만약 네가 올바른 가정을 갖지 못했다는 말이라면 그건 말도 안 되는 소리야." 몰리가 말했다.

"넌 둘이나 가졌지."라고 제임스가 말했다.

"저는 제 방을 가졌죠. 내 방──그게 집이었죠." 데이비드가 말했다.

"글쎄, 그렇게 인정해 주니 우리는 감사해야겠네. 난 네가 그런 상실감을 느낀 줄 몰랐어." 프레더릭이 말했다.

"저는 그렇게는 안 느꼈어요, 제 방이 있었거든요."

모두들 아무렇지도 않은 듯 어깻짓을 하며 웃었다.

"그리고 넌 그 애들을 모두 교육시키는 일은 생각도 안 해 본 것 같아." 몰리가 말했다.

"우리가 보기에는 그렇게 보이는군."

바로 이 지점에서 이 집안에서는 너무나 성공적으로 매끄럽게 넘어갔던 차이점이 나타나기 시작했다. 데이비드는 두말할 나위 없이 사립학교에 갔었다.

"루크는 올해 동네 공립학교에 입학할 거예요." 해리엇이 말했다. "그리고 헬렌은 내년에 시작할 거구요."

"그래, 너희들이 좋다면야." 몰리가 말했다.

"우리 세 아이도 공립학교에 다녔어요." 이 문제가 회피되지 않도록 도러시가 말했다. 그러나 몰리는 도전을 받아들일 참이 아니었다. 그녀는 "글쎄요, 제임스가 돈을 좀 보태 준다면……." 하고 말함으로써 자기와 프레더릭이 보탤 수도 없고 그럴 의향도 없음을 분명히 했다.

제임스는 아무 말도 하지 않았다. 그는 냉소적인 표정조차 짓지 않았다.

"우리가 루크와 헬렌의 다음 단계 교육을 걱정하려면 앞으로 5, 6년은 더 있어야 돼요." 다시 한번 매우 화난 어조로 해리엇이 말했다.

몰리가 주장했다. "우린 데이비드가 태어났을 때 그 애 교육을 위해 돈을 따로 떼어 놓았지. 그리고 데버라의 경우도 그랬어."

"글쎄요, 내가 비싼 학교에 갔다고 해서 해리엇이나 그 누구보다 더 나은 점이 뭐가 있어요?"

"그 말도 일리가 있군." 비싼 학비를 지불했던 제임스의 말이었다.

"그건 말도 안 돼요." 몰리가 말했다.

윌리엄이 한숨을 쉬면서 익살을 떨었다. "우리 모두는 완전히 거지로구먼. 불쌍한 윌리엄, 불쌍한 세라, 불쌍한 브리짓, 불쌍한 해리엇. 만약 내가 비싼 학교에 갔더라면 지금쯤 괜찮은 직장을 갖고 있었을까요, 몰리?"

"그게 요점이 아니야." 몰리가 말했다.

"몰리의 이야기는 당신이 좋은 교육을 받고도 직업이 없거나 지저분한 직장을 갖고 있는 쪽이 형편없는 교육을 받는 것보다 더 행복할 거라는 거야." 세라가 말했다.

"미안해요." 몰리가 말했다. "공립학교는 끔찍하거든. 점점 더 나빠져. 해리엇과 데이비드는 교육시킬 애가 넷이나 있어. 또 더 낳을 것이 분명해. 제임스가 너희들을 도와줄지 어떻게 알겠니? 이 세상에는 무슨 일이 일어날지 몰라."

"무슨 일인가는 항상 일어나지요." 윌리엄이 씁쓸하게 말했다. 하지만 곧 분위기를 부드럽게 해 보려고 웃었다.

해리엇은 의자에서 불안하게 움직였다. 모두가 감탄할 만큼 교묘한 기술로 젖을 보이지 않고 폴을 가슴에서 떼어 낸 후 그녀는 말했다. "이 얘기 그만해요. 아름다운 아침인데……."

"물론 어느 정도는 내가 도울 거야." 제임스가 말했다.

"오, 아버님……. 고마워요." 해리엇이 말했다. "고마워요. 우리 모두 숲속으로 가는 게 어때요? 점심을 야외에서 먹어요."

아침은 어느새 지나가고 벌써 한낮이었다. 태양이 빨간 커튼 가장자리에 부딪혀 커튼을 진한 오렌지빛으로 물들이고는 식탁 위의 컵과 접시 그리고 과일 바구니 위에 오렌지색 마름모 모양을 만들어 놓았다. 아이들이 위층에서 내려와 정원에서 놀고 있었다. 어른들은 창가로 가서 아이들을 지켜보았다. 시간이 없어서 정원을 손질할 수가 없었다. 잔디밭에는 듬성듬성 풀이 우거지고 장난감이 뒹굴었다. 아이들과 상관없이 새들은 덤불에서 노래 불렀다. 도러시가 내려놓은 어린 제인이 다른 아이들과 어울리려고 비틀비틀하면서 걸어갔다. 아이들이 시끄럽게 어울려 놀았지만 제인은 너무 어려서 두 살배기답게 놀이에 마음대로 들어갔다 나왔다 했다. 아이들은 솜씨 좋게 제인을 놀이에 끼워 주었다. 지난주 부활절 일요일, 이 정원에 색칠한 달걀을 여기저기 감추어 놓았었다. 멋진 날이었다. 아이들은 도러시와 해리엇과 브리짓이 거의 밤을 지새워 장식해 놓은 마법의 달걀을 찾아 왔다.

아기를 안은 해리엇과 데이비드는 창가에 함께 서 있었다. 데이비드가 그녀를 감싸 안았다. 그들은 번져 나오는 미소를 억누를 수 없었다. 다른 사람들이 자신들의 그런 미소를 보고 화를 낼 것 같아 반쯤 죄책감을 느끼며 그들은 얼른 눈짓을 주고받았다.

"당신 두 사람은 구제 불능이에요." 윌리엄이 말했다. "처형네 부부는 희망이 없어요." 다른 사람들에게 그가 말했다. "글쎄, 누가 불평하겠어요? 난 아니에요. 우리 다같이 소풍이나 가죠."

그 집 가족들은 아이들을 어른 무릎 위에 앉히거나 사이에 끼워서 다섯 대의 차에 모두 탔다.

여름도 마찬가지였다. 두 달 동안 가족들이 모였다가 헤어지고 다시 모였다. 불쌍한 브리짓은 가족이라는 이 기적에 꼭 매달려서 내내 거기에 있었다. 사실 데이비드와 해리엇도 그랬었다. 자신의 관심이 느슨해지는 순간 어떤 은총이나 선함의 계시를 놓쳐 버릴까 두려워하기라도 하듯 이 소녀가 항상 조심하면서 존경하고 더 나아가 경외하는 듯한 얼굴을 할 때, 두 사람은 그 얼굴에서 자신들의 모습을 여러 번 볼 수 있었다. 그렇게 자신들의 모습을 확인하는 것은 그들을 어색하게 느끼게 만들었다. 너무 과했다……. 지나쳤다. 그들은 그녀에게 이렇게 말했어야 했다. "이봐, 브리짓, 너무 기대하지는 마. 인생은 그렇지 않아!" 하지만 올바르게 선택만 한다면 인생은 그럴 수도 있다. 왜 그들은 자신들이 그렇게 풍부하게 가진 것을 그 소녀는 가질 수 없다고 느껴야만 하는가?

1973년 크리스마스 때 사람들이 모이기도 전에 해리엇은 다시 아이를 가졌다. 그녀는 물론 데이비드도 당황했다. 어쩌다 이런 일이 생겼나? 한동안은 아기를 더 갖지 말자는 결심에서 그들은 특별히 조심했었다. 데이비드는 우스갯소리로 넘기려 애썼다. "이 방 때문이야, 맹세컨대 이 방은 아기 제조소야!"

그들은 도러시에게 알리는 일을 늦추었다. 어쨌건 도러시는 세라가 해리엇만 항상 도움을 받는다고 불평하는 탓에 그곳에 없었다. 해리엇은 어쩔 수가 없었다. 세 명의 소녀들이 차례로 그녀를 도와주러 왔다. 그들은 학교를 갓 졸업하고 일자리를 쉽사리 구하지 못한 상태였다. 그러나 그 소녀들은 별 도움이 안 되었다. 해리엇은 그들이 자기를 돌보는 것보다 자기가 그들을 더 많이 돌본다고 생각했다. 그들은 기분에 따라 오기도 하고 안 오기도 했고, 해리엇이 애쓰는 동안 친구들과 앉아 차를 마시기도 했다. 해리엇은 완전히 지치고 미칠 것 같았다……. 그녀는 쉽게 토라지고 화를 냈다. 감정이 복받쳐 울기도 했다. 데이비드는 그녀가 턱을 괴고 식탁에 앉아 배 속의 아기가 자기에게 독을 퍼뜨린다고 중얼거리는 것을 보았다. 폴은 아무도 돌보지 않아 유모차에 누워 낑낑대며 울고 있었다. 데이비드는 보름간 휴가를 내어 집안일을 도왔다. 이전에 도러시에게 얼마나 많은 도움을 받았는지 알고 있었지만 이제 그들은 그 사실을 더욱 절감하게 되었다. 그리고 도러시가 해리엇이 다시 임신했다는 말을 들으면 엄청나게 화를 낼 거라는 사실도. 그리고 그런 도러시가 옳다는 사실도.

"크리스마스가 시작되면 모든 일이 쉬워질 거야." 해리엇이 울면서 말했다.

"진심으로 하는 말은 아니겠지." 데이비드가 화가 나서 말했다. "이번 크리스마스에는 당연히 아무도 올 수 없어."

"하지만 모두들 여기 있으면 나를 도와주니까 더 수월해질 거야."

"이번 딱 한 번만 우리가 그들 중 어느 한 집에 가지." 데이비드가 말했다. 하지만 이 생각은 5분 이상 지속되지 않았다. 어떤 집도 여섯 명의 가족을 한꺼번에 수용할 수 없기 때문이었다.

해리엇은 침대에 누워 흐느꼈다. "하지만 사람들을 오게 해야 돼. 오 데이비드, 제발 그 사람들을 못 오게 하지 마. 그래야지 적어도 내 마음이 편할 것 같아."

그는 자기 쪽 침대 끝에 앉아 비판적이고 불편한 마음으로 그러나 그러지 않으려고 노력하면서 그녀를 지켜보았다. 사실 그는 3주나 한 달 동안은 사람들로 집 안이 가득 차지 않기를 바랐다. 돈도 너무 많이 들었고, 또 자신들도 항상 돈이 모자랐다. 그는 부수입을 위해 일을 더 했고 또 오늘 같은 날은 집

다섯째 아이

에서 유모 노릇까지 하고 있었다.

"도와줄 사람을 하나 둬, 해리엇. 그런 사람을 계속 두려고 노력해 봐."

그녀는 그러한 비판에 분개해서 폭발해 버렸다. "당신 말은 부당해! 당신은 그런 사람들하고 여기서 항상 같이 있지 않잖아. 그들은 쓸모가 없다니까. 그 애들은 평생 한 시간도 제대로 일해 본 적이 없을 거야."

"그래도 조금은 도움이 되잖아. 단지 설거지라도 말이야."

도로시는 세라와 해리엇 모두 스스로 일을 해결해야 한다고 말하려고 전화했다. 도로시 자신도 휴식이 필요했다. 그녀는 몇 주 동안 자기 아파트로 가서 혼자 즐길 예정이었다. 해리엇이 말을 거의 못 할 정도로 흐느껴 울었지만, 도로시는 무엇이 잘못된 건지 알 수가 없었다. 그래서 그녀는 "좋아, 그럼 내가 가야 된단 말이군."이라고 말했다.

그녀는 데이비드와 해리엇 그리고 네 아이들과 함께 커다란 식탁에 앉아서 해리엇을 심각하게 쳐다보았다. 도착한 지 30분도 안 돼서 그녀는 자기 딸이 또 임신했다는 사실을 알았다. 그들은 그녀의 굳고 화난 얼굴에서 그녀가 뭔가 끔찍한 말을 할 것임을 알 수 있었다. "난 너희들의 하인이야. 이 집에서 하인 일은 내가 다 하고 있지." 또는 "너희는 둘 다 정말 이기적이로구나. 너희들은 무책임한 사람들이야." 이런 말들이 감돌았지만 입 밖으로 나오지는 않았다. 그러나 만약 그녀가 시작만 한다면 이 정도로 그치지 않을 거라는 사실을 그들은 잘 알았다.

그녀는 난로 가까이 식탁 머리에 앉아 차를 저으면서 한 눈으로는 아기 폴을 쳐다보았다. 폴은 안아 달라고 작은 의자에서 꼼지락거리고 있었다. 도러시도 역시 피곤해 보였고 흰머리는 흐트러져 있었다. 그녀는 자기 방으로 올라가려던 참에 루크와 헬렌과 제인이 퍼붓는 포옹에 휩싸였다. 그 아이들은 할머니를 그리워했고 이제 이 집안을 지배하던 음울한 분위기와 초조함이 사라질 거라는 걸 알았다.

　"모두들 크리스마스에 여기 올 계획인 줄은 너희들도 알고 있지." 그녀는 그들을 쳐다보지도 않고 무겁게 물었다.

　"오, 네, 네, 네." 노래하는 것처럼 루크와 헬렌은 떠들어 대며 부엌 주위를 춤추고 다녔다. "오, 그래요. 언제들 오지요? 토니도 와요? 로빈도요? 앤도 오죠?"

　"앉아." 데이비드가 차갑고 날카롭게 말했다. 그러자 아이들은 놀란 얼굴로 아버지를 쳐다보며 시무룩하게 앉았다.

　"이건 미친 짓이야." 도러시가 말했다. 입 밖에 내지 않으려고 간신히 억누르고 있는 말 때문에 그리고 뜨거운 차 때문에 그녀는 상기되어 있었다.

　"물론 모두들 와야죠." 해리엇이 흐느끼며 말하고는 방 밖으로 달려 나갔다.

　"그건 저 사람에게 매우 중요한 일이에요." 변명하듯이 데이비드가 말했다.

　"자네한테는 안 그렇고?" 이 말은 매우 냉소적이었다.

　"문제는 해리엇이 평상시 같지 않다는 점이에요." 데이비드는 도러시의 눈을 바라보면서 그녀가 자신을 똑바로 보도록 만들려고 했다. 그러나 그녀는 그러지 않았다.

"엄마가 평상시와 같지 않다는 게 무슨 말이야?" 여섯 살배기 루크가 낱말놀이라도 만들 태세로 물었다. 수수께끼마저도 만들 수 있을 양이었다. 그러나 그 애는 불안해했다. 데이비드가 손을 내밀자 루크는 아버지에게 다가가 바짝 붙어 서서 그의 얼굴을 쳐다보았다.

"괜찮아, 루크." 데이비드가 말했다.

"도와줄 사람을 구해 보렴." 도러시가 말했다.

"노력해 봤는데요." 데이비드는 세 명의 귀엽고 무신경한 소녀들하고 무슨 일이 있었는지를 설명했다.

"별로 놀랍지도 않군. 요즘 정직하게 일하려는 사람이 어디 있어?" 도러시가 말했다. "그래도 누군가를 구해야 해. 분명히 말하지만 나도 너희들과 세라의 하녀로 일생을 마칠 생각은 없다."

여기서 루크와 헬렌은 할머니를 믿을 수 없다는 표정으로 쳐다보고선 울음을 터뜨렸다. 잠시 후 도러시는 자신을 가다듬고 애들을 달래기 시작했다.

"괜찮아, 이제 괜찮아." 그녀는 말했다. "이제 폴과 제인을 재울게. 루크와 헬렌 너희 둘은 침대로 가거라. 곧 올라가서 잘 자라고 해 줄게. 그다음에 할머니도 잠자리에 들 거야. 나도 피곤하거든."

진정이 된 아이들은 위층으로 갔다.

그날 밤 해리엇은 다시 내려오지 않았다. 그녀의 남편과 어머니는 그녀가 몸이 안 좋은 것을 알았다. 그 점에 대해서 그들은 익숙했지만 심기가 좋지 않다거나 운다거나 안달 내는 일은 잘 모르던 일이었다.

아이들이 잠자리에 들자 데이비드가 집으로 가져온 일을 하며 샌드위치를 만들어 먹고 있는데 도러시가 차를 마시러 내려왔다. 이번에는 둘 다 자극적인 말은 나누지 않았다. 둘은 시련과 어려움에 직면한 두 명의 노병처럼 다정한 침묵 속에 함께 앉아 있었다.

그런 다음 데이비드는 그림자 진 거대한 침실로 올라갔다. 30야드는 족히 떨어진 이웃집에서 온 빛이 만든 그림자가 천장에 얼룩졌다. 그는 해리엇이 누워 있는 커다란 침대를 쳐다보며 서 있었다. 자나? 아기 폴은 담요도 덮지 않고 그녀 옆에 누워 자고 있었다. 데이비드는 조심스럽게 몸을 기울여 폴을 담요에 싸서 옆 아기방으로 데려갔다. 그는 자신의 동작을 따라오는 해리엇의 눈빛을 보았다.

그는 침대로 들어가 늘상 하듯이 한 팔을 그녀의 머리 밑으로 넣어서 그녀를 자기 옆에 바짝 오도록 했다.

그러나 그녀는 "이걸 느껴 봐."라면서 그의 손을 배에다 갖다 대었다.

그녀는 임신 3개월째였다.

이 새 아기는 아직 독립된 생명의 흔적을 보여 주지는 않았지만, 데이비드는 그의 손에서 상당히 강한 움직임의 충격을 느낄 수 있었다.

"생각한 것보다 더 된 것 아니야?" 그는 다시 한번 움직임을 느낄 수 있었지만 그래도 믿을 수가 없었다.

해리엇은 다시 흐느끼기 시작했다. 그는 그녀가 그들 사이의 계약 중에서 어떤 규칙을 깨고 있다고 느꼈다. 그게 옳지 않은 생각임을 알면서도. 눈물과 속상함은 그들의 협의 사항에는 결코 포함되어 있지 않았었다!

그녀는 데이비드가 자신을 거부했다고 느꼈다. 그들은 항상 새로운 생명을 느끼고 환영하면서 여기 누워 있는 것을 좋아했다. 그녀는 그 첫 번째 작은 펄럭임을, 잘못 알기도 쉽지만 그래도 점차 확실해지는 그 움직임을, 지금까지 네 번이나 그와 함께 느꼈었다. 그것은 마치 물고기가 물 밖으로 입을 내고 방울을 만드는 감각과 비슷했다. 그녀의 움직임과 촉각 그리고 확신컨대 그녀의 사고에 따라서 작은 반응을 보였다.

오늘 아침 애들이 깨기 전 어둠 속에 누워 있다가 그녀는 관심을 요구하는 배 속의 두드림을 느꼈다. 믿을 수 없어서 그녀는 반쯤 앉아서 여전히 납작하고 말랑한 아랫배를 쳐다보았다. 그러자 작은 북소리 같은 긴급한 두드림이 다시 느껴졌다. 그녀는 하루 온종일 움직이면서 그녀가 이전에 알았던 어떤 것과도 다른 이 새로운 존재로부터의 요구를 느끼지 않으려고 애썼다.

"브렛 박사에게 가서 날짜를 좀 체크해 보지." 데이비드가 말했다.

해리엇은 그게 요점이 아니라고 느끼면서도 아무 말도 하지 않았다. 그녀는 왜 자신이 그렇게 느끼는지 몰랐다.

그러나 그녀는 브렛 박사에게 갔다.

"아마도 내가 한 달 잘못 계산한 모양이죠. 만약 그렇다면 해리엇 당신도 아주 부주의했군요." 그가 말했다.

이런 꾸짖음을 모두에게서 받는 터라 그녀는 발끈했다. "누구나 실수는 할 수 있죠."

그녀의 배에서 강한 움직임을 느끼고 그는 얼굴을 찌푸리며 말했다. "그래, 아주 잘못된 것은 없죠? 안 그래요?" 그러나 그는 반신반의하는 표정이었다. 그녀가 듣기에 그의 결혼 생활이 어렵다더니 그는 더 이상 젊지 않은 지쳐 빠진 모습이었다. 이전에 그녀는 항상 그에 대해 우월하게 느꼈다. 이제 그녀는 전문가답게 과묵한 그의 얼굴을 올려다보며 자신이 그의 자비에 달려 있다는 느낌을 받았다. 그의 손 아래 누워서 그녀는 그가 무엇인가 다른 말을 해 주기를 고대하고 있었다. 무엇을? 설명을.

"마음을 편안하게 가져요." 돌아서며 그가 말했다.

그의 등 뒤에서 그녀는 중얼거렸다. "당신이나 편안하게 가지지그래!" 그러고선 넌 정말 성질 고약한 암소야, 하고 자신을 꾸짖었다.

크리스마스를 보내기 위해 온 사람들은 해리엇이 임신했다는 사실을 들었다. 그건 실수였다. 그러나 두 사람은 이제 좋아하고 있다. 정말로……. 하지만 "각자 판단해 보시지."라고 도러시는 말했다. 사람들은 늘상 하던 것보다 더 한데 뭉쳤다. 해리엇은 요리도 집안일도 아무 일도 해서는 안 되었다. 그녀는 시중만 받아야 했다.

새로 온 사람들은 모두 이 소식을 듣고 놀란 것 같았지만 곧 우스갯소리를 했다. 해리엇과 데이비드가 가족들이 모두 모여 이야기하고 있는 방으로 들어가면 사람들은 그들이 온 것을 알고는 곧 조용해졌다. 그들은 비난의 말을 주고받고 있었다. 한편 그들은 이 집안이 제대로 돌아가게끔 하는 도러시의 역할에 대해서는 전적으로 칭찬했다. 또한 그렇게 많지 않은 월급을 받는 데이비드가 느낄 부담감에 대해서도 언급했다. 이 소식을 제임스가 어떻게 받아들일 것인가에 대해서도 농담을 했다. 그러고는 놀림이 시작되었다. 데이비드와 해리엇의 번식력은 칭송을 받았고 그들 침실의 영향력에 대한 우스개도 했다. 그들은 안도하면서 이런 농담에 응했다. 그러나 이런 모든 농지거리는 날카로운 면이 있었고 사람들은 예전과는 다른 시선으로 젊은 로바트 부부를 보았다. 그들을 함께 묶었던 말없이 질기고 참을성 있는 자질, 이 집안을 존재하게 했고 이렇게 서로 다른 사람들을 영국과 세계 각지에서——제임스는 버뮤다에서, 데버라는 미국에서, 그리고 제시카까지도 잠시 모습을 보이겠다고 약속했었다.——불러 모았던 그 자질이 정확히 무엇이든 간에, 과거에는 (마지못해서든 스스로 흘러넘치든) 존경심으로 대하던 인생에 대한 이 요구가 이제는 그 뒷면을 보이기 시작했다. 해리엇이 침대에서 창백하게 누워 있다 사람들과 어울리려고 아래층으로 내려오다가 실패하고 다시 위층으로 올라가는 모습에서, 새벽부터 어두워질 때까지 아니 때론 한밤중까지 일하는 도러시의 엄숙한 인내심에서, 그리고 아이들이——특히 어린 폴이——툭하면 싸우면서 관심을 요구할 때 그런 모습은 더욱 두드러졌다.

브렛 박사가 소개시켜 준 또 다른 소녀가 마을에서 왔다.

다른 세 아이와 마찬가지로 그 애도 쾌활하고 게을렀다. 그 소녀는 자기 관심이 쏠리기 전에는 네 아이를 돌보는 엄청난 일에 눈도 돌리지 않았다. 그래도 그 여자애는 사람들이 둘러앉아 이야기하는 사교적인 분위기를 좋아했고 얼마 지나지 않아 그들과 같이 식사도 하게 되었다. 그 애는 그들이 자기를 시중드는 것이 당연하다고 생각했다. 이 즐거운 가족 모임이 흩어지는 순간 그 애가 이곳을 그만둘 구실을 찾을 것은 뻔했다.

사실 다른 때보다 파티는 빨리 끝났다. (절대로 영국의 겨울에 항복하지 않겠다는 듯 밝은 색 여름옷 위에 얇은 카디건만 걸친) 제시카는 다른 곳에 사는 사람들을 방문하겠다고 자신이 약속했던 사실을 기억해 냈다. 제시카는 데버라까지 데리고 떠났다. 제임스도 뒤따라갔다. 프레더릭은 끝내야 할 책이 있었다. 이곳에 푹 빠져 있던 브리짓은 해리엇이 누워서 손으로 배를 누르며 정확히 어떻게라고 말할 수 없는 고통 때문에 눈물을 흘리며 신음하고 있는 것을 발견했다. 브리짓은 너무 놀라서 눈물이 다 나왔다. 그녀는 "난 이런 행복한 생활이 언젠가는 끝날 거라는 걸 알고 있었어요."라고 말하고는 재혼한 지 얼마 되지 않아서 그녀를 진정으로 반기지는 않을 어머니 집으로 돌아갔다.

일을 도와주러 왔던 소녀도 집으로 가고, 데이비드는 런던에서 훈련받은 유모를 수소문했다. 그럴 만한 돈은 없었지만 제임스가 돈을 주겠다고, 해리엇이 나아질 때까지만 도와주겠다고 했다. 제임스답지 않은 퉁명스러운 어조로 그는 해리엇이 이런 인생을 선택했으니 다른 사람들이 그 값을 대신 치러 주기를 기대해서는 안 된다고 분명히 선언했다.

하지만 그들은 유모를 찾을 수가 없었다. 유모들은 모두 아기가 하나 또는 그저 둘 정도인 가족들과 외국으로 가기를 또는 런던에 살기를 원했다. 이 작은 마을에서 애가 넷에다 또하나가 더 생길 예정인 집은 모두들 마다했다.

대신 프레더릭의 사촌인 과부 앨리스가 돈에 쪼들려서 도러시를 도우러 왔다. 앨리스는 작은 회색 테리어 개처럼 재바르고 활기차며 법석을 떠는 타입이었다.

그녀는 어른이 된 자녀가 셋이나 되는 데다가 손자도 있었지만, 그들에게 귀찮은 존재가 되기 싫다고 했다. 그 말에 도러시는 냉담한 반응을 보였고, 해리엇은 그 말을 자신에 대한 비난으로 느꼈다. 도러시는 자기 나이 또래의 다른 여인과 권위를 공유하는 것이 즐겁지는 않았지만 달리 어쩔 수가 없었다. 해리엇은 더 이상 무슨 일을 하는 것이 불가능해 보였다. 그녀는 브렛 박사를 다시 찾아갔다. 자기 배에서 강제로 떨어져 나오려는 듯한 태아의 힘 때문에 잘 수도 쉴 수도 없었다.

"이것 좀 보세요." 자기 배가 부풀고 뒤틀렸다 다시 가라앉는 것을 보면서 그녀는 말했다. "5개월인데요."

그는 평상시와 같은 검사를 하고 나서 말했다. "5개월짜리 치고는 크지만 비정상은 아니오."

"이런 경우가 이전에도 있었어요?" 해리엇의 말은 날카롭고 위압적으로 들렸고 의사는 그녀에게 거슬린 듯한 표정을 지어 보였다.

"이전에도 힘센 아기들을 본 적은 있어요." 그는 짤막하게 말했고, 그녀가 "5개월인데 말이에요? 이렇게?"라고 묻자 그는 대답을 회피해 버렸다. 그녀는 그가 정직하지 못하다고 느꼈다. "진정제를 줄게요." 그가 말했다. 그녀를 위하여. 그러나 그녀는 그것이 아기를 진정시키기 위한 것이라고 생각했다.

이제 브렛 박사에게 요청하기가 겁이 나서 그녀는 친구들이나 언니들에게 진정제를 달라고 애걸했다. 그녀는 진정제를 얼마나 먹는지 데이비드에게 말하지 않았는데 그녀가 그를 속인 것은 이번이 처음이었다. 그녀가 약을 먹고 나면 한 시간 가량은 태아가 조용해졌고 그녀는 끊임없이 박차고 격렬하게 움직이는 태아에게서 벗어날 수 있었다. 사실 고통이 너무 심해서 그녀는 울곤 했다. 밤중에 데이비드는 그녀가 신음하거나 흐느끼는 소리를 들었지만 이제 더 이상 위로해 줄 수가 없었다. 요즈음 그녀는 자신을 감싸는 그의 팔에서 더 이상 도움을 발견할 수 없었다.

"오 하느님."이라고 말하면서 또는 신음하거나 불평하면서 그녀는 갑자기 일어나 앉거나 침대에서 허둥대며 내려가 고통으로부터 도망치려는 듯 서둘러 방을 뛰쳐나갔다.

그는 옛날에 하던 식으로 다정하게 그녀의 배 위에 손을 올려놓는 일을 그만두었다. 그가 다룰 수 있는 한도 너머에 그 무언가가 있다고 느꼈기 때문이다. 그렇게 작은 존재가 그런 무서운 힘을 보인다는 것은 불가능했다. 그러나 그건 사실이었다. 그리고 그가 하는 어떤 말도 해리엇에게 먹혀들지 않았다. 그는 공유할 수 없는 이 태아와의 싸움 때문에 그녀가 자신에게서 떠나갔다고 느꼈다. 그녀는 완전히 신들린 사람 같았다.

잠을 깰 때마다 그는 그녀가 어둠 속에서 왔다 갔다 하는 모습을 볼 수 있었다. 그녀는 마침내 숨을 고르게 쉬면서 드러누웠다. 그러나 다시 한번 그녀는 비명을 지르며 일어났다. 그가 깨어 있다는 사실을 알기 때문에 아래층 거실로 내려가서 아무도 보지 않는 곳에서 울고 욕하고 신음하면서 이리저리 걸어 다녔다.

부활절 휴일이 다가왔다. 두 늙은 부인이 축제 준비에 대해 이야기를 나누었다. 해리엇은 말했다. "사람들은 올 수 없어요. 오면 안 돼요."

"그래도 모두들 기대하고 있는걸." 도러시가 말했다.

"우리 둘이 치를 수 있어." 앨리스가 말했다.

"안 돼요." 해리엇이 말했다.

아이들이 울고불고하면서 호소했지만 해리엇은 누그러지지 않았다. 이 점이 도러시로 하여금 더 반기를 들게 했다. 이제 앨리스가 여기 있어서 두 유능한 부인이 모든 일을 다 할 것이고 그러니 최소한 해리엇은……

"당신은 친척들이 안 오기를 정말로 원하는 거야?" 아이들이 그녀의 마음을 바꾸어 달라고 애원하자 데이비드가 물었다.

"그냥 당신 원하는 대로 해요." 해리엇이 말했다.

하지만 부활절이 되자 해리엇이 옳았다는 것이 드러났다. 이번에는 성공이 아니었다. 다음번 일격이나 발차기에 대비하면서 식탁에 뻣뻣하게 앉아 있는 모습이나 대화를 중단하게 만드는 그녀의 긴장되고 멍한 얼굴은 재미있고 즐거운 시간을 망쳤다. "그 안에 뭐가 들었어?" 해리엇의 배가 진동하는 것을 보고 윌리엄이 농담 삼아 그러나 내심 불안한 듯이 물었다. "레슬링 선수야?"

"하느님만이 아시겠지." 해리엇이 비꼬는 어투로 말했다. "7월까지 어떻게 견디지?" 질색을 하며 나지막한 목소리로 그녀가 물었다. "난 할 수 없어. 난 정말 그럴 수 없다고요!"

모두들——데이비드 역시——이 애가 너무 빨리 생겨서 그녀가 단지 지쳐 있는 것이라고 생각했다. 그녀는 기분이 좋아져야만 했다. 이 시련을 혼자 겪으면서 그녀는 자기 혼자 견뎌내는 수밖에 없다는 사실을 깨달았다. 그녀는 자신도 서서히 받아들일 수밖에 없었던 그 사실을 가족들이 받아들이지 않는다고 해서 비난하지 않았다. 그녀는 시무룩하고 조용해졌으며 식구들 모두에 대해 또 그들이 자신을 어떻게 생각하는지 의심하기 시작했다. 자신을 도울 수 있는 유일한 방법은 움직이는 것뿐이었다.

진정제를 복용하여 원수를——그녀는 자신 안에 있는 이 야만적인 것에 대해 이제 그렇게 생각했다.——한 시간가량 조용하게 만들면 그녀는 그 시간을 최대한 이용하여 잠에 취해 정신없이 잤다. 그러다가 그것이 자신을 아프게 하면서 움직이고 당기면서 깨어나면 그녀는 침대에서 벌떡 일어나 뛰쳐나왔다. 그녀는 부엌과 거실과 계단을 청소하고 창문을 닦고 찬장을 문지르면서 온몸으로 고통을 부인했다. 그녀는 어머니와 앨리스에게 일하게 해 달라고 고집을 부렸고, 부엌 바닥을 다시 청소할 필요가 없다고 그들이 말했을 때는 "부엌은 그럴 필요가 없지만 난 그래야 해요."라고 말했다. 아침 먹기 전까지 그녀는 서너 시간을 일했고 벌써 시달린 사람처럼 보였다. 그녀는 데이비드를 역에 그리고 큰 아이들을 학교에 데려다주고 나서 아무 데나 주차해 놓고는 마냥 걸었다. 그녀는 여러 시간 동안 길을 따라서 주변은 쳐다보지도 않고 거의 달리다시피했다. 자신이 이야깃거리가 된다는 사실을 깨달을 때까지 이 일은 계속되었다. 그다음 그녀는 마을 밖으로 나가는 지름길로 차를 몰아서 시골길을 빨리 걷거나 때론 거의 달렸다. 창백한 얼굴과 휘날리는 머리카락에다 입을 벌리고 헐떡이면서 팔짱을 끼고 바삐 뛰어가는 여인을 지나가는 차에서 사람들이 놀라 돌아보곤 했다. 사람들이 멈춰서 도와줄까 하고 물으면 그녀는 머리를 흔들고선 계속 달렸다.

시간은 흘러갔다. 그녀는 주위 사람들과는 다른 종류의 시간의 흐름에 묶여 있었지만 그래도 시간은 지나갔다. 그것은 보이지 않는 존재가 성장하는 달력인 임신한 여인의 느린 시간과도 다른 것이었다. 그녀의 시간은 고통을 내포한 인내로 가득 찼다. 그녀의 두뇌에는 환영과 망상들이 자리 잡고 있었다. 그녀는 과학자들이 크기가 다른 두 종류의 짐승을 접목하는 실험을 할 때 그 불쌍한 모체가 느끼는 것이 이런 것이리라고 생각하곤 했다. 그녀는 누더기를 깁듯이 조각을 붙인 측은한 짐승을 상상했다. 그건 자신에게는 너무나 사실적이었다. 그레이트 데인 같은 큰 개나 보르조이 같은 러시아 개와 작은 스파니엘의 합작품, 사자와 개, 덩치 큰 짐마차 말과 작은 당나귀, 또는 호랑이와 염소의 산물. 그녀는 어떤 때는 발굽이, 어떤 때는 갈고리발톱이 그녀의 연약한 내장을 자르고 있다고 믿었다.

오후에 그녀는 아이들을 학교에서 데려오고 역으로 데이비드를 마중 나갔다. 저녁식사를 하는 동안 그녀는 부엌 주변을 걸어다녔고 아이들한테는 텔레비전을 보라고 하고 나선 곧장 삼 층으로 올라가 복도 양쪽 끝을 빠르게 왔다 갔다 했다.

가족들은 그녀의 급하고도 무거운 발걸음을 들을 수 있었지만 서로 눈을 마주치지는 않았다.

시간이 흘렀다. 정말로 흘렀다. 7개월째에는 좀 나아졌다. 그녀가 먹는 약의 양 때문이었다. 자신과 남편 사이, 자신과 아이들, 어머니, 앨리스 사이가 멀어져 가는 것에 놀라서 그녀는 이제 하루에 한 가지 일만 하기로 결심했다. 헬렌과 루크가 학교를 마치는 4시부터 잠자리에 드는 8시나 9시 사이의 시간은 정상으로 보이도록 노력하는 것이었다. 약은 별로 효과가 있는 것 같지 않았다. 그녀는 약이 자신은 그냥 두고 아기에게―살아남으려고 투쟁하고 있는 이 존재―태아에게만 도달했으면 하고 원했다. 그런 시간 동안 그것은 조용했다. 아니, 그것이 깨어난다는 신호를 보내면, 그래서 싸움을 시작하려 하면, 그녀는 다시 한 번 약을 먹었다.

오, 모두들 그녀가 정상으로, 옛날 모습으로, 다시 가족의 일원으로 돌아오기를 얼마나 열렬히 원했는지. 그들은 그녀가 원하는 대로 그녀의 피곤함이나 긴장감을 애써 무시해 주었다.

데이비드는 그녀를 두 팔로 감싸고 말하곤 했다. "오, 해리 엇, 당신 괜찮아?"

두 달이 더 남아 있었다.

"그래요, 정말이에요. 난 괜찮아요." 그러고선 그녀는 자기 자궁에 웅크리고 있는 존재에게 소리 없이 말했다. "너 이제 그만두지 않으면 난 또 한번 약을 먹을 거야." 태아는 그 소리를 듣고 이해하는 것 같았다.

부엌에서의 한 장면. 저녁식사 시간이었다. 해리엇과 데이비드가 식탁의 양 끝에 자리 잡고 앉았다. 루크와 헬렌은 한쪽으로 나란히 앉아 있었다. 앨리스는 어린 폴을 안고 있었다. 폴은 충분한 사랑을 받을 수가 없었다. 그 애는 엄마로부터 너무나 받는 것이 없었다. 제인은 도러시 옆자리에 앉았고 도러시는 주걱을 들고 난로 옆에 서 있었다. 해리엇은 어머니를 쳐다보았다. 부스스한 철빛 회색 머리, 분홍빛 활기 있는 얼굴, 50대의 크고 건강한 여인. 식구들이 항상 '알사탕 같다'고 놀리는 커다랗고 푸른 두 눈을 보면서 해리엇은 나도 엄마만큼 건강해, 난 살아남을 거야, 라고 생각했다. 그리고 나선 꼬챙이같이 빼빼 마르고 강인하고 활력 있는 앨리스를 보고 미소 지으면서 다시 한번 생각했다. 이 나이 든 여인들을 좀 봐. 그들은 무슨 일이 있어도 살아남을 거야.

도러시는 그들의 접시에다 야채 수프를 담았다. 자신의 접시에도 수프를 담고서 그녀는 여유롭게 앉았다. 커다란 광주리에 담긴 빵이 한차례 돌았다.

행복이 되돌아와 그들과 함께 식탁에 앉았다. 그런데 식탁

아래에서는 보이지 않는 해리엇의 손이 적을 위협하고 있었다.
"너 조용히 해."

"이야기해 줘요." 루크가 말했다. "아빠, 이야기요."

다음 날 학교에 가야 하면 아이들은 저녁을 일찍 먹고 잠자리에 들었다. 그러나 금요일이나 토요일에는 어른들과 함께 식사를 했고 밥을 먹으면서 이야기를 듣곤 했다.

부엌에 딸려 있는 이곳은 수프 냄새로 김이 서렸고 따스했다. 바깥은 바람이 거세게 몰아치는 밤이었다. 오월. 커튼은 아직 치지 않았다. 창문을 가로질러 나뭇가지가 뻗어 있었다. 해 질 녘에 하얗게 보이는, 이제 막 나오기 시작한 꽃망울이 가득 달린 새봄의 가지였다. 그러나 창문을 때리는 바람은 빙산이나 눈밭에서 불어오는 것 같았다. 해리엇은 수프를 떠먹으면서 빵을 큰 조각으로 부수어 넣었다. 그녀의 식욕은 엄청나서 채워지질 않았다. 너무나 심해서 그녀는 창피했고 아무도 안 볼 때 냉장고를 뒤졌다. 그녀는 먹을 것이라면 무엇이든 배 속에 넣기 위해 한밤중의 방황을 중단하곤 했다. 그녀는 알코올 중독자들이 술을 몰래 감추듯이 비밀 은닉처를 마련했다. 다만 은닉물이 초콜릿, 파이, 빵 같은 음식이었다.

데이비드가 이야기를 시작했다. "하루는 소년과 소녀가 숲속으로 모험을 떠났어요. 그 소년과 소녀는 숲속에서 오랫동안 걸었어요. 바깥은 더웠지만 나무 아래는 시원했어요. 그 애들은 사슴이 누워 쉬고 있는 것을 보았어요. 새들이 스쳐 지나가며 노래를 불러 주었지요."

데이비드는 이야기를 멈추고 수프를 먹었다. 헬렌과 루크는 그의 얼굴에 시선을 고정시킨 채 꼼짝 않고 앉아 있었다. 제인도 이야기를 듣고 있었지만 약간 다른 방식이었다. 네 살배기인 그 아이는 사람들이 이야기를 어떻게 받아들이는지를 보고 나선 그들을 따라 했고 눈을 자기 아버지에게 고정시켰다.

"새들이 우리한테도 노래해요?" 루크가 얼굴을 찌푸리며 미심쩍은 듯이 물었다. 그 아이는 완강하고 엄격해 보이는 얼굴을 가졌고 평상시와 마찬가지로 진실을 요구했다. "우리가 정원에 있을 때 새들이 우리한테 노래하는 거예요?"

"물론 아니야, 이 바보야." 헬렌이 말했다. "이건 마법의 숲이라구."

"물론 새들이 너한테 노래하지." 도러시가 단호하게 말했다.

애들은 먼저 허기가 채워지자 숟가락을 손에 들고 눈을 크게 뜬 채 아버지를 쳐다보면서 앉아 있었다. 해리엇은 마음이 무거워졌다. 그 애들의 완전한 신뢰와 무력함 때문이었다. 텔레비전이 켜져 있었다. 전문인다운 냉정한 목소리가 런던 교외에서 일어난 살인 사건에 대해 이야기하고 있었다. 그녀는 육중하게 일어나 텔레비전을 끄고는 다시 터벅거리며 돌아와서 빵을 잔뜩 쌓아 놓고 수프를 더 먹었……. 그녀는 데이비드의 목소리에 귀를 기울였다. 오늘 밤 이야기해 주는 사람의 목소리였다. 그렇게 자주 부엌에서 듣던 목소리. 그녀의 목소리. 도러시의 목소리도…….

"그 남매는 배가 고팠는데 달콤한 초콜릿으로 덮인 덤불을 발견했어요. 그다음 오렌지 주스로 된 연못도 발견했지요. 그 아이들은 졸렸어요. 그래서 친절한 사슴 옆 덤불 밑에 누웠지요. 그들은 잠을 자고 나서 사슴에게 고맙다고 인사하고는 다시 길을 갔지요.

갑자기 소녀는 자기가 혼자라는 사실을 알았어요. 그 소녀랑 오빠는 헤어지게 된 거예요. 소녀는 집에 가고 싶었어요. 그런데 어떤 길로 가야 되는지 몰랐어요. 소녀는 자기가 어디 있는지, 어떤 길을 가야 숲 밖으로 나갈 수 있는지를 말해 줄 다른 친절한 사슴이나 참새, 다른 새들을 찾아봤어요. 그 애는 오랫동안 헤매다가 다시 목이 말랐어요. 그 애는 연못에 몸을 숙이면서 이게 오렌지 주스인가 생각했는데 이번에는 물이었어요. 나무와 돌 맛이 나는 깨끗한 숲속의 물이었어요. 그 애는 두 손으로 물을 마셨지요." 여기서 큰 애들은 손을 뻗어 컵을 쥐고 물을 마셨다. 제인은 손가락을 구부려 컵 모양을 만들었다.

"그 애는 연못가에 앉았어요. 곧 어두워질 거예요. 그 애는 숲 밖으로 나갈 길을 알려 줄 물고기가 있는지 보려고 연못으로 몸을 숙였지요. 그러나 그 애는 기대하지 않던 무언가를 보았어요. 그건 한 소녀의 얼굴이었고 그 소녀는 똑바로 자기를 쳐다보고 있었어요. 그 애가 이제까지 한 번도 본 적이 없는 얼굴이었어요. 그 이상한 소녀는 미소 짓고 있었는데 그건 친절한 미소가 아닌 고약한 미소였어요. 아이는 그 소녀가 물 밖으로 바로 튀어나와 자신을 끌고 들어갈 거라고 느꼈어요……."

도러시는 놀라서 무겁고 짧은 숨을 들이켰다. 그녀는 이 이야기가 잠자리에 들 시간에 애들이 듣기엔 너무 무섭다고 느졌다.

그러나 아이들은 얼어붙은 채 집중하고 있었다. 어린 폴은 앨리스의 무릎에서 칭얼대다가 헬렌에게서 "조용히 해. 입 다 물어."라는 말을 들었다.

"그 애의 이름은 필리스인데 그 애는 그렇게 무서운 눈을 본 적이 없었어요."

"우리 유아원에 오는 그 필리스야?" 제인이 물었다.

"아니." 루크가 말했다.

"아니야." 헬렌도 말했다.

데이비드는 멈추었다. 분명히 영감이 더 필요해서였다. 그는 마치 두통이 있는 듯이 양미간을 찌푸리고 멍한 표정을 지었 다. 해리엇은 울부짖고 싶었다. "그만둬요. 그만둬! 당신은 내 이야기를 하고 있어. 당신이 나에 대해 바로 그렇게 느끼고 있 다는 거지!" 데이비드가 이런 점을 보지 못했다는 것을 그녀 는 믿을 수가 없었다.

"그다음 무슨 일이 있었어요?" 루크가 물었다. "정확히 무 슨 일이 일어났어요?"

"기다려." 데이비드가 말했다. "잠깐, 수프 좀 먹고……." 그 는 먹었다.

"난 무슨 일이 일어났는지 알아." 도로시가 단호하게 말했 다. "필리스는 그 기분 나쁜 연못을 당장 떠나기로 결심했지. 그 애는 길을 따라 달려가다가 오빠를 만났어. 오빠는 그 애 를 찾고 있었지. 둘은 서로 손을 잡고서 숲속을 달려 나와 집 으로 안전하게 돌아갔어."

"바로 정확히 그랬지." 데이비드가 말했다. 그는 미안한 표정으로 미소 짓고 있었지만 재미있어하는 표정이었다.

"아빠, 그게 진짜로, 진짜로 일어난 일이에요?" 루크는 안달하며 물었다.

"그렇고말고." 데이비드가 대답했다.

"연못 속에 있던 소녀, 그 애는 누구였어요?" 아버지와 어머니의 얼굴을 번갈아 쳐다보며 헬렌이 물었다.

"아, 그냥 신기한 소녀였어." 데이비드가 무심히 말했다. "나도 모르겠어. 그 소녀는 체현(體現)한 거야."

"체현한다는 것이 뭐예요?" 그 단어를 어렵게 발음하면서 루크가 말했다.

"잠잘 시간이야." 도러시가 말했다.

"체현한다는 게 뭐예요?" 루크가 계속했다.

"푸딩이 다 떨어졌어요!" 제인이 소리쳤다.

"푸딩은 없어. 과일이 있단다." 도러시가 말했다.

"체현한다는 것이 뭐예요, 아빠?" 루크가 초조하게 다시 물었다.

"그건 없던 것이 갑자기 거기에 생기는 거야."

"하지만 왜죠? 왜 그래요?" 상심한 헬렌이 울부짖었다.

도러시가 말했다. "위층으로 가자, 얘들아."

헬렌은 사과를 집고 루크도 나머지 한 개를 집었다. 제인은 의식적으로 짓궂은 미소를 재빨리 지으며 자기 엄마 접시에서 빵 몇 조각을 들어 올렸다. 제인은 그 이야기에 전혀 동요되지 않았다.

세 아이가 떠들며 계단을 올라갔고 아기 폴은 그들 쪽을 보면서 자기만 소외되었다고 느꼈는지 얼굴을 찌푸리면서 곧 울음을 터뜨리려고 했다.

앨리스가 재빨리 폴을 데리고 일어나 아이들 뒤를 쫓아가면서 말했다. "내가 어렸을 때는 옛날 이야기를 해 주는 사람이 아무도 없었어!" 이 말이 불평인지 아니면 '난 그보다 더 수준이 높았어'인지 알 수 없었다.

갑자기 루크가 난간에 모습을 드러냈다. "모두들 이번 여름 방학 때 와요?"

데이비드는 걱정스러운 표정으로 해리엇을 힐끗 보고는 눈길을 돌렸다. 도러시는 자기 딸을 한참 쳐다보았다.

"그래." 해리엇이 힘없이 말했다. "물론이지."

루크가 위층을 향해 "엄마가 '물론이지'라고 했어!"라며 소리쳤다.

도러시가 말했다. "그때는 막 출산한 후일 거야."

"엄마랑 앨리스 마음대로 하세요." 해리엇이 말했다. "엄마가 해낼 수 없다고 생각하시면 그렇다고 말씀하셔야 해요."

"난 해낼 수 있지." 도러시가 건조하게 말했다.

"그래요, 저도 알아요." 데이비드가 재빨리 받았다. "장모님은 정말 놀라우세요."

"너희들은 어떻게 일을 치러 낼까를 전혀 모르지."

"몰라요." 데이비드가 말했다. 그리고 해리엇에게 "이번에는 부르지 않는 게 더 낫지 않아? 모두들 크리스마스 때 모이지." 라고 했다.

"애들이 너무 실망할 텐데." 해리엇이 말했다.

이건 그녀가 예전에 고집을 피우던 것과는 달랐다. 이번에는 무심하고 김이 빠져 있었다. 이상하다는 듯 그녀의 남편과 어머니가 그녀를 뜯어보았다. 해리엇은 그들이 거리감을 두고 냉담하게 자신을 검열하고 있다고 느꼈다. 그녀는 암울하게 말했다. "글쎄요, 아마 이 아기가 예정보다 빨리 나올지도 모르죠. 확실히 그럴 거예요." 그녀는 고통스럽게 웃다가 갑자기 벌떡 일어나 소리쳤다. "난 움직여야 되겠어요, 반드시!" 그러고선 앞뒤로, 아래위로 수시간 동안 끈덕지게 걷는 고통스러운 활보를 시작했다.

8개월이 되자 그녀는 브렛 박사에게 가서 약을 써서 배 속의 아기를 유도 분만해 달라고 부탁했다.

그는 비난하는 듯 그녀를 쳐다보면서 말했다. "그런 것은 안 믿는 줄 알았는데요."

"믿지 않아요. 하지만 이번 경우는 달라요."

"난 뭐가 다른지 모르겠는데요."

"왜냐하면 선생님은 보려고 하지 않기 때문이에요. 이런 걸 달고 다니는 사람은 당신이 아니니까요." 그녀는 괴물이란 말을 하지 않았다. 혹시라도 자신에게 반감을 품는 것이 무서워서였다.

"이것 보세요." 그녀는 평온하려고 애쓰면서 말했지만 목소리는 화가 나 있었고 말투는 비난조였다.

"제가 비정상적인 여인이라고 말씀하시겠어요? 히스테릭한? 다루기 어려운? 단지 불쌍한 히스테리 환자라구요?"

"난 당신이 완전히 기진맥진했다고 말하겠어요. 뼛속까지 지친. 임신 기간이 항상 쉽지는 않았잖아요, 안 그래요? 잊어버렸어요? 당신이 네 번 임신하면서 온갖 문제를 겪을 때 내가 함께하지 않았어요? 물론 모두 당신 덕분이었죠. 모든 문제를 잘 견디어 냈으니까."

"하지만 이번엔 똑같지 않아요. 전적으로 다르다니까요. 왜 선생님은 그 점을 보지 못하는지 난 이해할 수가 없어요. 모르시겠어요?" 그녀는 그곳에 앉아 있는 동안 부풀었다, 들썩거렸다──그녀는 느낄 수 있었다.──하는 자기 배를 내밀었다.

의사는 그녀의 배를 미심쩍은 듯이 쳐다보곤 한숨을 쉬고 나서 더 많은 진정제를 조제하라는 처방전을 써 주었다.

아니, 그는 볼 수 없었다. 어쩌면 보기를 원치 않았는지도 모른다. 그것이 요점이었다. 그 의사뿐만 아니라 모든 사람들이 이번 경우가 얼마나 다른지 보고 싶어하지 않았다. 시골길을 활보하거나 질주할 때 그녀는 커다란 부엌칼을 잡고 자기 배를 갈라서 애를 꺼내는 상상을 했다. 마침내 이 긴 맹목적 투쟁 끝에 실제로 서로 눈을 마주칠 때 그녀는 무엇을 보게 될 것인가?

얼마 있지 않아 거의 한 달가량이나 빠르게 진통이 시작되었다. 일단 시작하자 진통은 빨리 진행되었다. 도러시는 런던에 있는 데이비드에게 전화를 한 뒤 당장 해리엇을 병원으로 데려갔다. 해리엇은 처음으로 병원을 주장했고 이는 모두를 놀라게 했다.

병원에 도착할 무렵 뒤틀리는 고통이 있었고 이것은 과거 어느 때보다 더 극심하다는 것을 그녀는 알았다. 아기는 나가려고 싸우는 것 같았다. 그녀는 멍이 들었다. 그녀는 알 수 있었다. 자신의 내부에 엄청나게 거대한 큰 멍이 들었을 것이라는 점을. 그리고 아무도 이를 알 수 없다는 것을.

마침내 그녀가 모든 일을 잊어버릴 수 있는 그 순간이 왔을 때 그녀는 소리 질렀다.

"하느님 감사합니다. 감사합니다. 마침내 모든 것이 끝났어!" 그녀는 간호사가 말하는 소리를 들었다.

"이 녀석, 정말 강한 놈이네. 아기를 좀 보세요." 그러자 어떤 여인의 목소리가 들렸다. "로바트 부인, 로바트 부인. 우리 얘기가 들려요? 정신 차리세요! 당신 남편도 여기 있어요. 건강한 사내아이를 낳았어요."

"정말 작은 레슬링 선수야." 브렛 박사가 말했다. "이놈은 온 세상과 싸우면서 나왔어요."

그녀는 겨우 몸을 일으켰다. 아랫도리가 아파서 거의 움직일 수가 없었기 때문이다. 아기가 그녀 품에 안겨졌다. 5킬로그램짜리였다. 다른 아이들은 3.2킬로그램을 넘지 않았었다. 이 아기는 근육질에다 기다랗고 노르스름했다. 그 애는 그녀 옆구리에 다리를 밀면서 일어서려고 애쓰는 것 같았다.

"작은 놈이 웃기네." 데이비드가 말했다. 그는 당황한 것 같았다.

이 애는 예쁜 아기가 아니었다. 전혀 아기같이 생기지도 않았다. 누워 있는 동안 마치 그곳에서 웅크리고 있었던 것처럼 두툼한 어깨에다 구부정한 모습이었다. 아기의 이마는 눈에서부터 정수리 쪽으로 경사져 있었다. 머리카락은 굵고 노르스름했으며, 가마 두 개에서부터 삼각형 또는 쐐기 모양으로 이마까지 내려오는 이상한 모양으로 나 있었다. 옆과 뒤쪽 머리카락은 아래쪽으로 자라고 있는데 앞쪽 머리카락은 이마 쪽으로 누워 있었다. 손은 두툼했고 손바닥에는 근육이 보였다. 아기는 눈을 뜨고 자기 어머니의 얼굴을 똑바로 쳐다보았다. 담녹색의 동석(凍石) 같은 눈은 초점이 또렷했다. 그녀는 분명히 자신을 해치려고 노력했던 이 존재와 눈길을 교환하는 순간을 기다렸지만 그 눈은 알아보는 것 같지 않았다. 그래서 그녀의 가슴은 그 애에 대한 동정심으로 조여들었다. 불쌍한 작은 것. 엄마가 너를 그렇게 싫어했다니……. 웃으려고 노력했지만 불안스럽게 말하는 자신의 목소리를 그녀는 들었다. "이 아이는 도깨비나 거인 괴물이나 뭐 그런 것 같아요." 그러고서는 미안한 듯 아기를 껴안았다. 그러나 그 애는 뻣뻣하고 무거웠다.

"그만, 해리엇." 그 말에 불쾌해진 브렛 박사가 말했다. 그녀는 난 이 짓을 망할 놈의 브렛 박사와 네 번이나 치렀고 항상 훌륭했는데 이제 저 사람은 교장 선생님같이 구는군, 하고 생각했다.

그녀는 가슴을 드러내고 아이에게 젖꼭지를 물렸다. 간호사와 의사, 그녀의 어머니와 남편이 이 순간이 가져다주는 미소를 지으면서 지켜보고 서 있었다. 그러나 축제나 성취의 분위기도 아니었고 샴페인도 없었다. 반대로 모두에게는 긴장감과 불안감이 깃들었다. 강하게 빠는 반사작용, 그러고 나선 딱딱한 잇몸이 그녀의 젖꼭지를 꽉 죄었고 그녀는 몸을 움찔했다. 아이는 그녀를 쳐다보면서 깨물었다, 강하게.

"그만." 해리엇은 웃으려고 애쓰며 그 애를 떼어 놓았다.

"좀 더 물려 보죠." 간호사가 말했다.

그 애는 울지 않았다. 그 애를 데려가라는 눈짓과 함께 해리엇은 간호사의 말에 도전하듯 그 애를 내밀었다. 못마땅하다는 듯 입을 꽉 다문 간호사가 애를 받았고 그 애는 아무 저항 없이 아기 침대에 눕혀졌다. 그 애는 태어난 뒤 맨 처음 내뱉은 저항의 일성, 아니면 아마도 놀람의 일성을 제외하고는 울지도 않았다.

새 동생을 보기 위해 네 남매가 병실로 왔다. 그녀와 같은 병실을 쓰던 두 여인은 침대에서 일어나 아기를 각각 휴게실로 데려갔다. 해리엇은 침대에서 나오기를 거부했다. 그녀는 의사와 간호사에게 내복부의 상처가 치유되려면 시간이 필요하다고 말했다. 그녀는 이 말을 거의 도전적으로, 아무렇지도 않게, 또 그들의 비판적인 태도에도 전혀 개의치 않고 말했다.

데이비드는 아기 폴을 안은 채 침대 끝에 서 있었다. 해리엇은 그 작은 아이를, 너무 빨리 엄마와 떨어져야 했던 그 아기를 안고 싶었다. 그녀는 그 아이의 생김새를, 우스꽝스럽고 말랑한 작은 얼굴을 사랑했다. 다정한 푸른 눈——파란 히아신스 같다고 그녀는 생각했다.——그리고 그 아이의 나긋한 작은 팔다리……. 그녀는 아이의 사지를 쓰다듬고 손바닥으로 발을 감쌌다. 진짜 아기야. 작은 진짜 아이…….

다른 세 아이는 자기들하고는 완전히 다른 새 아기를 멀뚱히 쳐다보았다. 그 아이는 완전히 다른 실체라고 해리엇은 느꼈다. 그녀가 그 아이를 대할 때, 그 아이가 자궁 속에 있을 때 달랐던 기억을 여전히 버릴 수 없기 때문이기도 했지만 묵직하고 누르스름한 덩어리 같은 그 애의 모습 때문이기도 했다. 게다가 눈썹 이랑에서부터 뒤로 경사진 그 애의 이상한 머리 모양 때문이기도 했다.

"우린 이 아이를 벤이라고 부를 거야." 해리엇이 말했다.

"그러기로 했어?" 데이비드가 말했다.

"그래, 그 이름이 어울려."

한쪽에서는 루크가, 다른 쪽에서는 헬렌이 벤의 작은 손을 잡고 말했다. "안녕, 벤.", "안녕, 벤." 그러나 아기는 그들을 쳐다보지 않았다.

네 살짜리 제인이 한 손으로 그 애의 발을 쓰다듬다가 두 손으로 발을 쥐자 그 애는 제인에게 강하게 발길질을 했다.

해리엇은 이런 것을 —— 이런 외계인을 —— 환영하는 어머니는 도대체 어떻게 생긴 어머니일까 하고 반문하고 있는 자신을 발견했다.

그녀는 침대에 일주일 동안 누워 있었다. 앞으로의 투쟁을 견디어 낼 수 있겠다고 느낄 때까지였다. 그러고는 새 아기와 함께 집으로 갔다.

그날 밤 부부 침실에서 베개를 쌓아 등에 받치고 그녀는 아이에게 젖을 물렸다. 데이비드가 지켜보고 있었다.

벤은 너무나 강하게 빨아서 1분도 채 되지 않아 한쪽 젖을 다 비웠다. 젖이 거의 비면 그 애는 항상 잇몸을 갈았고 그래서 그러기 전에 그녀는 얼른 그 애를 낚아채야 했다. 그 모습은 마치 그녀가 아기로부터 매정하게 젖을 빼앗는 것처럼 보였고, 그녀는 데이비드의 숨소리가 변하는 것을 들었다. 벤은 분노로 아우성쳤고 다른 한쪽 젖꼭지에 거머리처럼 달라붙어서 너무나 세게 젖을 빨았다. 그럴 때면 그녀는 온 가슴이 그 애의 목구멍 속으로 빨려 들어가는 것처럼 느껴졌다. 이번에는 그 애가 잇몸으로 강하게 물 때까지 젖꼭지를 물린 채 두었다가 비명을 지르며 황급히 그 애를 떼어 냈다.

"저놈은 유별나네." 데이비드는 그녀가 필요로 하는 지지를 보내며 말했다.

"그래, 저 앤 확실히 정상이 아니지."

"하지만 애는 괜찮아. 단지……."

"아주 정상인 건강한 아이야." 병원 사람들의 말을 인용하면서 해리엇은 씁쓸하게 비꼬았다. 데이비드는 입을 다물었다. 그가 어떻게 할 수 없는 부분이 바로 그녀 안에 있는 이 분노, 이 씁쓸함이었다.

그녀는 벤을 공중으로 들어 올렸다. 그 애는 씨름하고 투쟁하고 버둥대며 울었다. 그 울음은 보통 아기가 기분 나쁠 때 벌개지는 것과는 달리 분노로 노르스름하게 창백해지면서 내뱉는 포효와 고함이었다.

그녀가 벤을 트림시키려고 잡으면 그 애는 그녀 팔 위에 서 있는 것 같았고 그녀는 그러한 힘이 최근까지 자기 배 안에 있었고 자신은 그것의 처분대로 힘없이 있었다고 생각하니 두려움으로 기운이 빠졌다. 수개월 동안 그 애는 밖으로 나오려고 싸웠고 이제는 독립하려고 그녀의 손아귀에서 싸우고 있었다.

너무 팔이 아파서 그녀는 항상 아이를 얼른 아기 침대에 눕혔고, 그러면 그 애는 분노로 고함치다가 곧 조용히 누워 있었다. 그러나 잠을 자는 것이 아니라 완전히 긴장하여 두 눈은 초점을 맞추고 발끝과 머리를 강하게 미는 동작으로 온몸을 수축했다 이완했다를 되풀이했다. 그 동작은 그녀에게 너무나 익숙한 것이었다. 그녀의 배 안에 있을 때 그녀가 갈갈이 찢기는 것처럼 느끼게 한 것이 바로 그 동작이었다.

그녀는 데이비드 옆에 누웠다. 그는 팔을 뻗어 그녀를 품에 안았다. 하지만 그의 품 안에서 그녀는 자신이 그를 배신하고 진실하지 않다고 느꼈다. 자신이 어떤 생각을 하는지 그가 안다면 싫어할 것이 분명했기 때문이다.

곧 그녀는 벤에게 젖을 먹이느라 지쳐 버렸다. 그 애가 안 자라서가 아니라 너무 자라서였다. 그 애는 한 달만에 태어날 때보다 1킬로그램이 더 늘었고 이것은 그 애가 달이 차서 나왔다면 생후 일주일도 채 안 됐을 때의 체중이었다.

그녀는 젖가슴이 아팠다. 예전보다 더 많은 젖을 만들어 내야 했으므로, 다음 수유 시간이 되기도 훨씬 전에 그녀의 가슴은 하얀 두 개의 공처럼 벌써 폭발 직전으로 부풀어 올랐다. 하지만 벤은 젖을 달라고 아우성쳤고 그녀가 젖을 물리면 2, 3분도 못 돼서 마지막 방울까지 비워 버렸다. 그녀는 젖이 자기 몸에서 시냇물처럼 빠져나가는 것을 느꼈다. 이제 그 애는 새로운 짓을 시작했다. 젖을 먹으면서 서너 번은 맹렬히 빠는 행동을 중지하고선 잇몸을 한데 물어 갈았고 그때마다 그녀는 고통으로 소리 질렀다. 그 애의 작고 차가운 눈은 악의에 차 보였다.

"우유병으로 먹여야겠어요." 벤을 쳐다볼 때 모든 사람들의 얼굴에 나타나는 표정과 같은 표정으로 이 싸움을 지켜보던 도러시에게 그녀가 말했다. 도러시는 완전히 고요하게 몰두하여 매료된 채, 아니 거의 최면에 걸린 것처럼 보였지만 거기에는 혐오감도 섞여 있었다. 그리고 공포심도?

해리엇은 자기 어머니가 "그래도 벤은 다섯 주밖에 안 됐잖아!"라고 반대하기를 기대했었다. 그러나 도러시의 대답은 "그래라, 그래야지, 안 그러면 병나겠어."였다. 잠시 후 벤이 울부짖으며 몸을 비틀고 버둥대는 것을 지켜본 뒤 그녀는 말했다. "모두들 여름 휴가를 보내러 곧 들이닥칠 거다." 도러시는 이전과 다른 방식으로, 마치 자신이 무엇이라고 말할지 두려워하기라도 하듯 자신이 하는 말에 귀를 기울이며 말했다. 해리엇은 자신도 무엇인가 말하려 할 때 그렇게 느꼈기 때문에 그 점을 곧 알아챘다. 사실 사람들은 다른 사람이 몰랐으면 하는 생각이 마음속 통로를 비밀스럽게 지나가고 있을 때 이런 식으로 말한다.

같은 날 도러시는 해리엇이 벤에게 젖을 먹이고 있던 침실에 왔다가 해리엇의 젖꼭지 주변에 온통 멍이 든 것을 보았다. "그래, 당장 그렇게 해. 우유하고 젖병을 사 놓았어. 지금 소독하고 있어." 그녀가 말했다.

"그래, 젖을 떼 버려." 데이비드도 동의했다. 다른 네 아이들에겐 몇 달 동안 젖을 물렸었고 그땐 집 안에 우유병이라곤 없었다.

아이들은 잠자리에 들고 어른 넷, 즉 해리엇과 데이비드, 도러시와 앨리스는 커다란 식탁에 둘러앉아 있었다. 해리엇이 벤에게 우유병을 물렸다. 그 애는 몸을 웅크렸다 폈다 하면서 무릎을 배까지 올렸다간 스프링처럼 늘이면서 일순간에 우유병을 비웠다. 그 애는 빈 병에 대고 울부짖었다.

"한 병 더 줘라." 또 한 병을 준비하면서 도러시가 말했다.

"엄청난 식욕이네." 앨리스가 사교적으로 말하려고 노력했지만 그녀는 겁에 질린 표정을 하고 있었다.

벤은 두 번째 병도 비웠다. 그 애는 자기 두 주먹으로 그 병을 혼자서 지탱하고 있었다. 해리엇이 병에다 손을 델 필요가 거의 없었다.

"네안데르탈인 아기야." 해리엇이 말했다.

"에이, 그러지 마. 불쌍한 작은 놈한테." 불편해하며 데이비드가 말했다.

"오, 맙소사, 데이비드." 해리엇이 말했다. "불쌍한 해리엇이 더 맞는 말 아냐?"

"좋아, 좋아. 이번에는 아마도 유전자들이 특별한 것을 만들었나 보지."

"그런데 그게 뭐냐구? 그 점이 문제야." 해리엇이 말했다. "이 애는 뭐냐구?"

나머지 세 사람은 아무 말도 하지 않았다. 아니, 자신들의 침묵을 통해 그들은 그것이 암시하는 대답에 직면하고 싶지 않다는 말을 하고 있었다.

"좋아요." 해리엇이 말했다. "이 애는 건강한 식욕을 가졌다고 쳐요. 그 말이 모두를 편안하게 해 준다면."

도러시는 버둥대는 이 짐승을 해리엇으로부터 떼어 냈고 해리엇은 기진맥진해서 자기 의자에 폭삭 쓰러졌다. 도러시는 아이의 둔탁한 무게와 완강함을 느끼자 얼굴이 변했다. 그러고는 왕복운동을 하는 벤의 발길이 자기에게 닿지 않게 위치를 바꾸었다.

벤은 그 나이, 그 단계에서 권장되는 음식물의 양보다 두 배나 많이 섭취했다. 하루에 10병 이상씩이나.

우유 때문에 탈이 나자 해리엇은 그 아이를 브렛 박사에게 데려갔다.

"모유 먹는 애는 탈이 안 날 텐데요." 그가 말했다.

"이 애는 모유를 안 먹여요."

"해리엇, 그건 당신답지 않군요! 이 애가 몇 달 되었죠?"

"두 달이에요." 해리엇이 말했다. 그녀는 옷을 열어 젖가슴을 보여 주었다. 결코 줄어들지 않는 벤의 식욕에 반응이라도 하듯 여전히 젖을 만들어 내는 가슴의 젖꼭지 주위는 온통 검은 멍투성이였다.

브렛 박사는 가슴을 말없이 쳐다보았고 해리엇은 그를 쳐다보았다. 자기 능력 너머의 문제에 당면한 고상하고 근심 어린 의사로서의 그의 얼굴을.

"못된 아기로구먼." 그는 인정했고, 해리엇은 놀라움에 커다랗게 웃음을 터뜨렸다.

브렛 박사는 얼굴을 붉히고 그녀의 비난을 인정한다는 눈빛으로 그녀를 보았지만 곧 눈길을 돌렸다.

"설사 멎는 처방만 주세요." 해리엇이 말했다. 그리고 그를 응시하여 의사가 자기를 쳐다보도록 한 뒤 그녀는 의도적으로 덧붙였다. "어쨌건 저 고약한 작은 짐승을 죽이는 것은 원치 않으니까요."

그는 한숨을 쉬고는 안경을 벗어 천천히 닦았다. 그는 양미간을 찌푸리고 있었지만 그녀를 못마땅하게 여겨서는 아니었다. 그는 말했다. "아이를 싫어하게 되는 일은 비정상이 아니에요. 난 항상 그런 일을 보지요. 불행히도."

해리엇은 아무 말도 않고 대신 알면서도 기분 나쁜 미소를 지었다.

"아이를 한번 봅시다."

해리엇은 유모차에서 벤을 들어 올려 진찰대 위에 눕혔다. 그 애는 단번에 돌아누워 배를 대고 사지를 일으켜 세웠다. 실제로 잠깐 동안 거의 성공했지만 곧 거꾸러졌다.

그녀는 브렛 박사를 내내 쳐다보고 있었지만 그는 돌아서서 자기 책상으로 가 처방전을 썼다.

"분명히 잘못된 점은 없는 것 같군요."

벤을 본 사람들에게서 공통적으로 나오는 당혹스럽고 언짢은 어조로 그는 말했다.

"두 달 된 아기가 저런 짓 하는 것을 본 적 있어요?" 그녀가 계속했다.

"아니요. 본 적이 없다는 걸 인정하겠소. 어쨌건 앞으로 어떻게 지내는지 알려 주시오."

새 아기가 무사히 출생했고 모든 일이 다 괜찮다는 뉴스가 가족들 사이에 돌았다. 그 말은 해리엇이 괜찮다는 의미였다. 많은 식구들이 편지로, 전화로, 여름 휴가를 기대하고 있다고 알려 왔다. 그들은 말했다. "새 아기가 정말 보고 싶어요.", "작은 폴은 아직도 옛날같이 귀엽겠죠?" 그들은 각지에서 여름 과일과 포도주를 갖고 도착했고, 사람들은 앨리스와 도러시와 함께 과일잼과 양념을 만들어 병에 담았다. 아이들은 정원에서 놀거나 숲속으로 소풍을 갔다. 너무나 귀여워서 쓰다듬고 싶은 어린 폴은 항상 누군가의 무릎 위에 있었고 그 애의 웃음소리는 어디에서나 들렸다. 벤과 그 아이의 요구에 가려져 있었던 폴의 진짜 특성이 바로 이런 것이었다.

집 안에 사람이 너무 많아서 큰 애들은 방 하나에서 함께 지냈다. 벤은 벌써 높은 나무 판대기를 양옆에 댄 아기침대를 썼는데 그 안에서 그 애는 자신을 일으켜 앉았다간 쓰러지고 다시 굴러서 자신을 일으키고 하면서 시간을 보냈다. 벤이 형제들과 함께 있으면 친근해지고 사교적이 되리라는 희망에서 이 침대를 큰 애들이 쓰는 방에다 놓았다. 그러나 이 일은 성공하지 못했다. 벤은 아이들을 무시했고 그들의 접근에 반응하지 않았다. 그 애의 울음—아니 울부짖음이라고 해야 한다.—에 루크는 "에잇, 닥쳐."라고 소리 질렀는데 매정한 말을 해 놓고는 자신이 울음을 터뜨렸다. 아기를 예뻐할 나이인 헬렌은 벤을 안으려고 했지만 벤은 너무 강했다. 그러자 집안의 큰 애들은 모두 원하는 대로 소리 낼 수 있는 다락방으로 보내졌고 벤은 다시 자기 방인 '아기방'으로 되돌아갔다. 그 방에서 벤이 용을 쓰다가 쓰러질 때 내는 끙끙대는 소리와 좌절감에서 내뱉는 부르짖음을 사람들은 들을 수 있었다.

사람들이 새 아기를 안아 보고 싶어하면 물론 그렇게 하도록 했지만 이런 상황을 겪고 나서 사람들의 얼굴이 변하는 광경을 지켜보는 일은 고통스러웠다. 사람들은 항상 벤을 빨리 되돌려주었다. 어느 날 부엌으로 들어오면서 해리엇은 세라가 사촌에게 하는 말을 들었다. "벤은 소름이 끼쳐. 거인이나 난쟁이 뭐 그런 것 같애. 난 차라리 불쌍한 에이미하고 하루 종일 보내는 것이 더 좋아."

이 말을 듣고 해리엇은 죄책감에 시달렸다. 불쌍한 벤. 아무도 좋아하지 않다니. 자신은 분명히 좋아할 수 없었다. 그리고 좋은 아버지 데이비드 역시 그 애를 거의 만지지 않았다. 그녀는 동물 우리 같은 침대에서 벤을 들어 올려 커다란 침대로 데려가 같이 앉았다. "불쌍한 벤, 불쌍한 벤." 그녀는 아이를 쓰다듬으면서 낮은 목소리로 흥얼거렸다. 그 애는 양손으로 그녀의 셔츠를 잡아당겨 자신을 일으켜서는 그녀의 허벅지 위에 섰다. 딱딱한 작은 발이 그녀를 아프게 했다. 그녀는 그 애를 쓰다듬으면서 자신에 대해 그 애가 부드러워지도록 설득하려 했다……. 그녀는 곧 포기하고 다시 그 애를 침대 아니 우리 속으로 데려갔다. 눕혀졌다는 좌절감에서 벤은 울부짖었고, 그녀가 "불쌍한 벤, 소중한 벤."이라고 말하면서 두 손을 그 애에게 내밀자 그 애는 그녀의 손을 잡고 자신을 끌어당겨 끙끙대며 일어서서 승리의 포효를 내질렀다. 네 달배기가…… 그 애는 성나고 난폭한 작은 거인 같았다.

다른 애들이 성가시게 굴지 않을 때 그녀는 다른 애들에게 했듯이 매일 그 애를 쓰다듬고 함께 놀아 주려고 큰 침대로 데려오는 원칙을 정했다. 그러나 결코, 아니 한 번도 그 애는 사랑스러운 순간이 없었다. 그 애는 저항하고 버둥대고 싸웠다. 그러고는 머리를 쳐들고 그녀의 엄지를 물고 입을 다물었다. 보통 아기들이 이가 나려 할 때 고통을 없애려고 빨고 물거나 입술을 찾으려고 더듬거리다가 핥는 것과는 달랐다. 그녀는 뼈가 꺾이는 것같이 아팠다. 그녀는 벤의 차가운 승리의 미소를 보았다.

그녀는 혼잣말을 했다. "네가 나를 받아 주지 않으면 나도 그러지 않을 거야."

그러나 얼마 동안은 그 애를 보통 아이로 만들려고 그녀는 열심히 노력했다. 가족들이 모두 모여 있는 큰 거실로 데리고 가 거기에 있던 실내용 어린이 놀이터에 집어넣었다. 그 애의 존재가 사람들에게 영향을 주어 하나둘씩 가 버릴 때까지. 아니면 그녀는 다른 애들에게 했듯이 그 애를 안고 식탁에 앉았지만 그 애가 너무 힘이 세서 잡을 수가 없었다.

벤의 존재에도 불구하고 여름 휴가는 멋있게 지나갔다. 두 달간이었다. 이번에도 데이비드의 아버지는 잠시 내려와 그들에게 없어서는 안 될 수표를 써 주었다. "이건 꼭 망할 놈의 거대한 과일 푸딩 한가운데에 있는 것 같아. 이 집 말이야." 제임스가 말했다. "너희들이 어떻게 감당하는지는 하느님만이 아실 거다."

그러나 나중에 이 여름을 회상할 때 해리엇은 모두들 어떤 식으로 벤을 쳐다보았는지만 기억났다. 사람들은 당혹해하면서 심지어는 걱정스러워하면서 오랫동안 생각에 잠겨 벤을 쳐다보았다. 그다음은 모두들 감추려고 애썼지만 두려움이 보였다. 공포심도 있었다. 그건 해리엇 역시 느끼는 것이었다. 그 아이는 그 점에 대해 개의치 않았으며 알아채지도 못하는 것 같았다. 다른 사람들에 대해 그 애가 어떻게 생각하는지를 알기는 어려웠다.

하루는 잠들기 전 늘상 하듯이 해리엇이 데이비드의 팔에 안겨 하루 일을 이야기하면서 여름에 대해 요즈음 생각하던 바를 말했다. "당신 왜 이 집이 쓸모 있는 줄 알아? 사람들이 왜 오는지 아느냐구. 단지 자기들이 즐기려고 오는 거야. 그것뿐이야."

그는 놀랐다. 충격까지 받았다고 그녀는 느꼈다. "그럼, 그렇지 않고서야 우리가 왜 이 짓을 하겠어?" 그가 반문했다.

"난 모르겠어." 해리엇의 말이 무력하게 들렸다. 그러고 나서 그녀는 돌아누워 그의 품에 안겼고 그녀가 흐느끼는 동안 그는 그녀를 안고 있었다. 그들은 아직 성생활을 시작하지 않았다. 이전에는 없던 일이었다. 임신 중이나 임신 기간 후 바로 성생활을 하는 것에 전혀 문제가 없었다. 그러나 이제 그들은 생각했다. 우리가 아는 한도 내에서 최대한으로 조심할 때 저 짐승이 나왔으니 저놈 같은 것이 또 나오면 어쩐다? 사실 그 두 사람은 모두 마음속으로는 자신들이 벤에 대해 갖고 있는 생각——그 애는 태어나려는 의지를 가지고 그 애나 그 비슷한 어떤 것에 대해서도 아무 방어 능력이 없는 자신들의 평범함을 침범한 것이라고 느꼈다.——을 창피하게 여겼다. 그러나 성관계를 갖지 않는 것은 두 사람 모두에게 긴장감을 주었을 뿐 아니라 하나의 장벽이기도 했다. 왜냐하면 그들은 자신들을 위협하고 있는 것에 대해 항상 신경 쓰고 있어야만 했기 때문이다……. 그들은 그렇게 느꼈다.

그러다가 뭔가 나쁜 일이 일어났다. 학기가 시작되어 가족들이 모두 떠난 직후 폴이 벤의 방에 혼자 들어갔다. 아이들 중에서 그 애가 가장 벤에게 관심을 보였다. 해리엇이 큰 애들을 학교에 데려다주러 갔을 때였다. 부엌에 있던 도러시와 앨리스는 비명 소리를 들었다. 이 층으로 달려간 그들은 폴이 침대의 보호 창살 사이로 벤에게 손을 넣었고 벤은 그 손을 움켜쥐고 일부러 팔을 창살에 대고 뒤로 꺾어 버렸다는 사실을 발견했다. 두 여인이 폴을 풀어 주었다. 그들은 벤을 꾸짖으려고 하지도 않았다. 벤은 기쁨과 성취감으로 까르륵 웃고 있었다. 폴은 팔을 심하게 삐었다.

누구도 애들에게 "벤을 조심해."라고 말하고 싶진 않았다. 하지만 폴이 팔을 다친 사고 이후 그럴 필요조차 없어졌다. 그날 저녁 아이들은 무슨 일이 있었는지 들었지만 자기 부모나 도러시, 앨리스를 쳐다보지 않았다. 아이들은 서로 쳐다보지도 않았다. 그저 머리를 숙이고 조용히 서 있었다. 이것은 벤에 대한 아이들의 태도가 벌써 자리 잡았다는 것을 어른들에게 알게 해 주었다. 그들은 벤에 대해 이야기했고 벤에 대해 어떻게 생각할지를 알았다. 루크, 헬렌, 제인은 말없이 위층으로 올라갔고 그건 부모들에게는 아주 좋지 않은 순간이었다.

애들을 쳐다보면서 앨리스가 말했다. "불쌍한 어린 것들."

도러시가 말했다. "정말 안됐어."

해리엇은 이 나이 든 두 여인, 강하고 끈질긴 생존자들이 인생에 대한 그들의 방대한 경험에 비추어 자신을 비난하고 있다고 느꼈다. 그녀는 데이비드를 힐끗 보았는데 그도 똑같이 느끼고 있는 것 같았다. 비난과 비판과 혐오. 벤은 이런 감정들을 야기했고 사람들 안에 있던 이런 감정들을 밝은 빛 아래로 끌어냈다.

이 사건이 있은 뒤, 앨리스는 이 집에서 자기가 더 이상 필요치 않다며 자기 생활로 되돌아가야겠다고 선언했다. 그녀는 도러시 혼자서도 잘할 수 있을 것이라고 했다. 어쨌건 제인도 이제 학교에 갈 때가 되었다. 제인이 제대로 학교를 가려면 일 년을 더 기다려야 했지만, 그들은 그 애를 일찍 학교에 보내기로 했다. 정확히 벤 때문이었다. 아무도 입 밖으로 그 말을 꺼내지는 않았지만. 앨리스는 벤 때문에 떠난다는 암시는 전혀 하지 않고 떠났다. 그러나 그녀는 도러시에게 벤 때문에 공포에 떤다고 이야기했고 그 이야기는 데이비드와 해리엇에게도 전해졌다. 쟤는 귀신이 바꿔다 놓은 이상한 아이야. 항상 이성적이고 평온하고 사실적인 도러시가 그녀를 비웃어 주었다. "그래, 난 그 여자를 비웃었지." 이렇게 말하고 나서 도러시는 반문했다. "그런데 내가 왜 비웃었지?"

벤 때문에 비롯된 것 같은 나지막한, 거의 죄지은 듯한 목소리로 데이비드와 해리엇은 의논했다. 이 아이는 아직 6개월 도 채 안 되었다. 그런데 이 애가 그들의 가정 생활을 파괴하 려고 한다. 이미 파괴하고 있다. 아이들이 어른들과 함께 아래 층에 있는 식사 시간 중에는, 다시 말하면 가족이 함께하는 시간에는 그 애가 자기 방에 있는지 그들은 매번 확인해야만 했다.

이제 벤은 죄수처럼 거의 항상 자기 방에 있었다. 그 애는 9개월 만에 보호 창살이 있는 아기침대보다 더 커 버렸다. 한 번은 그 애가 창살을 넘어 거의 떨어지려는 순간 해리엇이 잡 았다. 그래서 그 애의 방에 작고 평범한 침대를 들였다. 그 애 는 벽이나 의자를 잡고 쉽게 걸었다. 그 애는 전혀 기어 다닌 적이 없었으며 항상 몸을 잡아당겨 두 발로 똑바로 섰다. 마 루에는 장난감이 널려 있었다. 아니, 장난감의 잔해라고 할까. 그 애는 장난감을 갖고 놀지 않았고 그것들이 깨질 때까지 벽 이나 마루에 내리쳤다. 그 애가 아무것도 잡지 않고 홀로 선 날 그 애는 승리감에 울부짖었다. 다른 모든 아이들은 이런 성취의 순간에 웃고, 키득대고, 사랑받고, 칭찬 받고, 감탄 받 기를 원했지만 이놈은 그렇지 않았다. 그것은 냉혹한 승리였 다. 그 애는 자기 어머니는 무시하고, 두 눈은 격렬한 기쁨으 로 번쩍이면서 비틀거렸다. 그 애가 자기를 쳐다볼 때 무엇을 보는지 해리엇은 때로 궁금했다. 그 애의 손길이나 눈매에 이 사람이 내 엄마로구나 하고 느낀 흔적은 전혀 없었다.

어느 날 아침 일찍 해리엇은 어쩐 일인지 재빨리 침대에서 나와 아기방으로 갔다. 거기서 그녀는 벤이 창문턱에 균형을 잡고 서 있는 것을 보았다. 높은 곳이었다. 그 애가 어떻게 그 위에 올라갔는지는 하느님만이 아실 일이었다. 창문은 열려 있었다. 일순간 그 애는 밖으로 떨어질 수도 있었다. 해리엇은 생각했다. 하필이면 이때 내가 들어오다니…… . 그러는 자기 자신에 대해 충격을 받지도 않았다. 무거운 쇠창살이 설치되었다. 벤은 창턱에 올라서서 창살을 쥐고 흔들면서 바깥 세상을 둘러보면서 굵고 쉰 괴성을 질러 댔다. 크리스마스 휴가 내내 그 애는 그 방 안에 있었다. 이상하게도 사람들은 조심스럽게 "벤은 어때?"라고 묻고 "아, 그 애는 괜찮아."라는 답을 듣고선 더 이상 아무 말도 하지 않았다. 때로 벤의 괴성이 아래층까지 들릴 정도로 컸는데 그럴 때는 대화가 중단되고 침묵이 흘렀다. 그럴 때면 해리엇이 두려워하면서도 기다리던 찡그린 표정이 사람들의 얼굴에 나타났다. 그녀는 그 표정이 말로는 할 수 없는 어떤 생각이나 언급을 감추고 있다는 것을 알았다.

그래서 집안은 옛날 같지 않았다. 모든 사람들에게는 긴장감과 경계심이 깃들었다. 해리엇은 벤이 자아내는 무시무시하고 불안한 호기심 때문에 사람들이 자기가 없을 때 그 애를 보려고 가끔씩 위층에 올라간다는 사실을 알았다. 자신을 쳐다보는 사람들의 눈길로 그녀는 그들이 벤을 보고 왔다는 것을 알았다. 마치 내가 죄인인 것처럼! 그녀는 분노했다. 그녀는 너무나 많은 시간을 마음을 끓이며 보냈지만 자신도 어쩔 수 없었다. 데이비드도 자신을 비난하고 있는 것이 분명했다. 그녀는 그에게 말했다. "이게 바로 옛날 원시시대에 변종을 낳은 여자를 어떻게 취급했는지 보여 주는 거야. 마치 그 여자만 잘못한 것처럼. 하지만 우린 문명시대에 살잖아!"

그는 이제 그녀를 대할 때 갖게 된 침착하고 조심스러운 방식으로 말했다. "당신은 뭐든지 과장해."

"그건 이런 상황에 딱 맞는 말이군! 축하해! 과장하라구!"

"제발, 해리엇." 그는 조금 전과는 다르게 힘없이 말했다. "우리 이러지 말자. 만일 우리가 함께 견뎌 내지 않으면, 그럼⋯⋯."

학교에 다니는 브리짓이 부활절에 이 기적과 같은 일상생활이 건재한지 보려고 왔다가 물었다. "쟤는 뭐가 잘못되었어요? 몽고인이에요?"

"다운증후군. 요새는 아무도 그걸 몽고인이라고 부르지 않아." 해리엇이 말했다. "그리고 저 애는 그 병이 아니야."

"그럼 뭐가 잘못되었어요?"

"아무 일도 없단다." 해리엇이 유쾌하게 말했다. "너도 보다시피."

브리짓은 떠났고 다시는 돌아오지 않았다.

여름 휴가철이 다시 시작되었다. 1975년이었다. 손님 수가 줄어들었다. 어떤 사람들은 기찻삯이나 기름 값이 너무 들어서라고 편지를 쓰거나 전화를 했다. "아무런 변명도 안 하는 것보다는 낫지." 도러시가 말했다.

"하지만 요즘 경기가 정말 좋지 않아요." 데이비드가 말했다.

"그 사람들이 예전에는 넉넉해서 너희 돈으로 몇 주일씩 여기에 와서 먹고 자고는 돈을 안 냈구나."

벤은 이제 한 살이 넘었다. 아직 한마디도 말은 안 했지만 다른 점에서는 아주 정상이었다. 이제 자기 방 안에만 그 애를 두는 일이 힘들어졌다. 마당에서 노는 아이들은 그 애의 둔탁하고 성난 울부짖음을 들었고 창턱을 올려다보면 그 애가 창살을 밀어 내려고 애쓰는 모습을 볼 수 있었다.

그래서 그 애는 작은 감옥에서 나와 아래층에서 다른 아이들과 합류했다. 그 애는 다른 아이들과 같아져야 한다는 사실을 아는 것 같았다. 그 애는 서서 머리를 숙인 채 다른 사람들이 커다란 식탁 주위에 앉아서 떠들고 웃고 하는 모습을 지켜보았다. 아니면 어른들이 거실에 앉아 이야기하는 동안 애들이 뛰어다니는 것을 보았다. 그 애의 눈은 한 얼굴에, 그다음 또 다른 얼굴에 집중되었다. 그 애가 쳐다보는 사람은 누구든지 그 따가운 시선을 느끼게 되어 말을 멈추었다. 아니면 그 애를 쳐다보지 않으려고 등이나 어깨를 돌렸다. 그 애가 방에 있기만 해도 그 방은 침묵에 잠겼고 사람들을 흩어지게 만들었다. 사람들은 변명을 하면서 가 버렸다.

휴일이 끝날 무렵 어떤 사람이 작은 테리어 개를 데리고 왔다. 벤은 그 개를 가만두지 않았다. 개가 있는 곳이면 벤은 어디든 쫓아갔다. 그 애는 개를 쓰다듬거나 만지는 것이 아니라 그냥 가만히 서서 노려보았다. 어느 날 아침 해리엇이 애들에게 줄 아침을 준비하려고 내려와 보니 개가 부엌 바닥에 죽어 있었다. 심장마비인가? 그녀는 갑자기 의심이 들어 벤이 자기 방에 있는지 보려고 달려갔다. 그 애는 침대 위에 웅크리고 있었다. 그녀가 들어가자 그 애는 그녀를 쳐다보고는 소리 없이 이를 다 드러내고 웃었다. 그 애가 자기 방 문을 열고 자고 있는 부모 옆을 조용히 지나서 아래층으로 가 개를 발견하고 죽인 뒤 다시 조용히 자기 방으로 되돌아가 문을 닫고……. 그것도 모두 자기 혼자서! 그녀는 벤을 가두었다. 그 애가 개를 죽일 수 있다면 어린아이라고 왜 못 죽이겠는가?

그녀가 다시 아래층으로 내려갔을 때 아이들이 죽은 개를 둘러싸고 있었다. 그리고 어른들이 왔다. 그들이 무엇을 생각하는지는 분명했다.

물론 조그만 아이가 살아 있는 개를 죽인다는 일은 불가능했다. 공식적으로 그 개의 죽음은 미스터리로 남았다. 수의사의 말은 목이 졸려 죽었다고 했다. 이 개 사건이 나머지 휴일을 망쳤고, 사람들은 일찍 집으로 되돌아갔다.

도러시가 말했다. "사람들은 이곳에 다시 오는 것에 대해 두 번씩 생각하겠지."

3개월 후 늙은 회색 고양이 미스터 맥그리거가 똑같은 방식으로 죽었다. 그놈도 항상 벤을 무서워했고 벤의 손이 닿지 않는 곳만 다녔다. 벤이 몰래 추적했거나 아니면 자고 있는 그놈을 발견했던 모양이다.

크리스마스 때 집 안은 반이 비어 있었다.

이때가 해리엇의 인생에서 최악의 해였고 사람들이 그들을 회피한다는 사실에 그녀는 더 이상 신경을 쓸 수가 없었다. 하루하루가 긴 악몽이었다. 아침에 잠을 깨면 그녀는 저녁 때까지 자신이 견디어 낼 수 있을지 확신할 수 없었다. 벤은 항상 돌아다녔고 매 순간 지켜봐야 했다. 그 애는 아주 조금 잤다. 그 애는 밤새도록 창틀에 서서 정원을 응시했고 만약 해리 엇이 방 안을 들여다보면 그 애는 돌아서서 낯설고 차가운 시 선으로 그녀를 오랫동안 쳐다보았다. 반쯤 어두운 방 안에서 그 애는 정말 그곳에 웅크리고 있는 도깨비나 작은 귀신 같았 다. 낮 동안 그 애를 가둬 놓으면 그 애는 비명을 지르고 소리 쳐서 온 집 안이 시끄러웠고 식구들은 경찰이 올까 봐 두려워 했다. 그 애는 갑자기 이유도 없이 정원으로 달려 내려가 문 밖의 길로 뛰어나가곤 했다. 어느 날 그녀는 그 애를 잡으려 고, 빵빵대는 차들이나 경고하는 사람들의 비명을 무시하고 신호등을 건너는 뭉툭하게 웅크린 작은 모습만 보면서 1마일 이상 뛰었다. 그녀는 울면서 숨을 헐떡였고 반쯤 정신이 나가 서 뭔가 끔찍한 일이 일어나기 전에 그 애를 잡으려고 결사적 이었다. 그러나 마음속으로는 오, 그 애를 치어요, 제발, 그래 요……라고 기도하고 있었다. 그녀는 큰길가 바로 직전에서 그 애를 붙잡아 온 힘을 다해 버둥대는 아이를 움켜잡았다. 그 애는 그녀의 팔에서 괴물처럼 뒤틀면서 침을 뱉고 쉿 소리를 내었다. 그녀는 지나가는 택시를 세워 그 애를 밀어넣고 그 옆 에 탔다. 버둥대느라 부러질 것 같은 그 애의 팔을 꽉 움켜잡 았다.

어떻게 할 수 있을까? 다시 한번 그녀는 브렛 박사를 찾아 갔다. 그는 그 애를 검사한 뒤 신체적으로는 이상이 없다고 했다.

해리엇은 그 애의 행동을 묘사했고 의사는 듣고 있었다.

간혹 가다 못 믿겠다는 표정이 잘 제어된 채 그의 얼굴에 나타났다. 그는 연필을 만지작거리면서 눈을 내리깔았다.

"데이비드나 우리 어머니한테 물어보세요." 해리엇이 말했다.

"그 애는 지나치게 활동적인 아이예요. 그게 요즈음 쓰이는 용어죠." 고지식한 의사인 브렛 박사가 말했다. 그가 구식이기 때문에 그녀는 그에게 갔었다.

마침내 그는 그녀를 피하지 않고 쳐다보았다.

"내가 무엇을 해 주기를 기대하세요, 해리엇? 약을 먹여 멍하게 만들라고요? 난 그건 반대해요."

그녀는 마음속으로 울부짖었다. 그래요, 그래, 바로 그것이 내가 정확하게 원하는 거예요! 그러나 그녀는 말했다. "안 돼요, 물론 안 되고말고요."

"저 애는 18개월짜리로는 신체적으로 정상입니다. 물론 매우 강하고 활동적이지만 저 애는 항상 그래 왔지요. 저 애가 말을 안 한다고 했던가요? 그러나 그것이 비정상은 아니에요. 헬렌도 역시 말이 늦지 않았나요? 그랬죠?"

"네." 해리엇이 대답했다.

그녀는 벤을 집으로 데리고 갔다. 이제 매일 밤 그 애를 방 안에 가두었고 문에도 무거운 창살을 만들었다. 그는 깨어 있는 매 시간 매 초 감시를 받았다. 해리엇은 도러시가 다른 모든 일을 하는 동안 그 애만 지켰다.

데이비드가 말했다. "어머님께 감사드린다고 말해 봤자 무슨 소용이 있겠어요? 이미 모든 일이 감사한다는 말로 표현할 수 있는 것 너머로 너무 와 버렸어요."

"모든 일이 너무 멀리 와 버렸어. 끝." 도러시가 말했다.

해리엇은 야위었고 붉게 충혈된 눈에다 초췌했다. 다시 한 번 그녀는 아무 일도 아닌 것에 눈물을 쏟기 시작했다. 아이들은 그녀를 귀찮게 하지 않았다. 약삭빠른 것인가? 아이들이 엄마를 겁내고 있는 건가? 도러시는 자기가 벤과 단둘이 있을 테니 8월에 일주일간 가족들끼리 어딘가 다녀오라고 제안했다.

해리엇이나 도러시는 자기 집을 끔찍이 사랑했기 때문에 평상시라면 아무 데도 가고 싶지 않았을 것이다. 더구나 여름을 보내기 위해 오는 친척들은 어떻게 한다?

"이번에는 물밀 듯한 예약이 아직 없잖아." 도러시가 말했다.

그들은 차로 프랑스에 갔다. 해리엇에게 그 여행은 행복 그 자체였다. 다시 한번 자기 아이들을 되찾은 느낌이었다. 그녀는 아이들과의 시간이 그래도 모자란다고 느꼈고 아이들도 마찬가지였다. 그리고 벤이 그녀에게서 빼앗아 버린 어린 아기 폴, 그 예쁘고 매력적인 세 살배기가 다시 한번 자신의 아기가 되었다. 그들은 여전히 한 가족이었다! 행복……. 그들은 벤이 그들에게서 그렇게 많은 것을 빼앗아 가 버렸다는 점을 거의 믿을 수 없었다.

그들이 집으로 돌아왔을 때 도러시는 매우 피곤해 보였고 한쪽 뺨과 팔에 심하게 멍이 들어 있었다. 무슨 일이 있었는지 그녀는 말하지 않았다. 그러나 그날 밤 애들이 잠자리에 든 후 그녀는 해리엇과 데이비드에게 말했다. "이야기 좀 하자꾸나. 아니, 앉아서 들어."

그들은 부엌 식탁에 함께 앉았다.

"너희 둘은 이 문제에 직면하게 될 거야. 벤을 요양소에 보내야 해."

"하지만 그 애는 정상이에요." 해리엇이 암울하게 말했다. "의사가 그랬어요."

"그 애 쪽에서 보면 정상이겠지. 그러나 우리와 같은 정상은 아니야."

"어떤 요양소에서 그 애를 받아 줄까요?"

"어딘가 있겠지."라고 말하면서 도러시는 울기 시작했다.

이제 매일 밤 해리엇과 데이비드는 어떻게 해야 하는지에 대해 이야기하느라 밤을 지새우기 시작했다. 그들은 다시 성생활을 시작했지만 이전 같지는 않았다. "이게 바로 피임법이 발견되기 전에 여인들이 느끼던 감정일 거야." 해리엇이 말했다. "공포 그 자체. 매번 그들은 월경을 기다리다가 그것이 오면 한 달간 처형 연기를 받는 거야. 하지만 그 여자들은 괴물을 낳을까 봐 겁내지는 않았겠지."

그들은 말하면서 항상 '아기방'에서—그 말이 가슴을 아프게 하기 때문에 더 이상 쓰지는 않았다.—무슨 소리가 나는지 귀를 기울였다. 그들이 벤은 할 수 없을 것이라고 믿었던 일을 그 애는 하고 있지 않을까? 그 무거운 쇠창살을 옆으로 젖히고 있을까?

"문제는 당신이 지옥에 익숙해진다는 사실이야." 해리엇이 말했다. "벤과 하루를 보내고 나면 그 애 외에는 아무것도 존재하지 않은 것처럼 느껴져. 마치 이제까지 아무것도 존재하지 않았던 것처럼. 나는 다른 아이들에 대해서 여러 시간 동안 기억조차 하지 않았다는 사실을 갑자기 깨닫게 돼. 난 어제 그 애들에게 저녁을 먹이는 일도 잊어버렸어. 엄마는 영화를 보러 갔고 내가 아래층에 내려오니까 헬렌이 자기네 먹을 밥을 만들고 있었어."

"그 일이 아이들에게 상처를 주진 않아."

"헬렌은 이제 겨우 여덟 살이야."

그들의 가족 생활이 예전에 정말 어떠했으며 앞으로도 그럴 수 있다는 사실이 프랑스에서 보낸 일주일 동안 상기되었으므로 해리엇은 그것을 놓치지 않겠다고 결심했다. 그녀는 다시 한번 말없이 벤에게 명령하는 자신을 발견했다. "나는 네가 우리를 파괴하지 못하게 할 거야. 너는 나를 파괴하지 못해……."

그녀는 또 다른 진짜 크리스마스를 준비할 결심이었고 모두에게 전화하고 편지를 썼다. 그녀는 벤이 "요즈음 훨씬 나아졌다."고 말하기까지 했다.

세라가 에이미를 데려가도 '괜찮은가' 물었다. 이 말은 그녀가 다른 모두와 마찬가지로 개와 고양이 사건을 들었음을 의미했다.

"우리가 에이미를 벤과 단둘이 있지 않도록 조심하면 괜찮아." 해리엇은 말했고 세라는 오랜 침묵 후에 말했다. "하느님 맙소사, 해리엇. 우리가 아주 고약한 경우를 만났군, 안 그래?"라고 말했다. "그런가 봐." 해리엇은 말했지만 그녀는 운명의 희생자로 굴복하기를 거부했다. 세라는 그렇지. 문제가 있는 결혼 생활에다 몽고인 아이이다, 확실히 그래. 그러나 나, 해리엇이 같은 경우라고?

그녀는 애들에게 당부했다. "에이미를 잘 돌봐 줘. 그 애를 절대로 벤과 같이 두지 마."

"벤이 미스터 맥그리거를 해쳤듯이 에이미도 해칠까요?" 제인이 물었다.

"그 애가 미스터 맥그리거를 죽였어." 루크가 맹렬하게 말했다. "그 애가 고양이를 죽였다구."

"그리고 불쌍한 개도." 헬렌이 말했다. 두 아이가 해리엇을 비난하고 있었다.

"그래." 해리엇이 대답했다. "그럴지도 모르지. 그러니까 우리들이 에이미를 항상 돌봐야 한단다."

아이들은 요즈음 자기들이 하는 식으로 그녀를 제외하고서 자기들끼리만 뭔가 이해하는 눈길을 주고받았다. 그녀를 쳐다보지도 않고 애들은 가 버렸다.

크리스마스에는 전보다 적은 수의 사람들이 모였지만 축제같이 떠들썩했고 성공적이었다. 그러나 해리엇은 그 기간이 끝났으면 하고 원하는 자신을 발견했다. 그것은 벤을 감시하고 또한 모든 일의 중심이 되었던 에이미를 지키는 일에서 오는 긴장감 때문이었다. 그 여자애의 머리는 무지 컸고 몸뚱이도 잔뜩 웅크린 모습이었지만 그 애는 키스를 듬뿍 받았고 모두들 사랑스러워했다. 벤을 예쁜 장난감으로 만들고 싶어했던 헬렌은 이제 에이미를 사랑할 수 있게 되었다. 벤은 말없이 이 모든 것을 지켜보았다. 해리엇은 그 차갑고 노르스름한 초록 눈에서 표정을 읽을 수가 없었다. 어쨌건 그녀는 결코 벤의 표정을 읽었던 적이 없으니까! 때로 그녀는 벤이 무엇을 느끼고 생각하는지 이해하려고 애쓰다 평생을 다 보낸다는 생각이 들 정도였다. 누구나 자기를 사랑하기를 기대하는 에이미는 벤에게 다가가 킥킥대고 웃으면서 팔을 내밀었다. 이 지체 장애아는 벤보다 두 배나 나이가 많았지만 분명히 정신 연령은 반밖에 안 되었다. 애정을 듬뿍 받아 활기가 넘치던 이 아이가 갑자기 조용해졌다. 그 애의 얼굴은 근심이 서린 듯했고 벤을 쳐다보고는 뒷걸음질을 쳤다. 불쌍한 고양이 미스터 맥그리거의 경우와 똑같았다. 그런 다음 그 아이는 벤을 볼 때마다 울기 시작했다. 벤의 눈은 온 집안의 사랑을 독차지하고 있는 이 또 다른 고통받는 아이에게서 결코 떠나지 않았다. 하지만 벤은 자기도 고통받는 아이라는 사실을 알고 있었을까? 그 애는 고통을 받고 있는가? 그 애는 과연 무엇일까?

크리스마스 휴가가 끝나고 벤은 두 살하고 몇 달이 지났다. 폴을 벤으로부터 멀리 두기 위해 길 아래 작은 유아원에 보냈다. 천성적으로 활기차고 친근하던 아이가 불안해하면서 화를 내기 시작했다. 그 애는 소리 지르며 마룻바닥에 뒹굴었고 울음보를 터뜨리거나 성나서 발작을 일으켰으며 벤을 결코 떠나지 않는 해리엇의 시선을 끌기 위해 엄마의 무릎을 걷어차곤 했다.

도러시는 세라와 그 가족을 방문하러 떠났다.

낮 동안 해리엇은 벤과 단둘이 있었다. 그녀는 다른 애들에게 했던 대로 그 애와 함께 있으려 노력했다. 집 쌓기 블록이나 밀고 다니는 장난감을 갖고 마루에 앉았다. 그녀는 그 애에게 여러 가지 색깔의 그림을 보여 주었다. 짧은 노래도 불러 주었다. 그러나 벤은 장난감이나 블록에는 전혀 관심이 없었다. 그 애는 흐트러진 빛나는 물건들 사이에 앉아 한 블록 위에 다른 블록을 얹어 놓고는 이것이 자기가 해야 될 일인가 확인하려는 듯이 해리엇을 물끄러미 쳐다보았다. 그 애는 자기에게 주어진 그림을 열심히 노려보면서 그림이 전달하는 언어를 해독하려고 애썼다. 그 애는 결코 해리엇의 무릎 위에는 앉지 않고 대신 옆에 웅크리고 앉아서 그녀가 "저건 새야, 벤. 쳐다봐, 저 나무에 있는 새와 똑같은 새야. 저건 꽃이야."라고 말하면 물끄러미 쳐다보다가 등을 돌렸다. 그 애는 이 블록이 저것하고 어떻게 맞는지, 또는 어떻게 쌓아야 하는지 이해 못하는 것은 분명히 아니었다. 오히려 그 애는 그 일의 중요성이 무엇인지, 새와 꽃을 보여 주는 요점이 무엇인지를 파악할 수 없는 것 같았다. 이런 종류의 게임을 하기에는 너무 발달했나? 때로 해리엇은 그 애가 그렇다는 생각이 들었다. 유아용 그림에 대한 그 애의 반응은 정원으로 달려 나가 잔디 위에 있는 지빠귀에 몰래 다가가 웅크리고서 낮은 걸음으로 빨리 뛰어가는 것이었다. 그리고 그 애는 새를 거의 잡을 뻔하였다. 또 찔레꽃을 줄기에서 갈갈이 뜯어내어 손에 들고 서서 그것들을 열심히 노려보았다. 그러고는 자신의 강한 작은 주먹으로 짓눌러서 버렸다. 그 애는 머리를 돌려서 해리엇이 자기를 쳐다보고 있는 것을 보았다. 그녀가 자기에게 뭔가 하기를 원하는 것 같은데 그것이 무엇인지 생각하는 것 같았다. 그 애는 봄꽃들을 쳐다보았고 가지 위의 검은 새를 올려다보고는 천천히 다시 집 안으로 들어왔다.

어느 날 그 애가 갑자기 말을 했다. 그 애는 '엄마' 또는 '아빠' 또는 자기 이름을 말한 것이 아니었다. 그 애는 "난 케이크를 원해."라고 말했다. 처음에 해리엇은 그 애가 말하고 있다는 사실도 알아채지 못했다. 그러고 나서 그 사실을 알자 모두에게 말했다. "벤이 말을 해요. 그 애가 문장을 사용한다구요." 예전에 그랬던 것처럼 다른 아이들이 그 애를 북돋워 주었다. "아주 좋아, 벤.", "똑똑한 벤!" 그러나 그 애는 다른 아이들을 쳐다보지도 않았다. 그날 이후 그 애는 자신이 필요로 하는 것만 선언했다. "난 저걸 원해.", "그걸 줘.", "지금 산보가." 그 애의 목소리는 무겁고 불확실했으며 그의 두뇌는 생각과 사물을 집어넣은 헛간인 것처럼, 그리고 그 애는 각각의 사물을 식별해야만 하는 것처럼 매 단어가 분리된 채 나왔다.

애들은 그 애가 정상적으로 말을 하자 안도했다. "안녕, 벤."이라고 한 애가 말하면 "안녕."이라고 벤이 정확하게 자기에게 한 말을 다시 조심스럽게 돌려주면서 대답했다. "어떻게 지내세요, 벤?" 하고 헬렌이 물었다. "어떻게 지내세요?" 그 애가 대답했다. "아니야." 헬렌이 말했다. "넌 '저는 아주 좋습니다. 고맙습니다.'라든가 아니면 '괜찮아요.' 이렇게 대답해야 돼."

벤은 문제를 바로잡는 동안 멍하게 쳐다보았다. 그러고선 어색하게 "저는 아주 좋습니다."라고 말했다.

그 애는 다른 아이들을, 특히 루크와 헬렌을 항상 쳐다보았다. 그들이 어떻게 움직이며 앉고 서고 하는지를 연구했다. 그들이 먹는 방식도 그대로 따라했다. 그는 이 두 나이 든 아이들이 제인보다 사회성이 더 발달했다는 점을 알고 있었다. 그래서 그는 폴도 완전히 무시했다. 애들이 텔레비전을 볼 때 그 애는 그들 근처에 웅크리고 앉아 화면을 보다가 그들의 얼굴을 쳐다보았다. 왜냐하면 어떤 반응이 적절한 것인지 알 필요가 있었기 때문이다. 그들이 웃으면 잠시 후에 그 애는 딱딱하고 어색하게 들리는 커다란 웃음소리를 더했다. 그 애에게 즐거운 순간에 자연스러운 것이 있다면 온 이를 드러내면서 적대적으로 웃는 미소였다. 그 웃음은 정말 적대적으로 보였다. 그들이 뭔가 흥분된 순간에 가만히 관심을 집중하느라 고요해지면 그 애도 그들처럼 자기의 근육을 긴장시키고 화면에 빨려드는 것처럼 보였다. 그러나 실제로 그 애의 눈은 그들에게 고정되어 있었다.

전체적으로 그 애는 다루기 쉬워졌다. 해리엇은 생각했다. 정상적인 애도 누구나 걸음을 시작하고 나서 한 일 년간은 가장 어려운 시기야. 자기 보호 본능도, 위험에 대한 감각도 없으니까. 애들은 의자나 침대에다 자신을 내동댕이치고 공중으로 날고 큰길로 뛰어들고 매 초마다 감시해야 돼⋯⋯. 또한 아이들은 그때가 가장 귀엽고 가슴이 뛸 정도로 예쁘고 재미있지라고 그녀는 덧붙였다. 그런 다음 아이들은 점차 분별력이 생기면서 인생은 쉬워지지.

인생은 쉬워지기 시작했다⋯⋯. 하지만 이것은 단지 그녀만의 생각이었다. 도러시는 그녀가 이 점을 명확히 깨닫게 만들었다.

도러시는 그녀가 '안식'이라고 말한 몇 주간을 보내고 나서

이 집으로 되돌아왔고 해리엇은 자기 어머니가 '진짜 이야기'
를 할 준비를 하고 있음을 알아차렸다.

"애, 넌 내가 간섭한다고 말하려는 거니? 듣기 싫은 조언만
잔뜩 하면서?"

그들은 늦은 아침에 큰 식탁에서 커피를 마시면서 앉아 있
었다. 벤은 늘상 그렇듯이 그들이 지켜볼 수 있는 자리에 있
었다. 도러시는 자신의 말을 유머러스하게 만들려고 애썼지만
해리엇은 위협을 느꼈다. 그녀 어머니의 분홍빛 뺨은 당황해
서 붉어졌고 푸른 눈에는 근심이 어렸다.

"아니요." 해리엇이 말했다. "그렇지 않아요, 안 그래요."

"그래, 이제 내가 할 말을 하지."

그러나 그녀는 계속할 수가 없었다. 벤이 돌멩이를 금속 쟁
반에다 내려치기 시작했기 때문이다. 그 애는 온 힘을 다해서
이 짓을 했다. 그 소리는 끔찍했고 두 여인은 벤이 멈출 때까
지 기다렸다. 그 애를 중단시키면 그 애는 격분하여 저주하면
서 침을 뱉곤 했기 때문이다.

"넌 애가 다섯이야." 도러시가 말했다. "하나가 아니라구. 넌
내가 여기 있을 때 다른 아이들의 어머니 노릇도 하고 있다는
사실을 알고 있었니? 아니야. 네가 알았다고 난 믿지 않아. 넌
너무나 정신이 팔려서……."

다시 한번 벤이 성취감에 미친 듯이 날뛰며 돌멩이로 쟁반
을 내려치기 시작했다. 그 애는 마치 뭔가 주조해 내듯이 금
속을 망치질한다고 믿는 모양이었다. 깊은 땅속 광산에서 그
애가 비슷한 종족들과 함께 그 짓을 하고 있는 모습을 쉽게

상상할 수 있었다……. 다시 한번 그들은 그 애가 멈추기를 기다렸다.

"그건 옳지 않아." 도러시가 말했다. 해리엇은 어머니의 '그건 옳지 않아'란 말이 어떻게 자신의 어린 시절을 통제했는지 기억이 났다.

"너도 알다시피 나는 그럭저럭 견디고 있어." 도러시가 말했다. "하지만 이런 식으로 계속할 수는 없어. 그러면 난 병이 날 거야."

그랬다. 도러시는 야위었고 비쩍 마르기까지 했다. 그래, 내가 그 점을 깨달았어야 했어, 보통 때와 마찬가지로 죄의식에 가득 차서 해리엇은 생각했다.

"그리고 넌 남편도 있잖아." 딸의 가슴에 박은 칼날을 자신이 어떻게 돌리고 있는지도 모르면서 도러시는 말을 이었다. "너도 알다시피 그 사람은 아주 좋은 사람이야, 해리엇. 그 사람이 어떻게 견디어 내는지 나도 모르겠어."

벤이 세 살이 되고 난 뒤 맞이한 크리스마스에는 집에 손님이 반쯤만 찼다. 데이비드의 사촌 하나가 이전에 "해리엇, 난 당신에게서 영감을 받았어요. 결국 그래서 나도 가정을 가졌지요. 당신 집만큼 크지는 않지만 아담하고 좋은 집이에요."라고 말한 적이 있었다. 몇몇 가족들이 그 집으로 갔다. 그러나 다른 가족들은, 즉 아주 가까운 가족들은 올 예정이라고 했다. 아니 오려고 노력한다는 것을 해리엇은 인식했다.

다시 한번 애완견이 왔다. 이번에는 쾌활하고 시끄러운 잡종개로 몸집이 거대했다. 세라네 아이들의 친구인 이 개는 특히 에이미와 친했다. 물론 모든 애들이 다 좋아했지만 특히 폴이 이 개를 좋아했고 이 점은 해리엇의 마음을 아프게 했다. 자기 집에서는 개나 고양이를 키울 수 없었기 때문이다. 그녀는 이제 벤이 사려 깊어졌다고까지 생각한 적이 있었다……. 그러나 그건 불가능하다는 걸 그녀는 잘 알았다. 그녀는, 그 큰 개가 커다랗고 보기 싫은 몸을 가진 사랑스러운 어린아이 에이미가 다정함을 가장 필요로 한다는 사실을 아는 것같이 구는 모습을 지켜보았다. 그 개는 자신의 충만한 사랑을 그 애를 위해 조절했다. 에이미는 개의 목에 손을 두르고 옆에 앉곤 했고, 만약 그녀의 손짓이 어색하면 그 개는 주둥이를 들어 올려 가볍게 그 애를 약간 밀거나 또는 '조심해'라고 말하는 듯 조그만 경고음을 내곤 했다. 세라 말에 의하면 이 개는 에이미의 유모 같다고 했다. "『피터 팬』에 나오는 나나 같애." 애들이 말했다. 그러나 만약 벤이 그 방에 들어오면 그 개는 조심스레 그 애를 지켜보다가 한쪽 구석에 가서 머리를 앞다리에 얹고 엎드려서 뻣뻣하게 신경을 곤두세웠다. 어느 날 아침 사람들이 아침을 먹으려고 앉아 있는데 해리엇은 무슨 이유에선지 뒤를 돌아보게 되었다. 개는 자고 있었고 벤이 두 손을 앞으로 내밀고 등을 구부린 채 조용히 개에게 다가가는 것을 보았다.

"벤!" 해리엇이 날카롭게 말했다. 그 애의 차가운 눈이 그녀 쪽으로 향했고 그녀는 그 안에서 온통 적의가 번뜩이고 있는 것을 보았다. 그 개는 몸을 일으켜 털을 모두 세우고 긴장하고 있었다. 겁이 난 듯 컹컹대다가 사람들이 모두 있는 쪽으로 건너와 식탁 밑에 누웠다.

모두들 말없이 앉아 이 모습을 보았다. 벤은 도러시에게 와서 "우유 주세요."라고 말했다. 도러시는 그 애에게 우유를 조금 부어 주었고 그 애는 그걸 끝까지 다 마셨다. 그러고 나서 그 애는 자신을 쳐다보고 있던 모든 사람을 둘러보았다. 다시 한번 그 애는 그들을 이해하려고 애쓰는 듯이 보였다. 그 애는 정원으로 나갔다. 모두들 정원에서 땅을 막대기로 찔러 보고 있는 땅딸막한 작은 도깨비 같은 그 애를 쳐다보았다. 다른 애들은 위층 어디선가 놀고 있었다.

식탁 주위에 에이미를 무릎에 안은 도러시와 세라, 몰리, 프레더릭, 제임스와 데이비드가 둘러앉았다. 그리고 '말장수'라는 별명을 가진 성공한 동생 앤절라도 있었다. 그녀의 아이들은 모두 정상이었다.

그 분위기가 해리엇으로 하여금 도전적으로 "그럼 좋아요, 툭 까놓고 이야기해 봐요."라고 말하게끔 했다.

"이봐, 해리엇. 사태를 직시해야 해. 저 애를 요양소로 보내야 해."라고 말한 사람이 프레더릭이라는 사실이 의미 있다고 해리엇은 생각했다.

"그렇다면 저 애가 비정상이라고 말해 줄 의사를 찾아야겠네요." 해리엇이 말했다. "브렛 박사는 분명히 그렇지 않다고 할 거예요."

"다른 의사를 찾아라." 몰리가 말했다. "이런 일들은 쉽게 처리할 수 있어." 혈색 좋고 건강한 얼굴을 한 이 두 커다란 건초 더미 같은 사람들은 같은 결심으로 뭉쳤다. 뭔가 위기가 있고 그 위기가 간접적이긴 하지만 자신들을 위협한다는 판단이 섰기 때문에 그들에게 이제 모호한 구석은 없었다. 해리엇은 그들이 좋은 점심식사를 끝낸 한 쌍의 판사들 같다고 생각하면서 자신의 이런 비판적 생각을 데이비드도 공유하는지 보려고 그 쪽을 힐끗 보았다. 그러나 그는 입을 굳게 다물고 식탁을 응시하고 있었다. 그는 그들의 의견에 동의하고 있었다.

앤절라가 웃으면서 말했다. "전형적인 상류층의 무자비함이군."

모두가 기억하는 한 그런 말이 이 식탁에서 튀어나온 적이 없었다. 적어도 그런 식으로 날카롭게 들린 적은 없었다. 침묵이 흘렀고 잠시 후 앤절라는 "내가 동의하지 않는다는 말은 아니야."라며 분위기를 누그러뜨리려고 했다.

"물론 너도 동의해야지." 몰리가 말했다. "제정신인 사람은 누구나 동의해야 해."

"당신들이 그 말을 할 때 태도가 문제예요." 앤절라가 말했다.

"어떤 식으로 말하는가가 무슨 상관이죠?" 프레더릭이 물었다.

"그리고 누가 돈을 댈 거죠?" 데이비드가 물었다. "난 그럴 능력이 없어요. 내가 할 수 있는 일은 그저 청구서대로 값을 치르는 정도죠, 그것도 아버지의 도움으로."

"제임스도 이번 일은 감수해야 할걸." 프레더릭이 말했다. "하지만 우리도 좀 보탤게." 이 부부가 금전적 도움을 제공하겠다고 한 것은 이번이 처음이었다. "자기 부류들처럼 구두쇠야."라고 나머지 가족들이 다 동의했던 바였고 지금 모두들 그 사실을 기억해 냈다. 그들은 열흘씩이나 머물려고 오면서 꿩 두 마리와 좋은 포도주 두서너 병만 보태 주었다. 그들의 '보탤게'가 많은 돈을 의미하지 않는다는 사실을 모두 알았다.

의견이 분열된 채 가족들은 말없이 앉아 있었다.

제임스가 말문을 열었다. "내가 할 수 있는 한 모두 하지. 하지만 사정이 옛날 같지는 않아. 경기가 어려운 때에 요트가 사람들의 최우선 사항은 아니거든."

다시 침묵이 흘렀고 모두들 해리엇을 쳐다보았다.

"당신들 모두 우스운 사람들이에요." 그들로부터 자신을 분리시키며 해리엇이 말했다. "당신들은 여기 자주 와서 아시잖아요. 내 말은, 당신들은 정말로 무엇이 문제인지 아시는 분들이잖아요. 요양소를 운영하는 사람들에게 뭐라고 말할 건가요?"

"그건 요양소에 달렸어." 거대한 몸집이 활기와 신념으로 가득 차 보이는 몰리가 말했다. 마치 벤을 통째로 삼켜서 소화시키고 있는 것 같다고 해리엇은 생각했다. 그녀는 몸이 떨렸지만 최대한 차분하게 말했다. "가족들이 버리기로 작정한 애들을 받기 위해 존재하는 그런 장소를 찾으라는 말씀이세요?"

"부유한 가족들이지." 도전적인 코웃음을 가볍게 치면서 앤절라가 말했다.

이런 무례함에 대해 몰리는 눈 하나 깜짝하지 않고 굳건히 말했다. "그래, 다른 종류의 장소가 없다면 그래야지. 그러나

다섯째 아이

한 가지는 분명하다. 만약 무슨 일인가 하지 않으면 비극적인 파국이 닥칠 거야."

"이미 대파국이지." 자기 자리에 굳건히 버티고 앉아 도러시가 말했다. "다른 아이들…… 그 애들도 고통을 받고 있어. 넌 너무 정신이 팔려서 그건 보지 못하고 있어, 얘."

"이봐." 데이비드는 초조하고 화가 나서 말했다. 해리엇과 자신의 부모 사이에 이미 꼬여 있는 신경을 서로 당기고 찢고 하는 일을 이제 견딜 수 없었기 때문이었다. "이봐, 난 동의해. 그리고 때론 당신도 동의해야 돼. 내가 아는 한 그 때는 바로 지금이야. 나도 더 이상 견디어 낼 것 같지 않아." 그러고 나서 그는 자기 부인을 쳐다보았다. 애원하는 듯한 고통스러운 눈길이었다. 제발, 그는 해리엇에게 말하고 있었다. 제발.

"좋아요." 해리엇이 말했다. "만일 적당한 장소가 발견된다면……" 그리고 그녀는 울기 시작했다.

벤이 정원에서 들어와 평상시대로 사람들과 떨어져 서서 그들을 지켜보았다. 그 애는 갈색 셔츠에 갈색 작업복 바지를 입고 있었는데 둘 다 튼튼한 천으로 만들어져 있었다. 그 애가 입는 모든 옷은 두꺼워야 했다. 그 애가 자기 옷을 찢어서 못 쓰게 했기 때문이다. 그루터기처럼 노르스름하게 짧게 자란 머리카락에다 깜빡거리지도 않는 냉혹한 눈, 새우등, 무릎을 굽힌 채 두 발을 벌리고 선 다리, 앞으로 내민 움켜쥔 주먹. 그 애는 예전보다 훨씬 더 도깨비 같았다.

"그녀가 울고 있어." 그 애는 자기 어머니에 대해 말했다. 그러고는 식탁에서 빵 한 조각을 떼어 가지고 바깥으로 나갔다.

"좋아요." 해리엇이 말했다. "그들에게 뭐라고 말하실 거예요?"

"우리에게 맡겨." 프레더릭이 말했다.

"그래." 몰리가 말했다.

"아이구 하느님!" 그들에 대한 냉소적인 감사의 표시로 앤절라가 말했다. "내가 당신들과 함께 있으면 때론 이 나라에 대한 모든 것이 다 이해가 된다니까요."

"고맙군." 몰리가 말했다.

"고마워." 프레더릭이 말했다.

"얘, 넌 공정하지 못해." 도러시가 말했다.

"공정이요?" 앤절라와 해리엇과 세라와 세라의 딸들이 거의 동시에 말했다.

그러곤 해리엇을 제외한 모든 이들이 웃었다. 이런 식으로 벤의 운명이 정해졌다.

며칠 후 프레더릭이 전화를 해서 한 군데를 발견했고 차가 벤을 데리러 갈 것이라고 알렸다. 즉시. 바로 내일.

해리엇은 미칠 것 같았다. 그 서두름—그래, 그 무자비함. 그리고 의사가 이걸 승인했다고? 아니면 그럴 거라고? 아직 벤을 본 적도 없는 의사가? 그녀는 이 모든 것을 데이비드에게 말했고 그의 태도로 보아 많은 것이 그녀의 등 뒤에서 행해졌다는 것을 알 수 있었다. 부모들은 그에게 연락할 때 사무실로 했다. 이젠 해리엇이 증오하게 된 몰리가 "너 이제 해리엇에게 강하게 맞서야 해."라고 말하자 데이비드는 "그건 제가 알아서 할게요."와 비슷한 대답을 했다.

"이제 그 애 아니면 우리야." 해리엇에게 데이비드가 말했다. 벤에 대한 차가운 증오로 가득 찬 목소리로 그는 덧붙였다. "그 애는 화성에서 방금 떨어졌나 봐. 여기서 발견한 것을 보고하러 다시 돌아가겠지." 그는 웃었다. 잔인하게. 그 요양소가 어떤 곳이든 간에 그곳에서 벤이 오래 살 수 없다는, 이미 그녀가 반쯤은 알고 있는 사실을 말없이 받아들이면서 그녀는 그가 잔인하다고 생각했다.

"그 애는 어린애야." 그녀는 말했다. "그 애는 우리 아이라구."

"아니야. 그 아이는 아니야." 데이비드가 마침내 말했다. "어쨌건 그 애는 내 애가 확실히 아니야."

그들은 거실에 있었다. 아이들의 목소리가 멀리 어두운 겨울 정원에서 날카롭게 들려왔다. 똑같은 충동에서 해리엇과 데이비드는 창문으로 달려가 두꺼운 커튼을 들췄다. 정원에는 나무들의 어스레한 그림자가 져 있었지만, 따스한 방에서 나오는 불빛이 잔디밭을 지나 겨울이라 완전히 헐벗은 검은 관목까지 닿아서 물방울이 번쩍이는 덤불과 백양나무의 흰 등걸을 비추었다. 성별이 구별되지 않는 작은 두 형체가 얼룩덜룩 누빈 재킷과 바지를 입고 모직 모자를 쓰고 호랑가시나무 덤불 아래 그늘에서 바깥으로 나왔다. 뭔가 모험을 하고 있는 헬렌과 루크였다. 둘 다 막대기를 쥐고서 작년에 떨어진 잎사귀들을 여기저기 쑤셔 보고 있었다.

"여기 있어!" 승리감에 찬 헬렌의 목소리가 크게 울렸고, 막대기 끝에서 여름에 잃어버렸던 빨갛고 노란 플라스틱 공이 나타나는 것을 부모들은 보았다. 공은 더러웠고 짓눌렸지만 온전했다. 두 아이는 찾아낸 공을 승리감에 높이 쳐들고 춤을 추며 빙빙 돌았다. 그러고 나서 갑자기 별 이유 없이 발코니 유리 문 쪽으로 쏜살같이 달려왔다. 부모들은 소파에 앉아 문 쪽을 바라보았다. 안쪽으로 문이 확 열리면서 자그마하고 우아한 두 어린아이가 얼어서 붉어진 뺨과 이제까지 그들이 돌아다녔던 어두운 황야가 준 흥분감으로 가득 찬 눈을 하고 들어왔다. 애들은 숨을 거세게 내쉬며 따스하고 밝은 거실과 부모들이 거기 앉아 자신들을 쳐다보고 있는 상황에 눈을 서서히 적응시켰다. 잠시 동안 이질적인 삶의 두 가지 형태가 만나고 있었다. 애들은 어떤 오랜 원시의 일부가 되어 피가 아직도 그것으로 뛰고 있었다. 그러나 이제 그들은 가족과 합류하면서 야성적 자아를 버려야 했다. 해리엇과 데이비드는 자신들의 어린 시절에 대한 추억과 상상을 통해 이 일을 애들과 함께 공유했다. 그들은 분명히 볼 수 있었다. 길들여지고 가정적이며 야생과 자유로부터 멀어진 불쌍하기조차 한 모습으로 거기 앉아 있는 두 어른인 자신들을.

다른 애들, 특히 벤 없이 부모들만 있는 것을 보자 헬렌은 아버지에게 루크는 어머니에게 달려들었다. 해리엇과 데이비드는 모험심 많은 두 아이를, 그들의 자식들을 꼭 껴안았다.

다음 날 아침 작은 검은색 승합차가 벤을 데리러 왔다. 데이비드가 일하러 가지 않는 것을 보고 해리엇은 그 차가 오는지 알고 있었다. 그는 그녀를 '말리려고' 집에 있었던 것이다! 데이비드가 위층에 가서 여행 가방에 조용히 짐을 싸서 가지고 내려오는 동안 해리엇은 아이들에게 아침을 먹였다.

그는 가방들을 승합차에 던져 넣었다. 그리고 해리엇이 거의 알아 볼 수 없을 정도로 굳은 얼굴로, 거실 마루에 앉아 있던 벤을 들어 올려서 데리고 나가 차에 태웠다. 똑같이 굳은 얼굴로 그는 해리엇에게 빨리 다가와 그녀를 안아서 차를 못 보게 몸을 돌렸다. 차는 이미 움직이고 있었고 그녀는 차 안에서 나오는 고함과 비명 소리를 들을 수 있었다. 그는 그녀를 여전히 꽉 잡은 채 소파로 데리고 가서 연신 말했다. "우리는 이래야만 해, 해리엇. 해야만 한다구." 그녀는 그 일의 충격으로, 또한 안도감과 모든 책임을 다 맡고 있는 그가 고마워서 울었다.

애들은 학교에서 돌아오자 벤이 누군가와 함께 살려고 떠났다는 말을 들었다.

"할머니하고?" 헬렌이 불안해하며 물었다.

"아니."

네 쌍의 불안하고 의아해하던 눈이 갑자기 안도감으로 가득 찼다. 병적인 안도감. 애들은 자신들을 억제할 길 없이 춤을 추고 돌아다녔으며 그것이 자신들이 즉석에서 생각해 낸 놀이인 척했다.

저녁때 그 애들은 너무나 명랑했고 킥킥대며 병적으로 흥분했다. 하지만 조용해진 순간 제인이 날카롭게 물었다. "우리들도 보내실 거예요?" 조용하고 둔감한 작은 그 애는 도러시의 축소판으로, 불필요한 말은 안 했다. 그러나 그 애의 크고 푸른 두 눈은 공포로 가득 찬 채 엄마의 얼굴에 고정되어 있었다.

"아니, 당연히 그렇게 하지 않지." 무뚝뚝하게 데이비드가 대답했다.

루크가 설명했다. "벤이 우리하고 아주 달랐기 때문에 데려간 거야."

그다음 날부터 가족들은 물에 불린 종이꽃처럼 피어났다. 벤이 얼마나 짐이 되었는지, 얼마나 그들을 억눌렀는지, 애들이 얼마나 많은 고통을 당했는지 해리엇은 깨달았다. 또한 부모가 알려고 했던 것보다 더 많은 사실을 애들이 자기들끼리 말하고 있었으며 벤과 타협하려고 애쓰고 있었다는 것도 알았다. 그러나 이제 벤이 떠나자 애들의 눈은 빛났고 활기로 가득 찼고 해리엇에게 사탕이나 장난감 같은 작은 선물을 갖고 와서 "이건 엄마에게 줄 거예요."라고 말했다. 아니면 애들은 갑자기 달려와 그녀에게 키스를 하거나 뺨을 쓰다듬고 또는 행복한 망아지나 송아지처럼 얼굴을 그녀에게 부볐다. 그리고 데이비드도 그들 모두와, 특히 그녀와 함께 보내려고 직장에서 며칠 휴가를 받았다. 그는 그녀에게 조심스레 대했다. 다정하게. 마치 그녀가 아프기라도 한 것처럼. 그녀는 반항적으로 생각했다. 물론 그녀는 내내 어디에선가 죄수가 되어 있는 벤을 생각했다. 어떤 종류의 죄수일까? 그녀는 작고 검은 승합차를 머릿속에 떠올리면서 그 애가 실려 갈 때 내던 분노의 외침을 기억했다.

시간이 지나갔고 집안은 정상을 회복했다. 해리엇은 애들이 부활절 휴가에 대해 말하는 것을 들었다. "벤이 여기 없으니까 이제 괜찮을 거야." 헬렌이 말했다.

애들은 항상 그녀가 인정하려 했던 것보다 훨씬 많이 이해하고 있었다.

그녀는 전반적으로 안도하게 되었고 자신이 어떻게 그러한 긴장을 그렇게 오래 견뎌 냈는지 믿을 수 없었지만 그래도 자신의 마음으로부터 벤을 추방할 수는 없었다. 그녀가 벤에 대해 생각할 때 그건 사랑이나 온정의 마음에서가 아니었다. 그녀는 자기 내부에서 정상적인 감정의 불티 하나도 찾을 수 없는 자신이 싫었다. 오히려 죄의식과 공포감으로 그녀는 밤새 잘 수 없었다. 감추려고 애썼지만 데이비드는 그녀가 깨어 있는 것을 알았다.

어느 날 아침 알 수 없는 악몽 때문에 그녀는 놀라서 잠을 깼다. "그들이 벤에게 어떻게 하고 있는지 보러 가야겠어." 그녀는 말했다.

데이비드는 눈을 뜨고 말없이 누워 건너편 창문 쪽을 응시하고 있었다. 그는 깊이 잠들지 않고 그저 졸고만 있던 참이었다. 그가 이런 일이 있을까 봐 두려워하고 있다는 사실을 그녀는 알 수 있었다. 그는 어딘가 모르게 그녀에게 이렇게 말하고 있었다. '좋아. 그걸로 충분해. 그만둬.'

"데이비드, 난 가야 해."

"안 돼." 그가 말했다.

"난 그래야만 해."

그가 그녀를 쳐다보지도 않고 안 돼, 라는 그 한마디 외에는 아무 말도 입 밖에 내지 않은 채 누워 있는 모습에서, 그녀는 그가 거기 누워 결정을 내리고 있다는 것을 알았다. 그 자리에 그대로 몇 분 누워 있다가 그는 침대에서 일어나 아래층으로 갔다.

그녀는 옷을 입고 몰리에게 전화를 걸었고 몰리는 당장 차갑게 화를 냈다. "아니, 난 어딘지 말해 주지 않을 거야. 네가 그 일을 해냈으니 이제 그만 잊어버려."

그러나 마침내 그녀는 해리엇에게 주소를 주었다.

다시 해리엇은 왜 자기가 항상 죄인 취급을 당해야 하는지 의아해했다. 벤이 태어난 이후 항상 그랬지, 라고 그녀는 생각했다. 모두들 말없이 자신을 비난해 온 것이 사실인 것 같았다. 나는 불행을 겪었지 죄를 지은 것은 아니야. 그녀는 생각했다.

벤은 영국 북부에 있는 어떤 곳으로 보내졌다. 자동차로 네다섯 시간 거리였고 재수 없이 교통 체증에 걸리면 더 걸릴 수도 있었다. 그날 교통 사정은 안 좋았고 그녀는 회색빛 겨울비 속을 운전했다. 이른 오후에 황무지 사이 높은 계곡에 위치한 커다란 검은 석조 건물에 도착했다. 회색빛으로 내리는 빗 속에서 그녀는 거의 앞을 볼 수가 없었다. 황량하게 빗물이 떨어지는 상록수 사이로 그 건물은 네모나게 똑바로 서 있었고 세 줄로 정렬한 창문들에는 쇠창살이 쳐져 있었다.

그녀가 작은 현관으로 들어가자 안쪽 문 위에 손으로 쓴 카드가 붙어 있었다. '볼일이 있으면 벨을 울리시오.' 그녀는 벨을 울리고 기다렸지만 아무 일도 일어나지 않았다. 그녀의 가슴은 뛰고 있었다. 여기까지 오도록 그녀를 충동한 아드레날린으로 그녀는 여전히 끓어올랐지만 긴 운전이 그녀를 진정시켰다. 이 위압적인 건물이 그녀가 두려워했던 것이라는 사실을 머리로는 아니더라도—왜냐하면 아직 그녀가 안 사실은 없으므로—그녀의 신경이 확인시켜 주었다. 그러나 그 두려움이 무엇인지 그녀는 정확히 몰랐다. 그녀는 다시 벨을 울렸다. 건물은 고요했다. 그녀는 날카로운 벨 소리가 건물 내부에 멀리 울려 퍼지는 것을 들었다. 그래도 아무 기척이 없자 그녀는 뒤쪽으로 돌아가 보기로 했다. 그 순간 문이 갑자기 열리더니 셔츠에 카디건을 입고 두꺼운 스카프를 맨 단정치 못한 여자애가 보였다. 그녀는 숱 많은 노랑 곱슬머리 아래 작고 창백한 얼굴을 하고 있었다. 뒷머리는 양꼬리처럼 땋아서 파란 리본을 매고 있었다. 피곤해 보였다.

"네?" 그녀가 물었다.

이 말이 무엇을 의미하는지 해리엇은 이해했다. 사람들이 아예 이곳에 오지 않는다는 사실 말이다.

이미 완강해진 그녀는 말했다. "난 로바트 부인이고 내 아들을 보러 왔어요."

분명히 그 말은 이 기관이 어떤 종류이든 간에 기대하지 않던 말이었다.

소녀는 멍하니 쳐다보며 불가능하다는 듯이 무의식중에 머리를 약간 가로젓다가 말했다. "맥퍼슨 박사는 이번 주에 여기 안 계세요." 그녀는 스코틀랜드 사람이었고 그래서 억양이 강했다.

"누군가 대리인이 있을 것 아녜요." 해리엇이 단호하게 말했다.

그 소녀는 해리엇의 태도에 굴복하여 불확실하게 미소 지으면서 매우 곤혹스러워했다. 그녀는 "그럼 여기서 기다리세요."라고 중얼거리고 안으로 들어갔다. 해리엇은 그녀를 따라갔지만 커다란 문이 그녀 앞에서 닫혔다. 소녀는 당신은 바깥에서 기다려야만 해요, 라고 말할 것처럼 뒤돌아보았지만 대신 "제가 누구를 데려올게요."라고 말했다. 그러고선 천장 위로 작은 전깃불이 어둡게 비추고 있는 동굴 같은 복도를 따라 걸어갔다. 소독약 냄새도 났다. 절대적인 침묵. 아니, 조금 지나서 해리엇은 건물의 뒤쪽으로부터 가늘고 높은 비명이 들렸다가 멈추고 다시 들리는 것을 감지했다.

아무 일도 일어나지 않았다. 해리엇은 밤이 가까워져 이미 어두워진 현관으로 나갔다. 비는 이제 굵어져서 차갑고 소리 없이 일정하게 내리고 있었다. 황무지는 보이지 않았다.

그녀는 단호하게 다시 벨을 울렸고 복도 쪽으로 다시 갔다.

천장에서 바늘 끝처럼 내려오는 희미한 불빛 아래로 저기 멀리서 두 형체가 등장하여 그녀 쪽으로 걸어왔다. 깨끗하지 않은 하얀 가운을 입은 젊은이가 소녀를 뒤로 하고 왔다. 소녀는 이제 입에 담배를 물고 있었고 연기 때문에 눈을 찌푸리고 있었다. 둘 다 피곤하고 흐리멍덩해 보였다.

그 남자는 평범한 젊은이였지만 전체적으로 지쳐 보였다. 손, 얼굴, 눈 등을 하나씩 뜯어보면 별로 유별난 것이 없었지만 그는 마치 분노나 절망을 내포하고 있는 듯이 뭔가 필사적인 데가 있었다.

"당신은 여기 올 수 없어요." 그는 허둥대며 얼버무렸다. "이곳에는 방문일이 없습니다." 콧소리가 섞인 단조로운 런던 남부 말씨였다.

"하지만 난 여기까지 왔잖아요." 해리엇이 말했다. "난 내 아들 벤 로바트를 보러 왔어요."

갑자기 그는 숨을 들이쉬며 소녀를 쳐다보았고, 소녀는 입술을 쫑긋하면서 눈썹을 치켜세웠다.

"이봐요." 해리엇이 말했다. "이해를 못 하는 것 같군요. 보시다시피 난 그냥 돌아갈 사람이 아니에요. 난 내 아들을 보러왔고 그렇게 할 작정이에요."

그는 그녀가 그럴 작정인 것을 알았다. 그는 마치 '예, 하지만 문제는 그것이 아닙니다.'라고 말하는 듯이 고개를 천천히 끄덕였다. 그는 그녀를 뚫어지게 쳐다보았다. 그녀는 경고를 받고 있었다. 그것도 그 일의 책임자로부터. 그는 확실히 제대로 못 먹고 과로한 불쌍한 젊은이로서 다른 일을 찾을 수 없어서 이 일을 하고 있을지도 모른다. 그러나 그의 위치가 주는 무게—그 불행한 무게—가 그를 통하여 말하고 있었고 담배 연기로 충혈된 붉은 눈과 그의 표정은 근엄하고 권위적이었으며 심각하게 받아들여야만 했다.

"사람들이 자기 자식들을 여기다 버리고 나면 돌보려고 찾아오지 않아요." 그가 말했다.

해리엇은 자신이 폭발하는 소리를 들었다. "난 내가 이런저런 점을 이해하지 못한다는 말을 듣는 것이 지겨워요. 난 그애의 어머니예요. 난 벤 로바트의 어머니라구요. 아시겠어요?"

갑자기 세 사람은 다같이 서로를 이해하게 되었다. 어떤 숙명을 절망적으로 받아들이는 것을.

그는 머리를 끄덕이며 말했다. "좋아요. 내가 가서 보고……."

"나도 같이 갈게요." 그녀가 말했다.

이 말은 정말로 그를 놀라게 했다. "아, 안 돼요." 그가 소리 질렀다. "오면 안 돼요." 그는 소녀에게 뭔가를 말했고 소녀는 복도를 놀랄 만큼 빠른 속도로 달려갔다. "당신은 여기 있어요." 그는 해리엇에게 말하고 소녀 뒤를 따라갔다.

해리엇은 소녀가 오른쪽으로 돌아 사라지는 것을 보았고 아무 생각 없이 오른편에 있는 방문을 열었다. 그녀는 애원조로 아니면 경고조로 들어 올린 젊은이의 팔을 보았다. 방문 뒤에 있는 무엇인가가 그녀 쪽으로 움직였다.

그녀는 벽을 따라 수많은 침상과 어린이용 침대가 있는 기다란 병동의 한쪽 끝에 있었다. 어린이용 침대에는 괴물이 있었다. 다른 쪽 끝에 있는 문을 향하여 병동을 빠른 걸음으로 지나가면서, 그녀는 모든 침대와 침상에서 정상인의 틀에서 때로는 끔찍하게 때로는 약간 뒤틀려 나온 형체의 유아와 어린아이들을 볼 수 있었다. 마치 쉼표처럼 가느다란 몸뚱이에 축 늘어진 거대한 머리를 가진 아기……. 그리고 뻣뻣해서 부서질 것 같은 사지에다 거대한 눈이 툭 불거져 나온 꼬챙이벌레 같은 아이……. 살이 녹아내려 몽땅 일그러진 작은 소녀, 회백색으로 부어오른 사지와 푸른 연못처럼 넓고 멍한 두 눈, 벌어진 입 사이로 부픈 작은 혀가 보이는 인형 같은 소녀. 빼빼 마른 한 소년은 몸 한쪽 반이 다른 쪽으로 미끄러져 내린 비대칭이었다. 한 아이는 첫눈에는 정상으로 보였지만 곧 해리

엇은 머리 뒷판이 없는 것을 보았다. 얼굴만이 그녀를 향해 비
명을 지르고 있는 듯이 보였다. 줄지어 누워서 거의 잠든 채
침묵하고 있는 기형아들. 그들은 말 그대로 약물로 정신이 마
비되어 있었다. 그래, 거의 고요하게. 양 옆을 담요로 방패막
이를 한 창살 침대에서는 슬픈 흐느낌이 새어 나왔다. 이따금
높은 고함 소리가 더 가까이 들렸고 그녀의 신경을 여전히 날
카롭게 했다. 소독약보다 더 강한 똥 냄새. 그녀는 악몽의 병
동을 벗어나 그녀가 처음 본 복도와 평행으로 있는 똑같이 생
긴 복도로 나왔다. 그 끝에서 그녀는 소녀가 젊은이와 함께 자
기 쪽으로 오다가 오른쪽으로 꺾어지는 것을 보았다……. 해
리엇은 마룻바닥에 자신의 발걸음이 둔탁한 소리를 내는 것
을 들으면서 재빨리 뛰었다. 그리고 그들이 꺾어진 곳으로 몸
을 돌려 약병을 담은 손수레들이 있는 작은 방으로 들어갔다.
그녀는 이 방을 가로질러 뛰어가 이제 기다란 시멘트 바닥의
복도에 당도했다. 벽을 따라 감시용 창살을 단 문들이 있었다.
젊은이와 소녀는 그녀가 당도할 때 그중 한 개의 문을 열고
있었다. 모두 숨을 거세게 내쉬었다.

　"제기랄." 그녀가 거기 온 것에 대해 젊은이가 한 말이었다.

　"말 그대로군." 방 안을 들여다보면서 해리엇이 말했다. 네모
난 방 안의 벽은 하얗게 번쩍이는 플라스틱으로 되어 있었고,
여기저기 버튼이 달려서 비싼 가죽 소파의 모조품 같아 보였
다. 마루 위 초록색 고무 매트리스 위에 벤이 누워 있었다. 그
아이는 의식이 없었다. 벌거벗은 채로 구속복 속에 있었다. 창
백하고 누런 혀가 입 밖으로 튀어나와 있었다. 그 애의 살은

시체처럼 희고 푸르스름했다. 모든 것이, 벽과 마루와 벤이 똥으로 짓이겨져 있었다. 흠뻑 젖은 짚방석으로부터 고여 있던 칙칙하고 누런 오줌이 스며 나왔다.

"오지 말라고 했잖아요!" 젊은이가 고함쳤다. 그는 벤의 어깨를 소녀는 벤의 발을 잡았다. 아이를 만지는 방식으로 미루어 보아, 해리엇은 그들이 잔혹하지는 않다는 것을 알 수 있었다. 그러나 그것이 문제가 아니었다. 그런 식으로 그들은 벤을 들어 올렸다. 이런 식으로 그들은 그 아이를 최소한도로 만져서 방 밖으로, 복도를 약간 지나 또 다른 방으로 갔다. 그녀는 쫓아가서 지켜보았다. 이곳에는 한쪽 벽을 따라 싱크대들이 있고 거대한 욕탕과 소화전이 늘어서 있는 경사진 시멘트 선반이 있었다. 그들은 벤을 선반 위에 놓고 구속복을 풀었다. 물의 온도를 조정하고 나서 수도꼭지에 달려 있던 호스로 그 애를 씻기기 시작했다. 해리엇은 벽에 기대어 지켜보았다. 그녀는 충격을 받아 아무 생각도 나지 않았다. 벤은 움직이지 않았다. 그 아이는 죽은 물고기처럼 선반 위에 누워 있었고 젊은이가 물 뿌리는 일을 간혹 중단하면 소녀가 서너 번 그 애를 뒤집어 주었다. 마침내 그 아이는 다른 널판 위로 옮겨졌고 두 사람은 그 아이를 닦고 나서 뭉치 속에서 깨끗한 구속복을 꺼내 입혔다.

"왜?" 해리엇이 사납게 물었다. 그들은 대답하지 않았다.

그들은 의식 없이 혀를 축 늘어뜨린 벤을 동여매어 복도를 내려가 침대 같은 시멘트 선반이 있는 또 다른 방으로 데리고 갔다. 그들은 벤을 그 위에 놓고 나서 함께 "후유." 하고 한숨을 쉬었다.

"자, 여기 아들이 있어요." 젊은이가 말했다. 그는 잠시 서서 눈을 감고 정신을 차린 뒤 담배를 피워 물었다. 소녀가 하나 달라고 손을 내밀자 그는 꺼내 주었다. 그들은 지치고 힘겨운 태도로 해리엇을 쳐다보면서 담배를 피웠다.

그녀는 무슨 말을 해야 할지를 몰랐다. 그녀는 자기 자식, 진짜 자식 중 하나를 대할 때처럼 가슴이 아팠다. 왜냐하면 벤은 그 단단하고 차가운 외계인의 눈을 감고 있어서 그 어느 때보다 정상으로 보였기 때문이다. 불쌍했다. 그녀는 이전에 그 애가 이렇게 불쌍하게 보인 적이 없었다.

"이 아이를 집으로 데려갈 생각이에요." 그녀가 말했다.

"당신 마음이지요." 젊은이가 짤막하게 말했다.

소녀는 마치 그녀가 벤이란 현상의 일부분인 양, 벤과 같은 특성인 양 해리엇을 호기심에 차서 쳐다보았다. "그 애를 어떻게 하시려구요?" 소녀가 물었다. 그러고선 다음과 같이 덧붙였는데 해리엇은 그 목소리에 두려움이 깃든 것을 알았다. "그 앤 너무 힘이 세요, 그런 것은 본 적이 없어요."

"우린 누구도 그런 것을 본 적이 없지." 젊은이가 말했다.

"저 아이 옷은 어디 있어요?"

이제 그는 경멸조로 웃더니 말했다. "저 아이를 옷을 입혀서 집으로 데려가겠다구요? 그런 식으로 말이죠?"

"왜 안 돼요? 그 애는 여기 올 때 옷을 입었어요."

간호사든 간수든 뭐든 간에 두 안내원은 눈길을 교환했다. 그리고 둘 다 담배를 한 모금 빨았다.

그는 말했다. "로바트 부인, 당신은 이해를 못 하시는 것 같군요. 얼마나 멀리 가셔야 되지요?"

"네다섯 시간 차로 가야 해요."

불가능한 그 일에 대해 그리고 해리엇에 대해 그는 다시 한번 비웃었다. 그러고는 말했다. "그 애가 가는 중에 정신이 든다고 합시다. 그럼 어떻게 하죠?"

"그럼 아이가 나를 보겠죠." 그녀는 말하면서 그들의 얼굴에서 그들이 자신을 어리석다고 생각한다는 것을 읽을 수 있었다. "좋아요. 그럼 어떻게 조언하시겠어요?"

"저 애 구속복 위로 담요 몇 장을 둘러싸세요." 소녀가 말했다.

"그러고선 미친 듯이 운전하세요." 그가 말했다.

세 사람은 이제 말없이 서서 진지한 눈길로 서로를 한참 쳐다보았다.

"이 일을 한번 해 보시겠어요?" 갑자기 운명에 대한 분노로 가득 차서 소녀가 말했다. "한 번이라도 시도해 보시죠. 그래요. 난 이달 말이면 여기를 그만둬요."

"나도 그래요. 몇 주 이상 버티는 사람은 아무도 없어요." 남자가 말했다.

"좋아요." 해리엇이 말했다. "난 고발 같은 것을 하려는 게 아니에요."

"서류에 서명하셔야 해요. 우리도 안전해야 하니까요." 그가 말했다.

하지만 그들은 서류를 쉽게 발견할 수 없었다. 마침내 서류

캐비닛을 엄청나게 뒤적거린 후 수년 전에 복사해 놓은 종이 한 장을 꺼냈는데 그것은 해리엇이 이 기관이 지는 모든 책임을 면제한다는 내용이었다.

이제 그녀는 처음으로 벤을 만져서 그 아이를 들어 올렸다. 그 아이는 죽은 것처럼 차가웠다. 그 아이는 그녀의 팔에 무겁게 늘어졌고 그녀는 '사체 무게'란 말의 뜻을 이해할 수 있었다.

그녀는 복도로 나가면서 "난 저 병동을 다시 지나가지 않겠어요."라고 말했다.

"누가 당신을 비난할 수 있겠어요?" 젊은이는 울적하게 냉소적으로 대답했다. 그는 담요 뭉치를 갖고 와서 벤을 담요 두 장에 말아 차 있는 데로 데려가 뒷좌석에 눕히고 그 위에 더 많은 담요를 덮었다. 그 애의 얼굴만 보였다.

그녀는 차 옆에 두 젊은이와 함께 섰다. 그들은 서로를 쳐다볼 수 없었다. 차의 불빛과 건물에서 나오는 불빛을 제외하고는 모두 어두웠다. 물이 발아래에서 질퍽거렸다. 젊은이는 그의 작업복 주머니에서 주사기와 바늘 그리고 주사약이 든 비닐 봉지를 꺼냈다.

"이걸 갖고 가는 것이 좋을 겁니다." 그가 말했다.

해리엇이 망설이자 소녀는 말했다. "로바트 부인. 잘 모르시겠지만……."

그녀는 고개를 끄덕이고선 봉지를 받아서 차에 탔다.

"하루에 네 번까지 주사할 수 있지만 그 이상은 안 됩니다." 젊은이가 말했다.

시동을 걸고 클러치 페달을 밟기 직전에 그녀는 물었다. "저 아이가 어느 정도 살 것 같은지 말해 줄 수 있어요?"

그들의 얼굴은 어둠 속에서 하얀 조각으로 보였으나 그녀는 그 남자가 머리를 저으며 얼굴을 돌리는 것을 볼 수 있었다. 소녀의 목소리가 들렸다. "쟤네들 누구도 오래 살지 못해요. 하지만 이 애는…… 무지 힘이 세요. 우리가 본 애들 중 가장 센 아이예요."

"그 말은 이 아이가 더 오래 살 거라는 말인가요?"

"아니요." 그가 말했다. "아니. 그게 아니죠. 너무나 강하기 때문에 그 애는 항상 싸웁니다. 그래서 그 애는 더 큰 주사를 맞아야 하죠. 그게 사람을 죽이는 겁니다."

"좋아요." 해리엇이 말했다. "두 분 모두 감사해요."

그녀가 차를 몰고 갈 때 두 사람은 지켜보고 서 있었지만 곧 축축한 어둠 속으로 사라졌다. 차도를 돌면서 그녀는 흐릿하게 밝힌 현관에 두 사람이 나란히 서 있는 것을 보았다. 마치 들어갈 마음이 내키지 않는 듯이.

그녀는 뒷좌석에 있는 담요 더미를 감시하면서 큰길을 피해 겨울비 속을 될 수 있는 대로 빨리 달렸다. 반쯤 왔을 때 그녀는 담요가 부풀면서 요동치는 것을 보았다. 벤이 분노의 외침과 함께 깨어나 뒹굴면서 차 바닥으로 떨어졌고 고함치기 시작했다. 그것은 요양원에서 들은 가늘고 높은 비명이 아니라 공포에 질린 비명으로 그녀의 속까지 떨렸다. 그녀는 벤이 요동치면서 차에서 쿵쿵대는 것을 약 30분간 참아 냈다. 그녀는 다른 차들이 없는 대피소를 찾다가 하나를 발견하여 차를 멈추었고 시동을 켠 채 주사기를 꺼냈다. 다른 애들이 아픈 적이 있었으므로, 그녀는 사용 방법을 알고 있었다. 그녀는 약 이름이 아무것도 쓰여 있지 않은 주사약 캡슐을 따고서 주사기를 채웠다. 그다음 그녀는 좌석 등받이에 기대었다. 구속복 외에는 아무것도 입지 않아 추위로 시퍼레진 벤은 들썩거리며 몸부림쳤고 소리 지르고 있었다. 그의 눈은 증오의 광채를 내며 그녀를 쳐다보았다. 그 아이가 자기를 알아보지 못한다고 그녀는 생각했다. 그녀는 감히 구속복을 풀 수 없었다. 그녀는 그 아이의 목 가까이에 주사하는 것이 두려웠다. 마침내 그녀는 무릎을 움켜잡고 그 아이 장딴지 아랫부분에다 바늘을 찌를 수 있었다. 그러고선 그 아이가 축 늘어질 때까지 기다렸다. 얼마 걸리지 않았다. 이게 무슨 약일까?

다시 그녀는 뒷좌석 담요 아래에 벤을 눕히고 큰길로 운전해 집으로 돌아왔다. 약 8시경에 도착했다. 아이들은 식탁 주위에 앉아 있을 것이다. 데이비드가 함께 있겠지. 그는 직장에 가지 않았을 것이었다.

담요 뭉치인 벤을 안고 그 애의 얼굴을 덮은 채 그녀는 거실로 들어갔고 낮은 칸막이 벽 위로 그들이 모두 커다란 식탁 주위에 앉아 있는 것을 보았다. 루크, 헬렌, 제인, 어린 폴, 그리고 데이비드. 그의 얼굴은 굳은 채 화가 나 있었다. 그리고 매우 피곤해 보였다.

그녀는 말했다. "그들이 애를 죽이고 있었어." 그러고선 아이들 앞에서 이 말을 한 것에 대해 데이비드가 자신을 용서하지 않으리라는 생각을 했다. 모두들 두려운 표정이었다.

그녀는 큰 침실 쪽으로 가는 계단을 곧장 올라가 그곳을 통해 '아기방'으로 가서 벤을 침대에 내려놓았다. 그 애는 깨어나고 있었다. 그러고선 시작했다. 격노와 요동과 고함. 다시 한번 그 애는 바닥에 내려와 뒹굴고 있었고 다시 움츠렸다 굽혔다 버둥댔다. 그의 눈은 완전히 증오로 빛나고 있었다.

그녀는 구속복을 벗길 수 없었다.

그녀는 부엌으로 내려가, 온 가족이 말없이 앉아 지켜보고 있는 동안 비스킷과 우유를 챙겼다.

벤의 고함과 발버둥이 온 집 안을 흔들고 있었다.

"경찰이 오겠어." 데이비드가 말했다.

"처리해 주세요." 그녀는 명령조로 말하고선 음식을 갖고 위층으로 갔다.

벤은 그녀가 가지고 있는 것을 보자 조용해지면서 요동을 멈추었다. 그 애의 눈은 탐욕스러웠다. 그녀는 그 애를 미라처럼 들어서 입술에다 우유 컵을 대 주었고, 그 애는 꿀꺽 삼키느라 거의 숨이 막힐 지경이었다. 굶주렸던 것이다. 그녀는 손가락이 그 애의 치아에 닿지 않게 조심하며 비스킷 조각도 먹였다. 그녀가 가져온 것을 다 먹였을 때 그 애는 다시 소리치고 난동을 부리기 시작했다. 그녀는 주사를 한 번 더 놓았다.

아이들은 텔레비전 앞에 앉아 있었으나 보고 있지는 않았다. 제인과 폴은 울고 있었다. 데이비드는 머리를 두 손에 얹고 식탁에 앉아 있었다. 그녀는 그에게 나지막히 말했다. "좋아. 내가 죄인이야. 하지만 그들이 애를 죽이고 있었어."

그는 움직이지 않았다. 그녀는 그에게 등을 돌리고 섰다. 그녀는 그의 얼굴을 보고 싶지 않았다.

그녀는 말했다. "거기 계속 놔뒀으면 저 애는 몇 달 안에 죽어 버렸을 거야. 아마 몇 주 내로." 침묵. 마침내 그녀는 돌아섰다. 그녀는 그를 쳐다볼 수조차 없었다. 그는 병이 난 것처럼 보였다. 그러나 그것이 아니라…….

그녀는 말했다. "더 이상 견딜 수 없었어."

그가 신중하게 말했다. "바로 그 때문에 그 애를 보낸 것 아니야?"

그녀는 소리 질렀다. "그래. 하지만 당신은 그곳을 보지 않았어. 못 봤잖아!"

"난 보지 않으려고 일부러 조심했어." 그가 말했다. "당신은 뭘 기대했었어? 그들이 그 애를 잘 적응된 사회의 일원으로 키우리라고? 그래서 모든 일이 다 잘될 거라고?" 그는 비아냥거렸지만 그것은 그의 목이 눈물로 뻣뻣해졌기 때문이었다.

두 사람은 상대의 모든 것을 보면서 서로 오랫동안 집어삼킬듯이 쳐다보았다. 그녀는 생각했다. 좋아, 저 사람이 옳아, 그리고 내가 틀렸어. 하지만 일은 저질러진걸.

그녀는 큰 소리로 말했다. "좋아. 하지만 끝났어."

"아주 적절한 말인 것 같군."

그녀는 소파의 아이들 옆에 앉았다. 이제 그녀는 아이들이 모두 눈물로 얼룩진 얼굴을 하고 있음을 보았다. 자신이 그들을 울게 만든 장본인이라 그녀는 아이들을 위로하기 위해 어루만질 수도 없었다.

마침내 그녀는 말했다. "침대로." 아이들은 즉시 일어나 그녀를 쳐다보지도 않고 올라갔다.

그녀는 벤에게 먹일 만한 음식들을 싸 가지고 큰 침대방으로 올라갔다. 데이비드는 자기 물건을 다른 방으로 이미 치워 놓았다.

아침나절에 벤이 일어나 포효를 시작하자 그녀는 먹을 것을 주고 다시 주사를 놓았다.

그녀는 늘상 하듯이 아이들에게 아침을 주었고 평상시와 같으려고 노력했다. 아이들도 노력했다. 아무도 벤에 대해 이야기하지 않았다.

데이비드가 내려오자 그녀는 말했다. "애들을 학교에 좀 데려다줘요."

그러고 나자 집에는 그녀와 벤만이 남았다. 그 애가 깨어났을 때 그녀는 먹을 것만 주고 약을 주지 않았다. 그 애는 소리치고 버둥거렸으나 그녀 생각에는 훨씬 수그러든 것 같았다.

그 애가 지쳐서 잠잠해졌을 때 그녀는 말했다. "벤, 넌 집에 온 거야. 그곳이 아니야." 그 애는 듣고 있었다.

"그 소리를 멈추기만 하면 사람들이 너를 묶어 놓은 그것을 벗겨 줄게."

너무도 빨리 그 애는 다시 버둥거리기 시작했다. 그 애의 비명 사이로 그녀는 어떤 목소리를 들었고 난간으로 갔다. 데이비드가 회사에 가지 않고 그녀를 돕기 위해 집에 남아 있었다. 두 명의 젊은 여자 경찰이 거기에 있었고 데이비드가 그들에게 말을 하고 있었다. 그들은 곧 가 버렸다.

그 사람들에게 뭐라고 했을까? 그녀는 묻지 않았다.

애들이 집에 올 즈음 그녀는 벤에게 말했다. "벤, 넌 이제 조용히 해야 해. 형하고 누나들이 집에 올 텐데 네가 그렇게 소리 지르면 그 애들이 놀라거든."

벤은 조용해졌다. 그건 탈진이었다.

그 아이는 오물로 얼룩진 마룻바닥에 누워 있었다. 그 애를 욕실로 데려가 구속복을 벗기고 욕탕에 넣어 씻길 때 그녀는 그 애가 공포로 부르르 떠는 것을 보았다. 그들이 그곳에서 씻길 때 그 애가 항상 의식이 없었던 게 아니었다. 그녀는 아이를 다시 침대로 데려가서 말했다. "네가 다시 시작하면, 난 그걸 너에게 다시 채울 거야."

그 애는 이를 갈았고 눈은 활활 탔다. 그러나 그 애도 겁을 먹고 있었다. 그녀는 공포심을 통해 그 애를 조절할 참이었다.

그 아이가 누워서 팔 쓰는 법을 잊어버린 것처럼 움직이고 있을 때, 그녀는 방을 청소했다. 그 아이는 아마 요양원에 들어간 때부터 쭉 그 천으로 된 감옥에 갇혀 있었던 모양이다.

그러고 나서 그 애는 침대 위에 웅크리고 팔을 움직이면서 자기 방을 둘레둘레 쳐다보았고 마침내 그 방을 그리고 그녀를 알아보았다.

그 애는 말했다. "문 열어."

그녀가 말했다. "안 돼. 네가 얌전하게 군다고 내가 확신하기 전에는 안 돼."

그 애는 다시 시작하려 했고 그녀는 소리 질렀다.

"벤, 정말이야! 네가 소리치고 꽥꽥대면 난 너를 묶을 거야."

그 애는 자신을 제어했다. 그녀가 샌드위치를 주자 그 애는 목구멍이 막힐 정도로 입속에 쑤셔 넣었다.

그렇게 어렵게 가르쳐 놓았던 모든 기본적인 생활 기술을 그 애는 다 잊어버렸다.

그 애가 먹는 동안 그녀는 조용히 말했다. "내 말을 들어봐, 벤. 들어야만 해. 네가 얌전하게 굴면 모든 일이 다 좋아질 거야. 올바르게 먹어야 해. 요강을 사용하든지 변기가 있는 데로 가야 해. 그리고 소리치거나 싸워서는 안 돼." 그 애가 자기 말을 듣는지 그녀는 확신할 수가 없었다. 그래도 반복했다. 그녀는 계속 반복했다.

그날 저녁 그녀는 벤과 함께 있었고 다른 아이들을 전혀 돌보지 않았다. 데이비드는 그녀를 떠나 다른 방으로 옮겼다. 이때 그녀는 가족 생활을 위해 벤을 재교육시키면서 자신이 벤으로부터 그들을 방어하고 있다고 느꼈다. 그러나 가족들은 그녀가 자기들 모두에게 등을 돌리고 벤과 함께 낯선 땅으로 가는 것을 선택했다고 느낀다는 것을 그녀도 알았다.

그날 밤 그녀는 방문을 잠그고 빗장을 질렀다. 약을 쓰지 않고 그 애가 잠들기를 바랐다. 그 애는 잠들었지만 다시 깨어나 두려움에 소리를 질렀다. 그녀는 아이가 침대 한쪽 끝에서 벽에다 등을 대고 한 팔을 얼굴 위에 대고 있는 것을 발견했다. 그녀는 이 공포의 폭풍을 잠재우기 위해 이성적인 단어를 써서 설득하고 또 했다. 마침내 그 애는 조용해졌고 그녀는 먹을 것을 주었다. 그 애에게는 아무리 주어도 충분치가 않았다. 그 애는 실제로 굶주리고 있었던 것이다. 그들은 애를 항상 약으로 마취시켰고 마취되었을 때 그 애는 먹을 수 없었다.

배가 부르자 그 애는 다시 벽에다 등을 대고 침대 위에 웅크리고선 자기를 가둔 자들이 들어올 문을 쳐다보았다. 그 애는 집에 와 있다는 것을 완전히 이해하지 못했다.

그러고 나선 꾸벅거리다가…… 비명과 함께 깨어나고, 꾸벅대다가 깨어나고…… 그녀가 진정시키면 다시 잠에 곯아떨어졌다.

여러 날 여러 밤이 지나갔다.

그 애는 마침내 자기가 집에 안전하게 와 있다는 사실을 이해했다. 서서히 그 애는 이 한 입이 마지막이라는 듯이 먹는 습관을 버렸다. 서서히 그 애는 요강도 사용했고 마침내 복도를 따라 변기까지 손을 잡고 가게 되었다. 그러고선 아래층으로 내려와서 자신이 다시 한번 포획되기 전에 적들을 보려는 듯 주위를 쏘아보았다. 그 애가 보는 한, 이 집은 자신이 덫에 걸렸던 곳이었다. 그것도 자신의 아버지에 의해. 데이비드에게 처음 눈길을 주었을 때 그 애는 신음 소리를 내면서 뒷걸음쳤다.

데이비드는 그 애를 다시 안심시키려고 시도하지 않았다. 적어도 그가 생각하는 한 벤은 해리엇의 책임이었고 자신의 책임은 아이들, 진짜 아이들이었다.

벤은 커다란 식탁에서 다른 아이들 사이에 한 자리를 잡았다. 그 애는 자신을 배신한 자기 아버지에게 눈길을 고정했다. 헬렌이 "안녕, 벤."이라고 했다. 그리고 루크가 "안녕, 벤."이라고 했다. 그리고 제인. 그러나 벤이 돌아와 우울한 폴은 아무 말도 안 하고 털썩 다른 의자에 앉아 텔레비전을 보는 시늉을

했다.

벤은 마침내 말했다. "안녕." 그 애의 눈은 이 얼굴에서 저 얼굴로 움직였다. 친구인가, 적인가?

그 애는 가족을 쳐다보면서 밥을 먹었다. 그들이 텔레비전을 보려고 자리를 옮겨 앉자 그 애도 안전을 위해서 그대로 따라 했고 그들이 쳐다보기 때문에 자기도 화면을 쳐다보았다.

그래서 모든 일이 다 정상으로 돌아갔다. 만약 이 말이 이런 때 사용하는 것이라면.

그러나 벤은 자기 아버지를 신뢰하지 않았다. 그 애는 다시는 그를 신뢰하지 않았다. 데이비드가 벤 근처에만 가도 그 애는 얼어붙어서 뒷걸음질쳤고 만일 너무 가까이 올 때에는 으르렁거렸다.

벤이 거의 회복했다고 생각했을 때 해리엇은 자신이 계획해 왔던 일을 시도해 보았다. 작년 여름에 손대지 못해 흉측해진 정원을 돌보기 위해 존이란 젊은이를 불렀다. 그는 실직자로 날품팔이를 하고 있었다.

며칠 동안 그는 울타리 잡목을 자르고 병든 관목을 몇 개 뽑아 내고 죽은 가지를 톱질하고 잔디를 깎았다. 벤은 그에게서 떨어지지 않았다. 그 애는 베란다 유리문에 웅크리고 앉아서 존이 도착하기를 기다렸다. 그러고는 강아지처럼 그를 쫓아다녔다. 존은 벤을 전혀 싫어하지 않았다. 그는 커다랗고 머리가 텁수룩한 붙임성 있는 청년으로 성격이 좋았고 참을성이 있었다. 그는 벤이 훈련이 필요한 강아지인 양 아무렇게나 다루었다. "안 돼. 넌 거기 앉아서 내가 끝날 때까지 기다려.",

"이 가위를 좀 잡고 있어라. 옳지.", "안 돼. 난 지금 집에 가니까 넌 대문까지만 같이 가야 돼."

존이 떠나면 벤은 때로 낑낑대며 보채곤 했다.

해리엇은 '베티의 카페'라고 불리는 곳에 갔다. 거기에 가면 존이 친구들하고 빈둥대고 있는 것을 그녀는 알고 있었다. 열명 정도의 실직 청년들과 때론 몇 명의 여자애도 있었다. 그녀는 일부러 뭔가를 설명할 필요가 없었다. 이제 사람들이 잘이해한다는 사실을 알았기 때문이다. 그들이 전문가나 의사가아니더라도.

그녀는 이 청년들 사이에 앉아서 벤이 학교에 가려면 2년이나 그 이상 있어야 될 거라고 말했다. 그 애는 보통 유치원에는 적합하지 않았다. 그녀는 '적합하다'라는 말을 쓸 때 일부러 존의 눈을 쳐다보았고 그는 고개만 끄덕였다. 그녀는 벤을하루 종일 봐주었으면 좋겠다고 말했다. 돈은 잘 쳐주겠다고했다.

"당신 집에서 애를 보라구요?" 이 제안을 거절하면서 존이물었다.

"그건 마음대로 하세요." 해리엇이 말했다. "존, 그 애는 당신을 좋아해요. 당신을 신뢰하고 있어요."

그는 자기 친구들을 쳐다보았다. 그들은 서로 눈으로 상의했다. 그는 고개를 끄덕였다.

이제 그는 매일 아침 9시경에 도착하고 벤은 그의 오토바이를 타고 함께 떠났다. 자기 어머니와 아버지, 형들과 누나들을 한 번도 돌아보지 않고 웃으면서 의기양양하게 갔다. 벤을 저녁 시간까지 집으로부터 멀리 떠나 있게 하는 것이 조건이었다. 그러나 때로 그 애는 시간이 훨씬 지나서 도착했다. 그 애는 길가를 서성대거나, 카페에 앉아 있거나, 잡일을 하거나, 영화관에 가거나, 오토바이나 빌린 차를 타고 질주하는 실직 청년들의 일부가 되었다.

이 가족은 다시 한 가족이 되었다. 글쎄, 거의.

데이비드는 다시 부부 침실로 자러 왔다. 그들 사이에는 거리감이 있었다. 해리엇이 너무나 심하게 자신에게 상처를 주어서 데이비드는 거리를 유지했다. 그녀도 이 점을 이해했다. 해리엇은 그에게 자신이 피임약을 먹는다고 알렸다. 이제까지의 모든 삶, 그들이 함께 지켜 왔던 과거의 모든 것에 비추어 볼 때 그녀가 피임약을 먹는다는 것은 상상도 못 할 일이었다. 두 사람에게는 이때가 우울한 때였다. 얼마나 나쁘다고 느꼈으면 자연의 섭리에다 감히 손을 대겠는가! 그들은 과거 한때 느끼던 점을 이제 스스로에게 일깨웠다. 이런저런 면에서 우리는 자연에 의지해야 한다고.

해리엇은 도러시에게 전화해서 일주일간 올 수 있느냐고 물었다. 그리고 데이비드에게 어딘가로 휴가를 가자고 졸랐다. 루크가 태어난 이후 단둘이 함께 있은 적이 없었다. 그들은 한적한 시골 호텔을 골랐다. 단둘이 많이 걸었고 상대방에게 사려 깊게 행동했다. 그들의 가슴은 상당히 아팠다. 그러나 그것은 그들이 갖고 살아야 하는 그 무엇 같았다. 때때로, 특히 가장 행복한 순간에도, 그들은 눈물이 차오르는 것을 막을 수 없었다. 그러나 밤중에 남편의 팔에 안겨서 해리엇은 이 순간이 진짜 같지 않다는 것을, 과거와 절대로 같지 않다는 사실을 알았다.

그녀는 말했다. "우리가 마음먹은 대로 했더라면, 내 말은, 계속 애를 가졌더라면 어땠을까?"

그녀는 그의 몸이 얼마나 긴장하는지를 그리고 그의 분노를 느낄 수 있었다.

"당신은 이제까지 아무 일도 없었다고 생각해?" 마침내 그가 물었고 그녀는 그가 자신의 대답을 듣고 싶어한다는 사실을 알았다. 그는 자기 귀를 믿을 수 없었던 것이다!

"또 다른 벤이 나오지는 않을 거야. 그럴 이유가 없잖아?"

"또 다른 벤이 문제가 아니야." 마침내 그는 한마디 했고 분노 때문에 일부러 감정 없는 목소리를 유지하고 있었다.

그가 그녀를 공격하려 했던 것이 정확히 그녀가 항상 감추려고 애쓰던 것 또는 적어도 그것의 가장 나쁜 부분이라는 것을 그녀는 알았다. 그녀가 벤을 구출했을 때 자신은 가족들에게 치명적인 상처를 주었던 것이다.

그녀는 계속했다. "우리는 애를 더 가질 수도 있었어."

"우리가 가진 네 아이는 아무것도 아니야?"

"아마 그렇게 했으면 우리 모두 하나가 되었을 수도 있어. 모든 일이 다 나아지고……."

그는 아무 말 하지 않았다. 그 침묵으로 그녀는 자신의 말이 얼마나 거짓되게 울리는지 들을 수 있었다.

마침내 그가 앞서와 마찬가지로 감정 없이 물었다. "그럼 폴은 어쩌구?" 가장 피해를 본 사람은 폴이기 때문이었다.

"그 애는 극복할 거야." 그녀는 희망 없이 말했다.

"그 애는 극복하지 못해, 해리엇." 이제 그의 목소리는 억제하지 못하고 떨리고 있었다.

그에게서 등을 돌리고 누워 그녀는 울었다.

여름 휴가철이 다가오자 해리엇은 벤이 집에 거의 없다는 점을 설명하는 조심스러운 편지를 모두에게 보냈다. 이 일을 하면서 그녀는 불성실하고 배신하는 것처럼 느꼈다. 하지만 누구에 대해서?

몇몇은 왔다. 그러나 벤을 다시 데려온 것을 용서하지 않았던 몰리와 프레더릭은 오지 않았다. 앞으로도 안 올 것임을 그녀는 알고 있었다. 동생 세라가 에이미와 도러시와 함께 왔다. 도러시는 이제 세상에 대한 에이미의 지주였다. 그러나 에이미의 언니, 오빠들은 다른 사촌인 앤절라의 아이들한테 놀러 갔다. 그래서 로바트네 아이들은 벤 때문에 휴가철에 사람들이 모이지 않는다는 사실을 알았다. 잠시 데버라가 왔다. 그녀는 그들과 지난번 만난 이후 결혼했다가 또 이혼했었다. 그녀는 성미가 까다롭지만 우아했으며 점차 재치있으면서 자포자기가 되어 갔다. 아이들에게 비싸고 어울리지 않는 선물을 주는 등 충동적이고 서투른 방식이었지만 아이들에게는 나름대로 좋은 고모였다. 제임스도 왔다. 그는 여러 차례 이집이 거대한 과일 케이크 같다고 말했지만 그건 호의에서였다. 그리고 다 자란 사촌들이 몇 명 빈둥거리며 있었고 데이비드의 직장 동료들도 있었다.

그런데 벤은 어디 있었는가? 어느 날 해리엇은 시내에서 쇼

펑하다가 등 뒤에서 오토바이의 펑음을 들었다. 뒤돌아보니 아마도 존인 듯한 우주 시대 기수 같은 사람이 손잡이 위에 낮게 웅크리고 있었고 그 뒤로 그를 꽉 움켜잡은 난쟁이 아이가 있었다. 그녀는 흥분의 절정에서 노래인지 고함인지를 지르며 입을 벌리고 있는 자기 아들 벤을 보았다. 황홀경. 그녀는 그 애의 이런 모습을 본 적이 없었다. 행복인가? 그 말이 맞는 말인가?

벤이 그 패거리들에게 애완견이나 마스코트같이 되었다는 것을 그녀는 알았다. 그들은 그 애를 거칠게 또는 불친절하게까지 다루는 것 같았다. 그들은 그 애를 멍청이, 난쟁이, 2번 외계인, 호빗[1] 그리고 그렘린이라고 불렀다. "이봐 멍청이, 네가 길을 막고 있어.", "잭한테 가서 담배를 받아 와, 호빗." 그러나 그 애는 행복했다. 아침마다 그 애는 창가에서 그들 중 하나가 와서 자기를 데려가기를 기다렸다. 그들이 안 나타나든가 그날은 못 온다고 말하려고 전화라도 하면 그 애는 분노와 상실감에 가득 차서 소리치고 발을 구르며 집 안을 돌아다녔다.

그 일은 상당히 많은 돈이 들었다. 존과 그 패거리들은 로바트네 돈으로 신나는 시간을 가졌다. 요즈음에는 벤의 할아버지, 제임스의 돈 덕분만이 아니었다. 데이비드도 온갖 종류의 부수적인 일을 했다. 그들은 전혀 망설임 없이 돈을 더 받아 냈다. "좋으시다면 벤을 바닷가에 데려가고 싶은데요.", "오,

---

1) 영국 작가 J.R.R. 톨킨 작품에 등장하는 키가 작은 종족.

좋아. 그것 참 멋지겠구나.", "그럼 20파운드가 있어야 돼요, 기름 값이 들거든요." 그러고선 굉음을 내는 기계가 젊은 남자와 여자애들 그리고 벤을 함께 태우고 해안으로 떠났다. 그들이 돌아와서는 "우리가 생각한 것보다 돈이 더 들었어요."라고 한다. "얼마나 많이?", "10파운드 더요."

"그것 참 그 애에게 좋겠네요." 사촌 중 하나가 벤이 바닷가에 갔다는 소리를 듣고 마치 이것이 꼬마 아이를 즐겁게 하기 위해 데려가는 것처럼 평상적인 일인 양 말했다.

그 애는 놀림을 당하고 거칠게 다루어져도 자기가 받아들여지는 존과 그 일행들과 함께 안전하고 즐거운 하루를 보내고 돌아와 그의 가족들이 모두 엄숙하고 조심스러운 얼굴로 자기를 쳐다보며 앉아 있는 식탁 옆에 섰다. "빵 줘." 그 애는 그렇게 말하곤 했다. "비스킷 줘."

"앉아, 벤." 루크나 헬렌 또는 제인은——폴은 절대로 안 그랬다.——그 애를 대할 때 보이는 참을성 있고 품위 있는 태도로 말하곤 했다. 그런 태도는 해리엇의 가슴을 아프게 했다.

그 애는 기운차게 의자 위로 기어올라 자신도 그들과 같아지려고 시도했다. 그 애는 예를 들어 입안에 음식을 가득 넣고 말해서는 안 되며 입을 벌린 채 먹어서는 안 된다는 사실을 알았다. 그리고 그러한 규칙을 충실히 지켰다. 입을 꽉 다문 채 턱만 왕성하게 동물적으로 움직이고 나선 입안이 비기를 기다렸다가 그 애는 말했다. "벤은 이제 내려가. 벤은 자러 가고 싶어."

그 애는 이제 더 이상 '아기방'을 쓰지 않고 부모 방과 같은 복도에 있는 가장 가까운 방을 썼다. (아기방은 비어 있었다.) 그들은 그 애를 밤에 가둘 수 없었다. 열쇠가 돌아가고 빗장이 미끄러지는 소리만 나도 그 애는 소리치고 버둥거리면서 분노로 폭발했다. 그러나 다른 애들은 자기 전에 하는 마지막 일이 안에서 방문을 소리없이 잠그는 일이었다. 이것은 해리엇이 아이들이 잠자리에 들기 전에 어떤지 보러 갈 수 없다는 것을 의미했다. 그녀는 애들에게 문을 잠그지 말라고 요구하기 싫었고 또한 열쇠장이를 불러 밖에서 열 수 있는 특수 잠금쇠를 부착한다든가 하는 법석도 떨지 않았다. 애들이 방문을 잠그는 것이 그녀로 하여금 소외되고 비난받고 영원히 바깥으로 쫓겨난 느낌이 들게 만들었다. 때때로 그녀는 그 애들 중 하나의 방문 앞에 조용히 가서 들어가게 해 달라고 속삭였고, 그러면 그녀가 들어가서 키스하고 껴안는 작은 축제가 벌어졌다. 그러나 그들은 벤이 들어올 수도 있다고 생각하고 있었다……. 대여섯 번 그 애는 문간에 조용히 와서 자신은 이해할 수 없는 이 장면을 뚫어지게 쳐다보았다.

해리엇은 자기들도 문을 잠갔으면 하고 생각했다. 데이비드는 어느 날 농담하듯이 자기도 그렇게 할 거라고 말했다. 몇 번인가 해리엇은 밤중에 깨어서 어스레한 어둠 속에서 벤이 자신들을 응시하고 있는 것을 발견했다. 정원으로부터 나온 그림자가 천장 위에서 움직였고 큰 방의 텅 빈 공간은 어두워서 보이지 않는데 이 도깨비 아이가 반쯤 알아볼 수 있는 모습으로 서 있었다. 그 애의 비인간적인 두 눈이 주는 압박감이 그녀의 잠 속에 들어와 그녀를 깨웠다.

"자러 가, 벤." 그녀는 자신이 느끼는 날카로운 공포심 때문에 일부러 목소리의 높낮이를 유지하면서 부드럽게 말했다. 그 애는 거기 서서 자기들이 자는 모습을 보고 무엇을 생각하고 있을까? 그 애는 자기들을 해치고 싶어하는 것일까? 정상적인 이 집과 식구들에게서 영원히 제외되었기 때문에 그 애는 그녀도 짐작할 수 없는 어떤 불행을 경험하고 있는 것일까? 아니면 다른 애들처럼 자기 팔을 그녀 주위로 감싸고 싶어하는데 어떻게 하는지 몰라서일까? 그러나 팔로 그 애를 감싸면 어떤 반응도 어떤 온기도 없었다. 마치 그 애는 그녀의 감촉을 느끼지 못하는 것 같았다.

어쨌건 그 애는 집에는 거의 없었다.

"다시 정상으로 되는 것이 멀지 않았어." 그녀는 데이비드에게 말했다, 희망적으로. 그가 자신에게 그 점을 다시 확신시켜주기를 기대하면서. 그러나 그는 단지 고개만 끄덕이면서 그녀를 쳐다보지 않았다.

사실 벤이 학교에 가기 전 2년간은 그렇게 나쁘지 않았다. 그 이후에 그녀는 그 시절을 감사하게 생각하며 뒤돌아보았다.

벤이 다섯 살이 된 해에 루크와 헬렌은 기숙학교에 가고 싶다고 선언했다. 그 애들은 열세 살과 열한 살이었다. 물론 이것은 해리엇과 데이비드의 믿음에 어긋나는 일이었다. 그들은 이 점을 설명했다. 그리고 또한 그런 돈을 댈 여유가 없다고 말했다. 그러나 다시 한번 부모들은 애들이 얼마나 많이 이해하고 있는지 자기들끼리 얼마나 토론하고 계획하고 마침내 행동으로 옮기는지를 알게 되었다. 루크는 이미 할아버지 제임스에게, 헬렌은 할머니 몰리에게 편지를 보냈었다. 그 애들의 비용은 그들이 지불할 것이었다.

루크는 이성적으로 말했다. "할머니, 할아버지도 이것이 우리를 위해 더 낫다고 동의했어요. 도와주실 수 없다는 사실을 우리도 알아요. 하지만 우린 벤을 좋아하지 않아요."

이 대화는 어느 날 아침 사건이 있은 직후의 일이었다. 아래층에 내려온 해리엇은 벤이 큰 식탁에 웅크리고 앉아 문이 활짝 열려 있는 냉장고에서 생 닭고기를 꺼내어 마루 위에다 내장을 온통 흘려 놓은 것을 발견했다. 루크와 헬렌, 제인과 폴은 그녀의 등 뒤에 서서 보았다. 벤은 자신도 제어할 수 없는 어떤 야만적인 발작에서 그 닭을 급습한 것이다. 만족감에 킁킁거리면서 벤은 야만인 같은 힘으로 생닭을 이빨과 손으로 찢었다. 그 애는 부분부분 너덜거리고 갈가리 찢긴 날고기 너머로 해리엇을 그리고 자기 형제들을 쳐다보았고 으르렁거렸다. 해리엇이 "나쁜 벤." 하고 꾸짖자 그 애의 생기가 사라지는 것이 보였다. 그 애는 식탁 위로 올라가 마루 위로 뛰어내렸다. 벤은 한 손에 덜렁거리는 닭의 잔해를 든 채 그녀를 대면했다.

"불쌍한 벤 배고파." 그 애는 우는 소리를 냈다.

그 애는 자신을 '불쌍한 벤'이라고 부르는 습관이 생겼다. 누군가가 그런 말을 하는 것을 들었나? 젊은이들 사이에서 누가 "불쌍한 벤!"이라고 말하는 것을 듣고 자기에게 맞다고 생각했나? 그 애는 자신을 그렇게 생각했던가? 만약 그렇다면 이것이 그들로부터 감추어져 있던 벤의 일면에 대한 창문이 아닐까? 이런 생각은 그들의 가슴을, 정확히 말하면 해리엇의 가슴을 아프게 했다.

애들은 이 장면에 대해서 아무 말도 하지 않았다. 애들은 아침을 먹으려고 식탁에 둘러앉아 그녀와 벤은 전혀 보지 않고 자기들끼리만 쳐다보았다.

벤이 학교에 다니는 것을 피할 수 있는 길은 없었다. 그녀는 벤에게 글을 읽어 주고 같이 놀아 주려 한다거나 그에게 뭔가를 가르치려고 노력하는 일은 포기해 버렸다. 그 애는 배울 수가 없었다. 그러나 그녀는 당국이 이 사실을 결코 깨닫지 못하며 그렇다 하더라도 인정하려 들지 않을 것이란 사실을 알았다. 그들은 그 애가 부분적으로 사회인의 일부가 될 만큼 많은 것을 알고 있다고 말할 것이었다. 그 애는 이런 것들은 알았다. "푸른 신호등—가라. 붉은 신호등—서." 또는 "감자튀김 반 접시는 감자튀김 큰 접시 반값." 또는 "문 닫아라, 추우니까." 그 애는 아마도 존에 의해 주입된 이런 사실을 확인하기 위해 해리엇을 쳐다보면서 노래하곤 했다. "숟가락으로 먹지, 손가락은 안 돼!", "코너를 돌 때는 꽉 잡아." 때로 해리엇은 그 애가 밤에 누워서 아침에 올 기쁨을 생각하며 이런 말들을 흥얼거리는 소리를 들었다.

자기가 학교에 가야만 한다는 이야기를 들었을 때 그 애는 가기 싫다고 했다. 해리엇은 다른 방도가 없으니 학교에 가야만 한다고, 존과는 주말이나 휴가 때 함께 있을 수 있다고 말했다. 신경질. 분노. 절망감. "안 돼! 안 돼! 안 돼!"란 절규. 온 집 안은 그 소리로 메아리쳤다.

존이 불려 왔다. 그는 세 명의 자기 패거리와 함께 부엌으로 왔다. 해리엇의 설명을 들은 존이 벤에게 말했다. "이봐, 들어 봐, 친구. 넌 우리 말을 들어야 해. 넌 학교에 가야 한다구."

"형들도 거기 갈 거야?" 존의 무릎 옆에 서서 신뢰하는 눈으로 그를 쳐다보며 벤이 말했다. 아니, 그 애의 태도와 고개를 든 그의 표정은 존을 신뢰한다고 말하고 있었다. 그러나 그의 눈은 공포로 푹 꺼져 보였다.

"아니. 하지만 난 옛날에 학교에 갔었지. 내가 가야만 했을 때." 이 부분에서 네 명의 젊은이는 웃음을 터뜨렸다. 그런 부류가 모두 그러하듯 그들도 무단 결석을 떡 먹듯이 했기 때문이다. 그들에게는 학교가 상관없는 것이었다. "난 학교에 다녔어. 여기 있는 롤런드도 그랬고. 배리와 헨리도 학교에 다녔지."

"맞아, 맞아." 모두들 자기 역할에 맞게 함께 말했다.

"그리고 나도 학교에 갔었어." 해리엇이 말했다. 그러나 벤은 그녀의 말은 듣지 않았다. 그녀는 상관없었으니까.

마침내 해리엇이 아침마다 벤을 학교로 데리고 가고 존이 학교에서 데려오는 책임을 지기로 결정되었다. 벤은 학교가 끝나고 나서 잘 시간까지 그 패거리와 시간을 보내게 되었다.

가족들을 위해서야. 해리엇은 생각했다. 아이들을 위해서…… 나를 그리고 데이비드를 위해서. 비록 그이가 집에 점점 더 늦게 돌아오지만.

그동안 가족들이 뿔뿔이 흩어졌다고 그녀는 느꼈다. 루크와 헬렌은 각각 기숙학교로 갔다. 집에는 제인과 폴만 남았고 그 애들은 벤과 같은 학교에 다녔지만 고학년 반에 있어서 벤을 볼 일이 거의 없었다. 제인은 여전히 굳건하고 조용하고 현명했으며 루크와 헬렌처럼 자신을 구출할 수 있는 능력이 있었다. 그 애는 학교가 끝나고서 바로 집에 오는 일이 없었고 대신 친구 집에 갔다. 폴은 집에 왔다. 그 애는 해리엇과 단둘이 있었고 이것이 그 애가 원하는 것이며 또 필요한 것이라고 해리엇은 생각했다. 폴은 요구가 많았고 신경질적이며 다루기 어려웠고 자주 눈물을 흘렸다. 때로 허공을 응시하거나 아니면 자신이 보는 것에 대해 무엇이든 저항하는 것처럼 보이는 커다랗고 나긋한 파란 눈을 가진 아이, 이제는 비쩍 마른 여섯 살짜리가 울고 보챌 때, 그 귀엽고 소중했던 내 아기 폴이 어디로 갔나 그녀는 반문했다. 그 애는 너무 말랐다. 그 애는 제대로 먹지를 않았다. 그녀는 폴을 학교에서 집으로 데려와 뭘 먹이려고 애썼고 또는 같이 앉아 책을 읽고 이야기도 해 주었다. 그 아이는 집중하지 못했다. 그 아이는 공상을 하거나 부질없이 멍하니 시간을 보냈다. 그러다가 해리엇에게 다가와 만지거나 아니면 어린아이처럼 그녀의 무릎에 기어올랐으며 결코 진정하거나 마음 편히 만족하지 못했다.

그 아이는 적절한 시기에 어머니와 함께 있지 못했고 그것이 문제라는 사실을 모두들 알았다.

벤을 데려오는 오토바이의 굉음을 들으면 폴은 울음을 터뜨리거나 좌절감으로 벽에다 머리를 찧었다.

벤이 학교에 다닌 지 한 달이 지날 때까지 학교에서는 별로 불쾌한 소식이 없었고 해리엇은 선생님께 그 애가 어떻게 지

내는지 물었다. 놀랍게도 그녀는 "그 애는 좋은 애예요. 너무나 열심히 노력해요."라는 말을 들었다.

첫 학기말이 다가올 무렵 그녀는 교장 선생인 그레이브스 부인에게서 소환 전화를 받았다. "로바트 부인, 난 당신이⋯⋯."

그녀는 유능한 여인으로 자기 학교에서 무슨 일이 일어나는지 다 알았고 또한 해리엇이 루크와 헬렌, 제인과 폴의 부모로서 책임감 있다는 것도 알고 있었다.

"우린 모두 당혹해하고 있어요." 그녀가 말했다. "벤은 정말 열심히 노력하고 있어요. 그런데 그 애는 다른 애들과 맞지 않는 것 같군요. 정확히 어디가 그렇다고 집어내기는 어려워요."

벤의 길지 않은 일생 동안 너무나 여러 번 그랬듯이, 해리엇은 자기 아들에게 적응하는 어려움보다 더 큰 문제가 있다고 누군가가 인정하려 하는구나라고 생각했다.

그녀는 말했다. "그 애는 항상 괴짜였어요."

"집안의 괴짜라? 항상 그런 사람이 하나씩 있는 걸 저도 많이 봤어요." 상냥한 그레이브스 부인이 말했다. 이런 피상적인 대화가 오가는 동안 민감한 해리엇은 벤의 존재가 만들어 낼 수밖에 없는 또 다른 평행선의 대화에 귀를 기울였다.

"벤을 데리러 오는 두 젊은이들──그건 좀 이상한 조처네요." 그레이브스 부인이 미소 지었다.

"그 애는 유별난 아이예요." 교장을 뚫어지게 쳐다보며 해리엇이 말했고, 교장은 해리엇을 쳐다보지 않고 고개를 끄덕였다. 마치 신경에 거슬리는 생각이 그녀를 찌르면서 관심을 갖도록 요구하는 듯이 교장은 양미간을 찌푸렸지만 그 문제에 대해 더 이상 관심을 주고 싶지 않았다.

"벤 같은 아이를 이전에 보셨어요?" 해리엇이 물었다.

이 말은 교장으로 하여금 용기를 내어 다음 말을 하도록 했다. "무슨 말씀이세요, 로바트 부인?" 실제로 그레이브스 부인은 "무슨 말씀이세요, 로바트 부인?" 하고는 해리엇이 자신에게 말하려는 것을 재빨리 멈추게 하기 위해 다음 말로 넘어갔다. "그 애는 비정상적으로 과민하죠? 물론 그 말은 요점을 피하는 말이라고 저도 느껴요. 아이가 비정상적으로 과민하다는 말은 별 의미가 없죠! 하지만 그 애는 엄청난 에너지를 갖고 있어요. 그 애는 조용히 오래 못 있어요. 글쎄요, 많은 애들이 그렇죠. 그 애의 선생님은 그 애가 너무나 노력해서 가르치는 보람이 있는 아이라고 생각해요. 그러나 다른 애들 모두에게 쏟아 넣는 것보다 더 많은 노력을 그 애에게 들여야 한다고 해요……. 로바트 부인, 와 주셔서 감사해요, 많은 도움이 되었어요." 해리엇은 떠나면서 교장이 어떤 식으로 자신을 지켜보는지 보았다. 말하지 않은 불편함과 공포마저 담은 그 길고 불안한 검열의 눈——그것이 또 다른 대화요, 진짜 대화였다.

두 번째 학기말에 그녀는 또다시 전화를 받았다. 지금 당장 와 주시겠어요? 벤이 누군가를 다치게 했어요.

올 것이 왔구나. 그녀가 겁내던 것이 바로 이것이었다. 벤이 갑자기 광폭해지더니 운동장에서 자기보다 큰 소녀를 공격했다. 벤은 그 소녀를 끌어당겨 아스팔트 바닥에 넘어뜨렸고 그래서 그 애는 다리가 까지고 멍이 들었다. 그런 다음 벤은 그 애를 깨물었고 팔이 부러질 때까지 뒤로 젖혔다.

"제가 벤과 이야기했어요." 교장이 말했다. "그 애는 어떤 식으로든지 가책을 느끼는 것 같지 않아요. 그 애는 자기가 한 일도 모르고 있다는 생각이 들 정도예요. 하지만 그 나이에——여섯 살이잖아요.——자기가 하는 일은 알아야죠."

해리엇은 폴은 나중에 데려오기로 하고 벤을 집으로 데리고 왔다. 그녀가 데려오고 싶어한 애는 폴이었다. 그 아이는 벤의 공격에 대한 이야기를 듣자 히스테리컬해지면서 벤이 자기도 죽일 거라고 소리를 질렀다. 하지만 그녀는 벤과 단둘이 있어야만 했다.

벤은 식탁에 앉아 다리를 흔들면서 빵과 잼을 먹고 있었다. 그 애는 존이 여기로 자기를 데리러 오냐고 물었다. 그 애가 필요한 것은 존이었다.

해리엇이 말했다. "너 오늘 불쌍한 메리 존스에게 상처를 입혔지. 벤, 왜 그랬어?"

그 애는 듣지 않는 것 같았다. 대신 이빨로 빵 덩어리를 찢어 내어 꿀꺽 삼켰다.

해리엇은 그 애가 자신을 무시하지 못하도록 바짝 다가앉아 말했다. "벤, 너 승합차를 타고 갔던 데를 기억하니?"

그 애는 뻣뻣해졌다. 그 애는 천천히 머리를 돌려 그녀를 쳐다보았다. 손에 든 빵이 떨리고 있었다. 그 애는 떨고 있었다. 그 애는 잘 기억하고 있었다! 그녀는 이런 짓을 이전에 해 본 적이 없었고 앞으로도 결코 하지 말았으면 하고 희망했다.

"그래, 기억나, 벤?"

그 애의 눈은 미치광이 같았다. 그 애는 식탁에서 뛰어내려

달아날 것만 같았다. 그 애는 그렇게 하기를 원했지만 그 대신 방구석이나 창문 그리고 계단 위를, 마치 거기에서 그가 공격이라도 당할 것처럼 쏘아보았다.

"잘 들어 벤. 네가 만약 다른 사람을 다시 한번 다치게 한다면, 넌 그곳에 돌아가야 해."

그녀는 그 애의 눈에 자기 눈을 고정시키면서 자신의 내면에서 하는 말을 그 애가 알지 못했으면 하고 희망했다. '하지만 나는 결코 너를 그곳으로 안 보낼 거야, 결코.'

그 애는 물에 젖어 추워하는 강아지처럼 발작하듯이 떨었으며 무의식적으로 일련의 동작을 했다. 그 당시에 했던 반응의 잔해였다. 얼굴을 막으려고 손을 올리고 마치 손이 자신을 보호할 수 있는 양 펼친 손가락 사이로 쳐다보았다. 그러고 나서 손을 떨어뜨리고 머리를 날카롭게 돌리더니 공포로 눈을 번쩍이면서 다른 손등으로 입을 눌렀다. 그 애는 잠시 으르렁대면서 치아를 드러내 보였다. 그러나 곧 자신을 제어했다. 그는 턱을 쳐들고 입을 벌렸으며 해리엇은 그 애가 짐승의 포효를 길게 토해 낼 수도 있었다고 생각했다. 그녀는 마치 이 외로운 공포, 이 포효를 들은 것 같았다…….

"너, 내 말 들었지, 벤?" 해리엇이 나지막히 말했다.

그 애는 식탁에서 미끄러져 내려와 계단을 쾅쾅 밟고 올라갔다. 그 애가 지나간 뒤에는 가느다란 오줌 흔적이 남아 있다. 그녀는 방문이 닫히는 소리를 들었다. 그 애가 참아 왔던 분노와 공포의 포효 소리가 들렸다.

그녀는 베티의 바에 있는 존에게 전화를 했다. 존은 그녀가 부탁했던 대로 즉시 달려왔다.

그는 이야기를 다 듣고선 벤의 방으로 올라갔다. 해리엇은 문밖에 서서 이야기를 들었다.

"넌 네 자신의 힘을 몰라, 호빗. 그게 문제야. 사람들을 다치게 하는 것은 나쁜 일이야."

"형은 벤에게 화났어? 형은 벤을 다치게 할 거야?"

"누가 화났대?" 존이 말했다. "그러나 만약 네가 사람들을 다치게 하면 그들이 너를 다치게 할 거야."

"메리 존스가 나를 다치게 할 거야?"

침묵이 흘렀다. 존은 난처했다.

"나도 카페에 데려가 줄 거야? 지금 데려가. 지금 날 데려가 줘."

그녀는 존이 깨끗한 바지를 찾아서 벤에게 입으라고 설득하는 소리를 들었다. 그녀는 부엌으로 내려갔다. 존은 그의 손을 꼭 쥐고 있는 벤을 데리고 계단을 내려왔다. 존은 그녀에게 윙크를 하면서 엄지를 들어 올려 보였다. 그는 벤을 자기 오토바이에 태우고 출발했다. 그녀는 폴을 집으로 데려오려고 학교로 갔다.

브렛 박사에게 전문가와 약속을 해 달라고 부탁하면서 그녀는 말했다. "제발 저를 히스테리컬한 바보로 보지 마세요."

그녀는 벤을 런던으로 데려갔다. 그녀는 길리 박사의 간호사에게 벤을 맡겼다. 의사는 부모 없이 애만 먼저 보기를 원했다. 그건 현명해 보였다. 해리엇은 혼자 작은 카페에서 커피를 마시면서 아마도 이번 의사는 현명한 사람인가 보다, 라고 생각했다. 그러다가 그 말은 무슨 의미인가 하고 혼자 반문했다. 이번에는 내가 어떤 기대를 하고 있는가? 자신이 원하는 것은 마침내 누군가가 올바른 단어를 사용하는 것, 그래서 짐을 나누는 것이라고 그녀는 결정했다. 아니, 그녀는 구출받기를 기대하거나 변화를 가져올 만큼 많은 기대를 하지는 않았다. 그녀는 단지 이해받기를 원했고 그녀의 곤경이 제대로 평가받기를 원했다.

글쎄, 그 일이 가능할까? 반쯤은 지지를 갈구하면서 반쯤은 냉소적이 되어—그래, 넌 뭘 기대하니!—갈등하면서 그녀는 병원으로 되돌아갔고 그곳 대기실 안 작은 방에서 간호사와 함께 있는 벤을 발견했다. 벽에다 등을 대고 벤은 경계하는 동물이 그러하듯 간호사의 모든 움직임을 지켜보았다. 그 애는 자기 어머니를 보자 달려와 그녀의 등 뒤에 숨었다.

"글쎄." 간호사는 엄하게 말했다. "그럴 필요까지는 없어, 벤."

해리엇은 벤에게 앉아서 자기를 기다리라고 말했다. 곧 돌아올 거야. 그 애는 의자 뒤로 가서 눈을 간호사에게 고정시킨 채 경계하며 서 있었다.

이제 해리엇은 영리한 전문가를 마주 보고 앉았다. 그녀는 이 여인이 자신이 다섯째 아이를 다루지 못해 터무니없이 걱정하는 어머니라는 얘기를 들었다고 확신했다.

길리 박사는 말했다. "저는 바로 핵심으로 가겠습니다, 로바트 부인. 문제는 벤에게 있는 것이 아니라 당신에게 있어요. 당신은 그 애를 그렇게 좋아하지 않죠."

"오, 하느님 맙소사." 해리엇은 폭발했다. "또 그러네요!" 그녀는 짜증을 내며 투덜거렸다. 그녀는 길리 박사가 자신의 반응을 주시하는 것을 보았다. "브렛 박사가 당신에게 그랬군요." 그녀는 말했다. "당신이 하는 말이 바로 그거잖아요."

"그래요, 로바트 부인. 당신은 그 말이 사실이 아니라고 말씀하시겠어요? 우선 저는 이것이 당신의 잘못이 아니라고 말씀드려야겠군요. 그리고 또한 이런 일이 희귀한 일도 아니라는 사실도요. 우리가 복권 추첨에서 무엇이 나올지를 선택할 수 없듯이 아기를 갖는 일도 마찬가지랍니다. 다행인지 불행인지 간에 우리는 선택할 수 없습니다. 당신이 해야 할 첫 번째 일은 자신을 비난하지 말아야 한다는 점입니다."

"전 제 자신을 비난하지 않아요." 해리엇이 말했다. "당신이 그 말을 믿기를 기대하지 않지만요. 하지만 이건 정말 불쾌한 농담이에요. 난 벤이 태어난 이후 줄곧 벤 때문에 비난을 받아 온 것 같아요. 난 죄인처럼 느껴요. 사람들이 내가 죄인처럼 느끼도록 만들어요." 이렇게 불평하는 동안——신랄했지만 해리엇은 목소리를 낮출 수 없었다.——쓰라린 세월들이 쏟아져 나왔다. 그동안 길리 박사는 책상에 앉아 쳐다보았다. "이건 정말 희한해요. 이전에 아무도, 그 어떤 사람도 나에게 '네 명의 정상적이고 똑똑해 보이는 멋진 아이들을 갖다니 넌 정말 똑똑하구나! 그 애들은 모두 네 덕분이야. 훌륭한 일을 해냈어, 해리엇!'이라고 말한 사람은 없었어요. 아무도 이제까지 그런 말을 안 했다는 것이 이상하지 않아요? 하지만 벤에 대해서는 전 그저 죄인이죠!"

길리 박사는 해리엇이 한 이야기를 분석하기 위해 잠시 멈추었다가 물었다. "당신은 벤이 똑똑하지 않다는 사실을 혐오하지요?"

"오, 하느님." 해리엇이 격렬하게 말했다. "요점이 도대체 뭐예요!"

두 여인은 서로를 노려보았다. 해리엇은 자신의 격렬함을 누그러뜨리면서 한숨을 쉬었다. 의사는 화가 나 있었으나 표현하지는 않았다.

"말해 봐요." 해리엇이 말했다. "당신은 벤이 모든 면에서 완전히 정상적이라고 말하는 거예요? 그 애에게는 이상한 점이 전혀 없다구요?"

"그 애는 정상 범위 안에 있어요. 그 애가 학교에서 그리 잘하지 않는다고 말씀하셨지만 때로 느린 아이들이 나중에 따라잡기도 하죠."

"난 믿을 수가 없어요." 해리엇이 말했다. "이봐요, 뭔가 좀해 봐요. 좋아요, 날 만족시켜 봐요! 간호사에게 벤을 이리 데려오라고 하세요."

길리 박사는 이 말에 대해 생각하더니 인터폰에다 말했다.

그들은 벤이 "싫어, 싫어!" 하고 고함치는 소리와 간호사의 설득하는 목소리를 들었다.

문이 열렸다. 벤이 나타났다. 간호사가 그 애를 방 안으로 떠밀어 넣었다. 그의 등 뒤로 문이 닫히고 그 애는 의사를 노려보면서 등을 문에다 갖다 대었다.

그 애는 어디론가 훌쩍 뛰어오를 듯이 어깨를 앞으로 구부리고 무릎을 굽힌 채 서 있었다. 그 애는 거칠고 노란 머리카락 덤불이 양쪽 가마로부터 두껍고 좁은 이마의 밑에까지 자라난 커다란 머리를 가지고 있었다. 웅크린 자세의 작지만 튼튼한 몸집이었다. 그 애의 코는 위로 향한 납작코였다. 입은 살이 두껍고 꼬부라졌다. 그 애의 눈은 흐릿한 돌덩이 같았다. 처음으로 해리엇은 생각했다. 저 애는 여섯 살짜리 같지 않고 훨씬 더 나이 들어 보여. 사람들이 저 애를 아이가 아니라 키 작은 남자로 여길 정도야.

의사는 벤을 쳐다보았다. 해리엇은 두 사람을 지켜보았다. 곧 의사가 말했다. "좋아, 벤. 다시 나가거라. 너희 어머니는 금방 너에게 가실 거야."

벤은 무감각하게 서 있었다. 다시 길리 박사가 인터폰에 말하자 문이 열리고 벤은 으르렁대면서 뒤로 끌려 나갔다.

"길리 박사님, 당신이 무엇을 보셨는지 말씀해 주세요."

길리 박사의 태도는 신중했고 기분이 상한 듯이 보였다. 그녀는 이 인터뷰의 남은 시간을 계산하고 있었다. 그녀는 대답을 하지 않았다.

아무 소용이 없다는 것을 알면서도 해리엇은 다음 말이 입으로 말해지고 귀로 들리기를 원했기 때문에 말했다. "그 애는 인간이 아니지요. 안 그래요?"

길리 박사는 자신이 생각하는 것이 갑자기 예기치 않게 표현되자 그대로 내버려 두었다. 그녀는 꼿꼿이 앉아서 깊게 한숨을 쉬었고 손으로 얼굴을 감쌌다가 아래로 내렸다. 그러고 나서는 손가락을 입술에 대고 두 눈을 감은 채 앉아 있었다. 그녀는 자신의 인생을 완전히 조정하고 있는 잘생긴 중년 부인이었다. 그러나 일순간 허가받지 않은 불법적인 고통이 드러나자, 그녀는 주춤하면서 비틀거리기까지 했다.

그러고 난 다음 그녀는 해리엇이 아는 것은 일시적인 사실이라고 반박하려고 결심했다. 그녀는 손을 떨구더니 미소 지으면서 농담하듯 말했다. "다른 혹성으로부터 온? 외계로부터?"

"아니요. 선생님도 그 애를 보셨잖아요, 그랬죠? 이 지구에 우리와 다른 종류의 사람들—내 말은 다른 인종들 말이에요.—이 살았는지 우리가 어떻게 알겠어요? 과거에요, 아시겠어요? 우리는 정말 모르잖아요, 안 그래요? 난쟁이나 거인이나 도깨비 같은 것들이 실제로 여기에 살지 않았는지 우리가 어떻게 알겠어요? 그래서 우리가 그런 것들에 대해 이야기하는 것이 아닐까요? 그것들은 한때 진짜 존재했었죠……. 글쎄요, 존재하지 않았는지 우리가 어떻게 알겠어요?"

"당신은 벤이 격세유전되었다고 생각하세요?" 길리 박사가 근엄하게 물었다. 마치 그 생각을 더 해 볼 준비가 되어 있는 것처럼 들렸다.

"분명히 그런 것 같아요." 해리엇이 말했다.

또 다른 침묵이 있고 나서 길리 박사는 잘 다듬어진 그녀의 손을 바라보았다. 그녀는 한숨을 쉬었다. 그러고 나선 위를 쳐다보고, '그렇다면 당신은 내가 어떻게 하기를 기대하나요?'라는 표정으로 해리엇의 눈길을 받았다.

해리엇은 계속 주장했다. "난 그런 말을 누가 했으면 하고 원하는 거예요. 난 그런 사실이 인정되기를 원해요. 아무도 그렇게 말한 적이 없다는 사실을 난 참을 수가 없어요."

"그 일이 내 능력 밖이라는 사실을 모르시겠어요? 내가 '이 애를 우리에 가두시오.'라고 동물원에 편지를 써 주기를 원하세요? 아니면 과학자들에게 그 애를 넘기기를?"

"하느님, 맙소사. 물론 그렇지는 않아요." 해리엇이 대답했다.

침묵이 흘렀다.

"고맙습니다, 길리 박사님."이라고 말하면서 해리엇은 인터뷰를 정상적으로 끝냈다. 그녀는 일어섰다. "저에게 진짜로 강력한 진정제를 처방해 주실 수 있으세요? 때때로 제가 벤을 제어할 수 없는 때가 있어요. 그때 저를 도와줄 것이 필요해요."

의사는 처방전을 써 주었다. 해리엇은 종이 쪽지를 받았다. 그녀는 길리 박사에게 감사를 표하고 작별 인사를 했다. 그녀는 문가로 가서 뒤를 돌아보았다. 의사의 얼굴에서 그녀는 자신이 기대했던 것을 보았다. 그 여인이 느끼고 있는 것이 투영된, 어둡고 고정된 시선이었다. 그것은 인간 한계를 넘어서는 것에 대한 정상인의 거부, 이질성에 대한 공포, 또한 벤을 낳은 해리엇에 대한 공포였다.

그녀는 벤이 작은 방에서 구석에 등을 대고 그녀가 들어온 문을 눈도 깜빡 않고 노려보며 홀로 있는 것을 발견했다. 그 애는 몸을 떨고 있었다. 하얀 가운을 입은 사람들, 하얀 코트, 약 냄새 나는 방들…… . 해리엇은 그럴 의도가 없었는데도 더 강하게 협박했다는 것을 깨달았다. 만약 네가 고약하게 굴면, 그때는…… .

그 애는 가라앉아 있었다. 그 애는 그녀 옆에 바짝 붙었다.

아니, 어머니 옆에 선 아이처럼이 아니라 겁에 질린 개처럼.

이제 매일 아침 그녀는 벤에게 진정제를 주었으나 그건 별 효과가 없는 것 같았다. 하지만 그녀는 그 약이 방과 후에 존과 함께 오토바이 굉음을 내면서 떠날 때까지 그 애를 둔화시키기를 바랐다.

벤이 학교에 다닌 지 일 년이 되었다. 이 말은 그들 모두 벤이 그저 '다루기 어려운' 아이일 뿐, 그렇게 많이 잘못된 것이 없는 척하면서 그런 식으로 계속해 나갈 수 있었다는 말이다. 그 애는 배우는 것이 아무것도 없었다. 하기는 많은 애들이 배우는 것 없이 그저 시간 맞춰 학교에 보내지는 일이 허다했지만.

그해 크리스마스에 루크는 스페인 남쪽 해안 어디엔가 있는 할아버지, 할머니에게 가겠다고 편지를 썼다. 헬렌은 옥스퍼드에 있는 할머니 몰리의 집으로 갔다.

도러시는 단 사흘만 크리스마스를 보내려고 왔다. 그녀는 돌아갈 때 제인을 데리고 갔다. 제인은 작은 몽고인 아이 에이미를 너무나 좋아했다.

벤은 모든 시간을 존과 함께 보냈다. 해리엇과 데이비드—그 말은 데이비드가 집에 있을 때란 의미이다. 그는 점차 더 일만 열심히 했다.—는 크리스마스 휴가 내내 폴과 함께 보냈다. 폴은 벤보다 더 어려운 아이가 되었다. 그래도 그 아이는 별종이 아니라 정상적으로 '신경질적인' 아이였다.

폴은 여러 시간 텔레비전만 보며 지냈다. 그 애는 안절부절못하고 돌아다니면서도 텔레비전만 보았고 그 안으로 도피했다. 또한 보면서 먹고 또 먹었지만 체중은 늘지 않았다. 그 애의 내부에는 포만감을 느끼지 못하는 입이 있어 날 먹여 줘, 먹여 줘 하고 말하는 것 같았다. 그 애는 갈구했다. 온몸의 구석구석까지. 그런데 무엇을? 자기 어머니의 팔은 그 애를 만족시키지 못했다. 전쟁과 폭동. 살해와 비행기 납치, 살인과 도둑질과 유괴……. 1980년대. 야만적인 80년대가 본 궤도에 올랐고 폴은 텔레비전 앞에 누워 기거나, 방 안을 서성대다가 텔레비전을 보면서 밥을 먹었다. 그런 양분을 먹고 자라는 것 같아 보였다.

이 가족들의 생활 패턴이 정해졌다. 그리고 앞으로의 패턴도 정해졌다.

루크는 항상 방학 때마다 할아버지 제임스의 집에 갔고 그 둘은 '사이가 좋았다'. 그 애는 할머니 제시카도 좋아했는데 그녀가 정말 재미있다고 말했다. 또한 데버라 고모도 재미있다고 했다. 그녀의 여러 차례에 걸친 결혼 시도와 실패 이야기는 오래 지속되는 시리즈물로서 우스꽝스럽게 소개되었다. 루크는 부유하고 잘나가는 사람들과 살았다. 때로 제임스가 부모를 만나라고 그 애를 집으로 데려올 때도 있었다. 친절한 그 사람은 그 집에서 일어난 불행한 일에 대해 안됐다고 생각했고 해리엇과 데이비드가 그들의 장남을 보고 싶어하는 것을 알고 있었다. 부모들은 운동회 날 학교로 그 애를 보러 갔고 루크는 때로 중간 학기 휴가 때 집에 왔다.

헬렌은 몰리의 집에서 행복해했다. 그 애는 자기 아버지가 한때 영원히 자기 집이라고 생각했던 방에서 살았다. 그 애는 늙은 프레더릭의 총애를 받았다. 그 애도 역시 중간 학기 휴가 때 집에 들르곤 했다.

제인은 할머니 도러시에게 자신이 할머니, 세라 이모, 세 명의 건강한 사촌들 그리고 불쌍한 에이미와 함께 살기를 원한다고 해리엇과 데이비드에게 설명해 달라고 부탁했다. 그래서 도러시는 그렇게 했다. 도러시는 때로 제인을 집으로 데려왔으며 부모들은 제인이 그들에게 친절하게 대하고 절대로 벤을 비판하지 않도록 도러시로부터 '훈시'를 받은 것을 알 수 있었다.

폴은 집에 남았다. 그 애는 벤보다 집에 훨씬 더 많이 있었다.

데이비드가 해리엇에게 말했다. "폴을 어떻게 해야 하지?"

"우리가 어떻게 할 수 있을까?"

"저 애에게 어떤 치료가 필요하지 않을까? 정신과 의사라든지……."

"그게 뭐 소용이나 있겠어!"

"저 애는 아무것도 배우지 못해. 정말 엉망이야. 벤보다 더 못해! 적어도 벤은 자기 자신은 되지, 그게 뭐든지 간에. 그리고 그게 뭔지 난 알고 싶지도 않아. 하지만 폴은……."

"그럼 그 비용은 어떻게 치를 작정이야?"

"내가 내지."

데이비드는 이미 막중한 양의 일을 하는 데다 공과대학에서 시간제로 가르치는 일까지 더 했다. 그리고 거의 집에 없었다. 주중에 집으로 돌아올 때면 이미 밤늦은 시간이었고 침대로 바로 들어가 지쳐서 잠들었다.

폴은 흔히 쓰이는 말로 '누군가와 상담하러' 보내어졌다.

그 애는 학교가 끝난 후 거의 매일 갔다. 이 일은 성공적이었다. 정신과 의사는 즐거운 가정을 가진 사십 대 남자였다. 폴은 그 집에서 저녁을 먹고 왔고 의사와 상담 약속이 없을 때에도 그 집 애들과 놀기 위해 그곳에 갔다.

해리엇은 그 큰 집에 하루 종일 혼자 있을 때가 있었다. 일곱 시경에 폴이 텔레비전을 보려고 집에 왔고 벤도 역시 텔레비전을 보았다. 하지만 벤의 텔레비전 보는 습관은 달랐다. 그 애가 무엇에 관심을 두는지 해리엇은 알 수 없었고, 대개 단지 일이 분가량 예상할 수 없는 형태로 화면에 집중했다.

두 아이는 서로를 증오했다.

한번은 폴이 부엌 한쪽 구석에서 자기 목으로 뻗고 있는 벤의 손을 피하려고 발끝으로 서서 온몸을 늘이고 있는 것을 해리엇이 발견했다. 짤막하면서도 강한 벤. 기다랗고 거미 같은 폴. 만약 벤이 마음만 먹었다면 폴을 죽일 수도 있었을 것이다. 해리엇 생각에는 벤이 폴을 겁주려고 한 것 같았지만 폴은 광란의 상태였다. 벤은 승리감에 가득 차서 미소를 지었다.

"벤." 해리엇이 말했다. "벤, 앉아." 마치 개에게 하듯이, 개에게 경고를 주듯이. "앉아, 벤. 앉아."

그 애는 재빨리 몸을 돌리더니 그녀를 쳐다보고서 손을 떨어뜨렸다. 그녀는 그 애에게 힘을 행사할 수 있는 수단이자 이미 사용했던 위협을 자기 눈 속에 담았다. 과거에 대한 그 애의 기억을.

벤은 이를 드러내 보이며 으르렁댔다.

폴은 공포감이 폭발하면서 소리를 질렀다. 그 애는 벤이라는 공포로부터 도주하기 위해 온 힘을 다해 계단을 뛰어 올라가면서 미끄러지고 넘어지고 했다.

"만약 네가 그 짓을 한 번만 더 하면……." 해리엇은 무섭게 말했다. 벤은 커다란 식탁으로 천천히 가서 앉았다. 저 애는 생각하고 있구나, 라고 그녀는 믿었다. "만약 네가 그 짓을 한 번만 더 하면, 벤……." 벤은 눈을 들어 그녀를 쳐다보았다. 그 애가 계산하고 있다는 것을 볼 수 있었다. 그런데 무슨 계산? 저 차갑고 비인간적인 눈……. 저 애는 뭘 볼까? 사람들은 자신들이 보는 것을 저 애도 본다고, 저 애도 인간 세상을 본다고 가정한다. 하지만 아마 그의 감각은 아주 다른 사실들과 데이터를 받아들이고 있을 것이다. 다른 사람들이 어떻게 알겠는가? 저 애는 무엇을 생각하고 있을까? 저 애는 스스로를 어떻게 보고 있을까?

"불쌍한 벤." 그 애는 여전히 때때로 그렇게 말했다.

해리엇은 데이비드에게 이 사건에 대해 이야기하지 않았다. 그가 견딜 수 있는 한계의 끝에 와 있다는 사실을 그녀는 알았다. 그리고 그녀가 무엇이라고 말하겠는가? "오늘 벤이 폴을 죽이려 했어요."라고? 이것은 그들이 용인할 수 있는 것 너머에 있는, 그리고 스스로 세웠던 목표에서 너무나 멀리 떨어진 상황이었다. 게다가 그녀는 벤이 폴을 죽이려고 의도했다는 사실을 믿지 않았다. 그 애는 자기가 원하면 어떤 일을 할 수 있는지 과시하고 있었던 것이다.

그녀는 폴에게 벤이 절대로 너를 해치려 한 것이 아니라 단지 겁만 주려 했다고 이야기했다. 그녀는 폴이 자신의 말을 믿었다고 생각했다.

벤이 아무것도 배우지 않고 그러나 적어도 아무도 다치게 하지 않고 학교를 졸업하기 2년 전에, 존이 그들로부터 떠나려 한다고 말했다. 그는 맨체스터에 있는 직업 훈련 프로그램에 자리 하나를 얻었다. 그의 세 명의 친구들도.

벤도 그 자리에 있었다. 그 애는 이미 베티의 카페에서 존으로부터 이야기를 들었다. 하지만 그 애는 받아들일 수 없었다. 존은 일부러 벤이 있는 자리에서 해리엇에게 이 사실을 말하려고 왔다. 그래서 벤도 그 사실을 받아들이도록.

"왜 나는 함께 갈 수 없는 거야?" 벤이 물었다.

"친구, 넌 그럴 수 없으니까. 하지만 내가 우리 엄마 아빠를 만나고 나면 너를 보러 올게."

벤은 고집을 부렸다. "그런데 왜 나는 형과 같이 갈 수 없어?" "왜냐하면 나도 학교에 다녀야 하거든. 여기가 아니라구. 난 멀리 가. 아주 멀리."

벤의 몸이 뻣뻣해졌다. 그 애는 주먹을 내밀고 뻣뻣하게 웅크리는 특유의 자세를 취했다. 그 애는 이를 갈았고 눈은 악의에 찼다.

"벤." 특별한 목소리를 사용하며 해리엇이 말했다. "벤, 그만둬."

"이제 그만해, 호빗." 존이 약간 불안해하면서 그러나 친절하게 말했다. "나도 어쩔 수 없어. 때때로 나도 집에서 떠나야 한다구, 안 그래?"

"배리도 가? 롤런드도 떠나? 헨리도?"

"그래, 우리 넷이 모두."

갑자기 벤은 정원으로 달려 나가 분노의 괴성을 내지르며 나무 등걸을 차기 시작했다.

"나한테 하는 것보다는 나무가 낫지요." 존이 말했다.

"아니면 나한테." 해리엇이 말했다.

"죄송해요." 존이 말했다. "하지만 어쩌겠어요."

"당신 없이 우리가 어떻게 할지 난 상상할 수도 없어요." 해리엇이 말했다.

존은 그 말이 사실인 줄 알았기에 고개를 끄덕였다. 그렇게 존은 영원히 그들의 삶에서 떠나갔다. 벤은 요양원에서 구출된 이후 그의 인생의 거의 매일을 그와 함께 보냈었다.

벤은 이 일을 힘들어했다. 처음에 그는 그 사실을 믿지 않았다. 해리엇이 벤을 그리고 가끔은 폴을 집에 데려오기 위해 학교에 도착하면 그 애는 학교 문앞에 서서 존이 오토바이를 타고 멋지게 나타나던 길을 응시하고 있었다. 그 애는 폴이 정신과 의사의 집에 가지 않는 날은 마지못해 폴과 반대쪽 뒷좌석 구석에 앉아 눈으로는 잃어버린 친구들의 흔적을 길가에서 찾으면서 그녀와 함께 집으로 돌아갔다. 그 애가 집 안 어디에도 없을 때 해리엇은 베티의 카페에서 그 애가 홀로 앉아 그 친구들이 나타날 문가에 눈길을 주고 있는 것을 여러 번 발견했다. 어느 날 아침 거리에서 존의 패거리 중 똘마니 하나가 가게 진열장 밖에 서 있었고 벤은 기쁨의 환성을 지르며 그에게 달려갔다. 그러나 그 청년은 그저 무심히 "야아, 덤보 로구나. 안녕, 멍청이."라고 말하고 돌아서 버렸다. 벤은 일격을 맞은 듯이, 입을 벌리고 믿을 수 없다는 듯이 온몸이 굳어 있었다. 벤이 이 일을 이해하는 데는 오랜 시간이 걸렸다. 그 애는 해리엇과 폴과 함께 집으로 돌아오자마자 다시 마을 중심 가로 향해 달려 나가곤 했다. 그녀는 그 애를 뒤쫓지 않았다. 그 애는 돌아올 것이었다! 달리 갈 곳이 없었다. 그리고 그녀는 항상 폴과 단둘이 있는 것이 좋았다. 만약 폴이 집에 있을 때라면.

한번은 벤이 그 무거운 발소리와 함께 집 안으로 쿵쿵거리며 달려 들어와 커다란 식탁 밑으로 뛰어들었다. 여자 경찰관이 모습을 나타내더니 해리엇에게 물었다. "아이는 어디 있어요? 그 애 괜찮아요?"

"그 애는 식탁 밑에 있어요." 해리엇이 말했다.

"어디 밑에요? 하지만 왜 그러죠? 난 단지 길 잃은 애가 아닌가 확인하려고 했는데. 그 애는 몇 살이죠?"

"보기보다는 나이가 많아요." 해리엇이 말했다. "벤, 이리 나와. 이제 괜찮아."

그 애는 나오려 하지 않았다. 그 애는 경찰이 서 있는 쪽으로 네 발로 기어 나와 깨끗하게 반짝이는 그녀의 구두를 쳐다보았다. 그 애는 언젠가 차를 탄 누군가가 자신을 잡아서 차에 태워 멀리 데려간 것을 기억하고 있었다. 제복과 공무원이 풍기는 냄새도.

"좋아요." 경찰이 말했다. "누구라도 내가 애 잡아가는 사람인 줄 알았을 거예요. 나라면 저 애가 그렇게 돌아다니게 내버려두지 않을 겁니다. 저 애는 납치당할 수도 있어요."

"그런 행운은 없어요." 해리엇은 마디마디 협조적인 유쾌한 어머니의 모습으로 대답했다. "아마도 그 애가 그들을 납치할 확률이 많을 거예요."

"그런 거였어요?"

그러고선 여자 경찰관은 웃으면서 떠났다.

조용한 집 안에서 데이비드와 해리엇은 불을 끄고 침대에 나란히 누웠다. 두 방 건너서 벤이 잠을 자고 있었다. 그들의 희망대로. 네 방 건너 복도 끝에서는 폴이 방문을 안에서 잠근 채 자고 있었다. 늦은 시간이었고 해리엇은 데이비드도 1, 2분 안에 잠이 들 것임을 알았다. 그들은 둘 사이에 공간을 두고 누워 있었다. 하지만 그것이 더 이상 분노의 공간은 아니었다. 그가 화를 내기에는 너무나 지쳐 있다는 것을 해리엇은 알았다. 어쨌건 그는 화를 내지 않기로 결심했다. 그것이 그를 죽이고 있었기 때문이었다. 그녀는 항상 그가 무엇을 생각하는지 알았다. 그는 그녀의 생각에 때로 큰 소리로 대답했다.

그들은 간혹 사랑을 나누었지만 그녀는 젊은 해리엇과 젊은 데이비드의 유령들이 몸을 뒤섞고 키스하고 있다고 느꼈고 그도 그렇게 느낀다는 사실을 알았다.

자신의 삶이 주는 스트레스 때문에 그녀는 육체의 껍질이 한 겹 벗겨진 것 같았다. 물론 진짜 표피는 아니지만, 아마 눈에 보이지도 않고 사라지기 전까지는 전혀 의심해 보지도 못하는 형이상학적인 본질이. 그리고 데이비드는 이제까지 해

왔던 식으로 일하느라 가정적인 남자로서의 자아를 잃어버렸다. 그의 노력 덕분에 회사에서는 성공을 거두었고 또 다른 회사에서 훨씬 나은 직장을 구할 수도 있었다. 하지만 그의 중심이 있는 곳은 이제 그곳이었다. 사건들은 그 자체의 논리가 있었다. 이제 그는 자신이 한때 결코 되지 않겠다고 결심한 그런 종류의 사람이 되었다. 제임스는 더 이상 이 가족을 도와주지 않았고 단지 루크 뒷바라지만 해 주었다. 자신에 대한 완고한 신뢰에서 오는 솔직함과 개방성이 데이비드에게서 사라지고 대신 새로운 자만심이 자리 잡았다. 해리엇은 만약 자신이 데이비드를 이제 처음으로 만난다면 그를 완고한 사람으로 생각하리라는 것을 알았다. 그러나 그는 완고한 사람이 아니었다. 그에게서 그녀가 느끼는 딱딱함은 인내심이었다. 그는 만사를 버티어 내는 방법을 알았다. 그 두 사람은 여전히 비슷했다.

토요일인 내일 데이비드는 루크의 학교에 크리켓 경기를 보러 갈 것이었다. 해리엇은 헬렌을 보러 학교에 갈 참이었다. 헬렌이 학교 연극에 출연하기 때문이다. 도러시가 아침나절에 와서, 이 둘이 주말에 도피할 수 있게 해 주었다. 제인은 도러시와 함께 오지 않고 대신 학교 친구의 집에서 하는 꼭 가고 싶어하던 파티에 갔다.

폴은 아버지를 따라 형을 만나러 갈 것이었다.

벤은 자기를 일 년 이상 보지 않은 도러시와 단둘이 있게 되었다.

데이비드가 "당신 어머니가 벤이 보기보다 나이 들었다는 걸 알고 계신다고 생각해?"라고 물었을 때 해리엇은 놀라지 않았다.

"어머니에게 말할까요?"

"하지만 어머니는 대략 5분만 지나도 모든 상황을 이해하시잖아."

침묵이 흘렀다. 해리엇은 데이비드가 거의 잠들었다고 생각했다. 데이비드가 자다가 벌떡 일어나 말했다. "해리엇, 몇 년 안 돼서 벤이 청소년이 된다는 생각이 들어? 그 애가 성적 충동이 있는 인간이 된다는 사실이?"

"그래, 그런 생각한 적 있어. 하지만 그 애는 우리와 같은 시간으로 성장하는 것은 아닐 거야."

"어쩌면 그 애와 같은 종류의 사람들도 청소년기 같은 것이 있을 수 있잖아?"

"우리가 어떻게 알겠어? 아마 그런 사람들은 우리처럼 성적인 것은 아닐 거야. 누군가가 말했잖아, 우리가 지나치게 성적이라고. 누구지? 그래, 버나드 쇼[2]였지?"

"여하튼 벤이 성적인 인간이 된다니 무섭군."

"그 애는 오랫동안 아무도 다치게 하지 않았어."

그 주말 이후 도러시가 해리엇에게 말했다. "난 벤이 자기가 우리들과 왜 그렇게 다른지를 스스로 질문하는지 궁금하구나."

"우리가 어떻게 알겠어요? 난 그 애가 뭘 생각하는지 전혀

---

2) 20세기 초 영국의 극작가.

모르겠어요."

"아마도 그 애는 자기와 같은 종류의 사람들이 어디엔가 더 있다고 생각하겠지."

"그럴지도 모르죠."

"그런 종류의 여자를 생각하지만 않는다면!"

"벤을 보면 생각하게 돼요. 이 지상에서 한때 살았던 모든 다른 사람들, 그들이 어딘가 우리 내부에도 틀림없이 있다고요."

"폭 하고 솟아오르려고 항상 대기하고 있지! 하지만 그럴 때 우린 그저 그들을 알아보지 못하는 거야." 도러시가 말했다.

"우리가 그렇게 하기를 원하지 않기 때문이죠." 해리엇이 말했다.

"확실히 난 그렇게 하고 싶지 않아." 도러시가 말했다. "벤을 보고 난 이후 특히……. 해리엇, 너와 데이비드는 벤이 더 이상 아이가 아니라는 사실을 인식하고 있니? 우린 그 애를 아이로 다루고 있지만……."

상급 학교로 가기 전 2년간이 벤에게는 안 좋았다. 그는 외로웠다. 하지만 그는 자신이 그런 줄 알고 있을까? 해리엇은 매우 외로웠고 자신이 그렇다는 사실을 알고 있었지만…….

폴이 그러는 것처럼, 벤도 학교에서 돌아오면 즉시 텔레비전 앞으로 갔다. 그 애는 때때로 오후 4시부터 밤 9시나 10시까지 텔레비전을 보았다. 벤은 어떤 프로그램을 특별히 더 좋아하는 것 같지는 않았다. 벤은 프로그램 중에도 아이들을 위한 것과 어른들을 위한 것이 있다는 사실도 이해하지 못했다.

"저 영화 내용이 뭐야, 벤?"

"이야기." 그는 어색한 쉰 목소리로 머뭇거리며 그 단어를 사용했다. 그리고 그의 눈은 그녀가 원하는 것이 무엇인지 발견하려고 그녀의 얼굴에 고정되었다.

"네가 방금 본 그 영화에서 무슨 일이 일어났지?"

"커다란 차." 그는 말하곤 했다. "오토바이. 저 여자애가 운다. 차가 남자를 뒤쫓았어."

한번은 벤이 폴한테 배울 수 있는지 보려고 해리엇은 폴에게 물었다. "저 영화의 이야기가 어떻게 되니?"

"그건 은행 강도 이야기였어요, 안 그래요?" 어리석은 벤을 잔뜩 경멸하면서 폴은 대답했다. 벤은 어머니의 얼굴과 형의 얼굴을 번갈아 쳐다보면서 듣고 있었다. "저자들이 굴을 파서 은행을 털려고 계획했어요. 은행 금고에 거의 도달했는데 경찰이 덫을 놓아 다 잡았어요. 그들은 감옥에 갔는데 거의 모두 탈옥했어요. 그들 중 둘은 경찰의 총에 맞았어요."

벤은 조심스레 귀를 기울였다.

"저 영화 이야기를 해 줄래, 벤?"

"은행 강도들." 벤이 말했다. 그러고선 정확하게 같은 말을 찾을 때까지 더듬거리면서 폴이 말한 것을 되풀이했다.

"하지만 내가 이야기해 주었기 때문이야." 폴이 말했다.

벤은 눈을 번뜩였지만 — 해리엇은 이렇게 가정했다. — '난 아무도 다치게 하면 안 돼. 내가 그러면 사람들이 날 그 장소로 데려갈 거야.'라고 생각하면서 눈이 차가워졌다. 해리엇은 폴이 생각하고 느끼는 모든 것을 알 수 있었다. 하지만 벤의 경우 그녀는 그 애에 관해 추측하려고 노력할 수밖에는 없었다.

둘 다 모르는 사이에 폴이 벤을 가르치는 것이 가능할까?

그녀는 둘에게 이야기를 읽어 주고 나서 폴에게 그 이야기를 반복하라고 부탁했다. 그러고선 벤이 폴을 그대로 따라 했다. 하지만 그 애는 몇 분 내로 그 이야기를 잊어버렸다.

그녀는 벤이 지켜보는 가운데 폴과 주사위 놀이를 했다. 그러고 나서 폴이 다른 식구들과 함께 있을 때 벤에게 해 보라고 권했다. 그러나 벤은 게임의 요령을 전혀 이해하지 못했다.

하지만 벤은 어떤 종류의 영화를 보고 또다시 보았고 결코 싫증을 내지 않았다. 그들은 비디오를 빌려 왔다. 그 애는 「사운드 오브 뮤직」, 「웨스트 사이드 스토리」, 「오클라호마」, 「캣츠」 같은 뮤지컬을 좋아했다.

그녀가 "이제 무슨 일이 일어나니, 벤?" 하고 묻자 벤이 대답했다. "이제 저 여자가 노래 부를 거야." 아니면, "저 사람들이 둥글게 춤을 춘 다음 저 여자가 노래할 거야." 또는 "사람들이 저 여자애를 다치게 할 거야.", "저 여자애가 도망간다. 이제 파티야."

하지만 그 애는 영화의 줄거리를 말할 수는 없었다.

"그 곡을 노래해 줘, 벤. 나와 폴에게 노래해 봐."

하지만 그 애는 그렇게 할 수 없었다. 그 노래를 사랑했지만 그 애는 거칠고 음이 없는 고함밖에는 낼 수 없었다.

해리엇은 폴이 벤을 놀리고 있는 것을 발견했다. 그 애에게 어떤 곡을 노래하라고 하고선 그 애를 조롱했다. 해리엇은 벤의 눈에서 분노가 활활 타는 것을 보았고 폴에게 다시는 그런 짓을 하지 말라고 타일렀다.

"왜 안 되나요?" 폴이 소리 질렀다. "왜 안 돼요? 항상 벤, 벤, 벤……." 그 애는 벤에게 팔로 연타를 가했다. 벤의 눈이 빛났다. 그 애는 폴에게 달려들기 일보 직전이었다…….

"벤." 해리엇이 경고했다.

그녀가 그 애를 인간화시키려는 그 모든 노력이 오히려 그 애를 그의 내부로——그것이 무엇인가? 기억으로? 아니면 꿈으로?——몰아가는 것처럼 보였다.

한번은 벤이 집 안에 있는데 보이지 않자 그녀는 위층 방방마다 찾으러 올라간 적이 있었다. 2층에는 여전히 데이비드와 자신 그리고 벤과 폴이 살았지만 그중 방 세 개는 침대 위에 깨끗한 베개와 이불이 펼쳐진 채 비어 있었다. 3층은 깨끗하고 빈 방들만 있었다. 4층. 아이들의 목소리와 웃음소리가 그 층을 가득 채우고 열린 창문으로 정원 밖까지 흘러넘치던 것이 언제였던가? 하지만 벤은 그 어느 방에도 없었다. 그녀는 조용히 다락으로 올라갔다. 문은 열려 있었다. 높은 천장으로부터 뒤틀린 직사각형의 빛이 내려오고 있었고 그 안에 희미한 태양 빛을 응시하면서 벤이 서 있었다. 그 애가 무엇을 원하는지, 무엇을 느끼는지 그녀는 알아낼 수 없었다……. 그녀는 그 애가 영위해 오던 이 생활 아래에 감추어져 있던 또 다른 벤을 보았다. 그녀가 들어오는 소리를 듣고 그 애는 한번에 훌쩍 뛰어서 처마 끝의 어둠 속으로 사라져 버렸다. 그녀가 볼 수 있는 유일한 것은 끝이 없어 보이는 다락의 어둠뿐이었다. 그녀는 아무것도 들을 수 없었다. 그 애는 그곳에 웅크리고 앉아 자신을 노려보고 있었다……. 그녀는 머리카락이 서

는 것을 느꼈고 차가운 전율을 느꼈다.——본능적인. 이성으로
는 그 애를 두려워하지 않았기 때문이다. 그녀는 공포로 온몸
이 뻣뻣해졌다.

"벤." 자신이 인간임을 모르고 멀고 먼 과거로 되돌아간 이
위험한 야생의 다락에서, 그녀는 인간적인 요구를 담은 채 떨
리는 목소리로 그러나 다정하게 말했다. "벤……."

아무 대답이 없었다. 아무것도. 얼룩진 그림자가 잠시 천장
아래의 희미한 빛을 어둡게 했다. 한쪽 나무에서 다른 나무로
새 한 마리가 날아갔다.

그녀는 아래층으로 내려와 부엌에서 뜨거운 차를 마시면서
춥고 외롭게 앉아 있었다.

그 동네의 현대식 중학교가 벤을 받아 준다는 유일한 학교
였다. 벤이 중학교에 가기 직전에 함께한 여름 휴가는 거의 과
거의 휴일과 흡사했다. 사람들은 서로에게 편지를 쓰거나 전
화를 했다. "그 불쌍한 사람들. 우리 거기에 가요, 적어도 일주
일이라도……." 불쌍한 데이비드……. 항상 그런 수식어가 붙
는다는 것을 해리엇은 알았다. 때때로 불쌍한 해리엇, 그러나
그 경우는 드물었다. 대개는 항상 무책임한 해리엇, 이기적인
해리엇, 미친 해리엇…….

벤이 살해되도록 내버려두지 않은 여자, 그녀는 입 밖에는
내지 않았지만 마음속으로 이렇게 격렬하게 자신을 옹호했
다. 자신이 속한 사회가 신봉하고 지지하는 가치관으로 판단
해 볼 때 그녀는 벤을 그 장소에서 데려오는 것 외에는 다른
대안이 없었다. 그러나 그녀가 그렇게 했기 때문에, 살해당하

는 것으로부터 그 애를 구했기 때문에 그녀는 자기 가족을 파괴했다. 그녀 자신의 인생에 해를 끼쳤다……. 데이비드의 인생…… 루크와 헬렌과 제인, 그리고 폴의 인생에도. 특히 폴의 경우가 가장 나빴다.

그녀의 사고는 이런 틀 안에서 맴돌았다.

데이비드는 그녀가 거기 가지 말았어야 했다고 계속 말했다……. 하지만 해리엇으로서는 어떻게 안 갈 수가 있었겠는가? 그리고 만약 그녀가 가지 않았더라면 데이비드가 갔을 것이라고 그녀는 믿었다.

희생양. 그녀는 희생양이었다. ── 해리엇, 가정의 파괴자.

그러나 또 다른 생각과 감정의 층이 저변에 깔렸다. 그녀는 데이비드에게 말했다. "우린 벌 받는 거야. 그뿐이야."

"무엇 때문에?" 그녀의 목소리에 그가 증오하는 톤이 있었기 때문에 방어적으로 그가 물었다.

"잘난 척했기 때문에. 우리가 행복할 수 있다고 생각했기 때문에. 우리가 행복해야겠다고 결정했기 때문에 행복해서."

"헛소리." 그가 말했다. 그는 화가 났다. 이런 해리엇이 그를 화나게 만들었다. "이건 우연이야. 누구나 벤 같은 애를 가질 수 있어. 그건 우연히 나타난 유전자야, 그것뿐이야."

"난 그렇게 생각 안 해." 그녀는 완고하게 주장했다. "우린 행복해지려고 했어! 행복한 사람은 아무도 없었어. 아니, 나는 행복한 사람을 만나 본 적이 결코 없어. 하지만 우리는 그렇게 되려고 했지. 그래서 바로 번개가 떨어진 거야."

"그만둬, 해리엇! 당신은 그 생각이 어디까지 이어지는지 몰라? 유대인 학살과 형벌, 마녀 화형과 분노한 신들!" 그는 그녀에게 소리를 질렀다.

"그리고 희생양들." 해리엇이 말했다. "희생양도 잊지 마."

"수천 년 전부터 앙심을 품은 신들." 그가 마음속 깊이 불안해하면서 화가 나서 주장하는 것임을 그녀는 알 수 있었다. "처벌하는 신들. 불복종에 대해 처단을 하고 있어."

"하지만 이러저러하게 되리라고 결정한 우리가 대체 누구야?"

"누구냐고? 우리가 그렇게 한 거야. 해리엇과 데이비드가. 우리는 우리가 믿고 행한 모든 일에 대해 책임을 졌어. 그리고…… 불운이 닥쳤지. 그게 다야. 우리는 쉽게 성공할 수도 있었어. 우리가 계획했던 그대로 될 수도 있었어. 이 집안에 여덟 명의 아이가 있고 모두들 행복해하는……. 글쎄, 가능한 한."

"누가 그 돈을 다 대 주었지? 당신 아버지야. 그리고 다른 방식이지만 우리 엄마도 그랬어……. 아니, 난 단지 사실만 나열하는 거야. 데이비드, 난 당신을 비판하고 있는 것이 아니야."

하지만 데이비드는 벌써 오래전부터 돈 문제를 약점으로 생각하지 않았다. 그는 말했다. "아버지와 제시카는 돈이 너무 많아서 그것보다 세 배가 더 들었다고 해도 가만 있지 않았을 거야. 어쨌건 그들은 그렇게 하는 것을 무척 좋아했었어. 그리고 어머니는 불평은 했었지만, 우리한테 싫증 나고 나서부터 줄곧 에이미의 유모 노릇을 하시잖아."

"우린 단지 다른 사람들보다 더 나아지기를 원했지. 그것뿐이야. 우린 우리가 그렇다고 생각했어."

"아니야. 지금 당신 식으로 사실을 왜곡시키고 있는 거야. 우리가 되고자 원했던 것은…… 우리 자신이 되는 거야."

"오, 그게 다군." 해리엇은 신랄하게 경멸조로 말했다. "그게 다라구."

"그래, 그만둬. 해리엇. 그만하라구……. 그래, 만약 당신이 그만두지 않겠다면, 그래 계속하겠다면 난 좀 빼 줘. 난 중세로 다시 끌려 돌아가고 싶진 않아."

"그곳이 우리가 끌려 돌아가는 곳이야?"

몰리와 프레더릭이 헬렌을 데리고 왔다. 그들은 해리엇을 용서하지 않았고 용서하고 싶어하지도 않았지만 헬렌을 고려해야만 했다. 그 애는 학교에 잘 적응했고 매력적이고 자존심 있는 열여섯 살의 소녀였다. 하지만 냉정하고 거리감이 느껴졌다.

제임스는 열여덟 살이 된 루크를 데리고 왔다. 조용하고 믿음직하며 성실한 미남 청년이었다. 그는 자기 할아버지처럼 배를 건조할 예정이었다. 또한 자기 아버지처럼 감시자요 관찰자였다. 도러시는 열네 살이 된 제인을 데리고 왔다. 학구적이지는 않지만 '그렇다고 해서 더 나빠질 일은 없다'고 도러시는 주장했다. "나도 시험 같은 것을 결코 통과하지 못했으니까." 그래도 '날 봐라' 하는 말은 안 했지만 도러시는 그녀의 존재만으로도 그들 모두에게 도전하곤 했다. 그런 도전은 이전보다는 힘이 실려 있지 않았다. 그녀는 요즈음 몸이 야위었으며 상당한 시간 동안 앉아 있었다. 열한 살이 된 폴은 배우같이 히스테리컬하면서 항상 자신에게 관심을 달라고 요구했다. 그 애는 자기가 다니는 새 학교를 증오하면서 학교 이야기를 많이 했다. 그 애는 왜 자기는 기숙학교에 갈 수 없는지 알고 싶어했다. 데이비드는 자랑스러운 표정으로 제임스의 기선을 제압하면서 자신이 그럴 돈을 지불하겠다고 말했다.

"그럼 너희들이 이 집을 팔 때가 왔구나." 몰리가 말했고 그녀의 말뜻은 이기적인 며느리에게 '그럼 내 아들이 너 때문에 죽도록 일하는 짓은 이제 그만두어도 되겠네.'라는 의미였다.

해리엇을 지지하려고 데이비드가 얼른 끼어들었다. "난 해리엇의 말에 동의해요. 우린 이 집을 아직은 팔지 않을 거예요."

"그래, 그런다고 뭐가 변화할 거라고 생각해?" 몰리가 차갑게 물었다. "확실히 벤은 변화가 없을걸."

그러나 데이비드는 해리엇에게 은밀하게 다른 소리를 했다. 그는 이 집을 팔았으면 했다.

"작은 집에서 벤과 함께 있는 일도 문제야, 그건 생각만 해도 끔찍해." 해리엇이 말했다.

"꼭 작은 집일 필요는 없어. 하지만 그게 호텔 크기의 집일 필요는 없잖아?"

데이비드는, 어리석은 일이지만 그녀가 지금까지도 옛 생활이 다시 돌아오리라는 꿈을 끝내 포기할 수 없다는 사실을 알게 되었다.

그렇게 그 휴가철은 지나갔다. 대체로 성공적이었다. 모두들 열심히 노력했다. 몰리만 그렇지 않았다는 것을 해리엇은 알 수 있었다. 하지만 데이비드와 해리엇은 서글펐다. 그들은 만난 적은 없고 단지 이야기만 들은 사람들에 관해 듣고만 있어야 했다. 루크와 헬렌은 학교 친구들의 가족을 방문했다. 그리고 그들은 그 사람들을 여기에 결코 초대할 수 없었다.

그해 9월 벤은 열한 살이 되어 상급 학교에 갔다. 1986년이었다.

해리엇은 교장에게서 걸려 올 전화에 대비하고 있었다. 첫 학기 말경에 가서 반드시 올 것이라고 생각하고 있었다. 새 학교에서 벤에게 뭔가 특별한 점이 있다는 사실을 인정하지 않는 여교장으로부터 벤에 대한 보고서가 올 것이었다. "벤 로바트는 학구적인 아이는 아니지만, 그러나……." 그러나 어쨌다는 건가? "그 애는 열심히 노력합니다." 그런 것일까? 하지만 그 애는 오래전부터 이미 배우는 것을 이해하려고 노력하는 일을 포기했고 자기 이름자 외에는 거의 읽고 쓰지 못했다. 그 애는 그래도 다른 애들을 흉내 내면서 적응하려고 노력했다.

그러나 편지도, 전화도 없었다. 해리엇은 매일 저녁 벤이 집에 오면 멍든 데가 있는지 조사했지만, 벤은 그 거칠고 때론 잔인한 중등학교 생활에 어려움 없이 접어들고 있었다.

"너 이번 학교 좋으니, 벤?"

"응."

"지난번 학교보다?"

"응."

알다시피 이런 학교에는 교육시킬 수도 없고 동화되지도 않는 희망 없는 학생층이 앙금처럼 고여 있어서, 학교를 떠날 행복한 순간만 고대하면서 학년이 올라갈 때 반만 옮겨 다닌다. 그런데 선생님들에게는 다행스럽게도 이런 애들은 대개 무단 결석자들이다. 벤도 즉시 그런 애들 중 하나가 되었다.

학교에 간 지 몇 주가 못 돼서 벤은 덩치가 크고 머리가 텁수룩한 데다 얼굴은 가무잡잡한 그러나 태평한 성격의 젊은 애들을 집으로 데려왔다. 해리엇은 존이다! 하고 생각했다. 그리고 다음 순간 아니야, 존의 동생인가 봐! 하고 생각했다. 그렇다, 벤은 무엇보다도 존과 함께 보낸 행복한 시간에 대한 추억 때문에 이 소년에게 끌렸던 것이다. 그의 이름은 데릭이었고 열다섯 살이었으며 곧 학교를 졸업할 예정이었다. 왜 데릭은 자기보다 몇 살 어린 벤 같은 아이와 함께 다니는 것일까? 둘이서 홍차를 끓이고 냉장고에서 음식을 꺼내 와 먹으면서 텔레비전 앞에 앉아 프로그램을 보기보다는 이야기를 나누고 있는 모습을 해리엇은 지켜보았다. 사실 벤은 데릭보다 더 나이 들어 보였다. 그들은 그녀를 무시했다. 벤이 존과 그 패거리의 마스코트요 애완동물이었듯이, 그리고 벤의 눈에는 존만 보였듯이 이제 그의 관심사는 데릭뿐이었다. 그리고 곧 빌리와 엘비스와 빅도 추가되었다. 그 애들은 방과 후에 무리를 지어 와서 둘러앉아 냉장고에서 먹을 것을 마음대로 꺼내먹었다.

왜 이런 큰 아이들이 벤을 좋아할까?

그녀는 거실로 내려오면서 계단에서 이 소년들을 쳐다보곤 했다. 큰 덩치, 말라깽이, 뚱보, 검은 머리 또는 금발 또는 붉은 머리. 그리고 그들 가운데 웅크린 자세, 힘이 세고 딱 벌어진 어깨, 이상한 모양으로 자라는 뻣뻣한 노란 머리칼과 감시하는 외계인의 눈을 가진 벤. 그들을 보면서 그녀는 벤이 실지로 그들보다 어리지는 않다고 생각했다. 그래, 저 애는 키는 훨씬 작아. 그렇지만 다른 애들을 거의 지배하는 듯이 보여. 커다란 가족 식탁에 둘러앉아 자기들 식으로 커다랗고 쉰 목소리로 빈정거리며 우스꽝스럽게 떠들고 있으면서도 그들은 계속 벤만 쳐다보았다. 하지만 그 애는 말을 별로 많이 하지 않았다. 그 애가 뭔가 말하는 것이라고는 응 또는 아니, 이것 가져! 저것 갖고 와! 나한테 줘──샌드위치든 콜라병이든 뭐든지 이런 식이었다. 그리고 그 애는 다른 애들을 항상 조심스레 지켜보았다. 애들이 알든 모르든 그 애는 이 패거리의 두목이었다.

그 애들은 삐쩍 마르고 여드름투성이의 변덕스러운 청소년들이었지만 벤은 젊은 어른이었다. 그녀는 마침내 이렇게 결론지었다. 사실 얼마 동안 그녀는 어리석고 행동이 서툴러서 같은 또래와 어울릴 수가 없어 벤과 함께 다니는 이 불쌍한 아이들이, 벤이 자기들보다 행동이 어색하고 말도 더 못하기 때문에 그 애를 좋아한다고 믿었다. 아니다! 그녀는 '벤 로바트 갱단'이 학교에서 가장 부러움을 받는 무리이고 무단 결석자와 낙제자들뿐만 아니라 많은 소년들이 그 단원이 되기를 원한다는 사실을 알게 되었다.

해리엇은 추종자들과 함께 있는 벤을 지켜보면서 자신과 같은 종족들과 함께, 동굴 입구에서 타오르는 불길을 둘러싸고 웅크리고 있는 그 애의 모습을 상상하려고 애썼다. 아니면 무성한 숲속의 오두막촌? 아니야, 벤의 무리는 지하에 있는 것이 더 편할 거야. 깊은 땅속, 횃불로 밝힌 검은 동굴 속이 더 그럴듯하다고 그녀는 확신했다. 아마도 그 애의 이상한 눈은 이 세상과는 아주 다른 빛의 상태에 적응하기 위한 것일 거야.

그녀는 종종 애들이 나지막한 벽 너머 거실에서 텔레비전을 보고 있을 때 부엌에 홀로 앉아 있곤 했다. 그들은 그곳에서 오후 내내 그리고 저녁에도 여러 시간 드러누워 있었다. 그들은 차를 마시고 냉장고를 몽땅 털기도 하고 파이나 감자칩 또는 피자를 시키러 나갔다. 그들은 무슨 프로그램이든지 상관치 않고 보았다. 그들은 오후에 하는 멜로물도 좋아했고 어린이 프로그램도 끄지 않았다. 그러나 무엇보다도 저녁 시간대의 피비린내 나는 프로를 제일 좋아했다. 총 쏘고 죽이고 고문하고 싸우는 것, 이것이 그들을 만족시켰다. 그녀는 그들이 시청하고 있는 것을 보았다. 그러나 실제로 그들이 마치 화면상 이야기의 일부인 것 같다는 것이 더 옳았다. 그들은 무의식중에 몸을 긴장했다가 구부리고, 얼굴은 웃음 짓거나 의기양양하거나 아니면 잔인한 표정을 지었다. 그리고 신음이나 한숨 또는 흥분된 고함을 내뱉었다. "그거야. 그렇게 해!", "그놈을 잘라 버려!", "죽여, 베어 버려!" 총알이 몸속으로 쏟아지고 피가 쏟아져 나오고 고문 당하는 희생자가 고함을 지를 때 마치 그곳에 함께 있는 것처럼 흥분하여 신음 소리를 냈다.

요즈음 지방 신문에는 절도와 강탈, 소매치기에 관한 뉴스가 가득 실렸다. 때때로 이 갱단들은 벤과 함께 하루 종일 또는 이틀이나 사흘 동안 집에 돌아오지 않았다.

"너 어디 있었니, 벤?"

그 애는 무심하게 대답했다. "친구들과 함께 있었어요."

"그래, 그곳이 어딘데?"

"그냥 여기저기요."

공원, 카페, 극장. 그리고 그들이 오토바이를 빌릴 수(훔칠 수?) 있으면 어느 바닷가 마을로 가기도 했다.

그녀는 교장에게 전화할까 생각했지만 그다음은 어떻게 할 것인가? 전화가 무슨 소용이란 말인가? 내가 교장이라면 그 애들이 안 보이면 오히려 마음이 편할 것이었다.

경찰은? 경찰 손에 잡힌 벤?

그 패거리들은 항상 돈을 많이 가지고 있는 듯이 보였다. 그들은 냉장고에 있던 음식에 만족하지 못하고 여러 번 엄청난 음식을 사 가지고 와서 저녁 내내 먹었다. 데릭이 그녀에게 좀 권하곤 했다. (벤은 결코 권한 적이 없다!)

"배달 온 음식 좀 들어 보실래요, 아줌마?"

그녀는 받아들였지만 그들로부터 떨어져 앉았다. 그들은 그녀가 너무 가까이 오는 것을 원치 않는다는 것을 알았기 때문이다.

뉴스거리 중에는 강간 소식도 있었다.

그녀는 자신이 읽은 것과 그들을 일치시키려고 애쓰면서 그 얼굴들을 꼼꼼히 조사했다. 평범한 젊은이들의 얼굴. 그들은 모두 열다섯이나 열여섯보다는 나이 들어 보였다. 데릭에게는 바보 같은 구석이 있었다. 화면에 지저분한 장면이 나오는 순간 그는 아둔한 애가 흥분한 것처럼 많이 웃었다. 엘비스는 마르고 날카로운 금발 청년으로 매우 공손했지만 벤만큼 차가운 눈을 가진 고약한 놈이라고 그녀는 생각했다. 빌리는 몸집이 거대하고 어리석었으며 매 동작마다 공격적이었다. 그는 텔레전에 나오는 폭력에 너무 심취한 나머지 펄쩍 뛰어올라 거의 화면 속으로 사라질 것처럼 보였다. 그러면 다른 애들이 그를 놀리고 그는 제정신으로 되돌아와 자리에 앉았다. 그녀는 그가 무서웠다. 그 애들 모두가 무서웠다. 그러나 그들은 모두 그렇게 똑똑하지는 않다고 생각했다. 어쩌면 엘비스는 똑똑할지도……. 만약 그들이 도둑질을 한다면(아니면 더 나쁜 짓도 한다면), 그럼 누가 그 모든 것을 계획하고 뒤를 돌봐주나?

벤? '그 애는 자기 자신의 힘을 모르고 있다.' 이 법칙이 학교에 다니는 내내 그 애에게 적용됐다. 자신을 사로잡을 수 있는 분노를 그 애는 과연 어떻게 조절하는가? 그녀는 항상 은밀하게 상처나 멍이나 찢어진 데는 없는지 조사했다. 모두들 그런 부분이 있지만 심한 것은 전혀 없었다.

어느 날 아침, 그녀는 계단을 내려와 벤이 데릭과 함께 아침을 먹고 있는 것을 발견했다. 그 당시에 그녀는 아무 말도 안 했지만 더 많은 애들이 있다는 것을 알았다. 곧 그녀는 여섯 명이 아침을 먹고 있다는 것을 알아챘다. 지난밤 늦게 그녀는 그들이 위층으로 올라가서 잘 곳을 찾고 있던 소리를 들었다.

그녀는 식탁 가에 서서 용감하게 그들을 쳐다보면서 맞설 준비를 하고 말했다. "너희들이 자고 싶을 때마다 여기서 잘 수 있는 것은 아니다." 그들은 머리를 숙이고 계속 먹어 댔다.

"진담이야." 그녀는 주장했다.

데릭은 뻔뻔스럽게 들리도록 하기 위해 웃으면서 말했다. "오, 미안, 미안, 미안해요. 하지만 우린 당신이 전혀 상관하지 않는다고 생각했죠."

"난 상관해." 그녀가 말했다.

"집이 크잖아요." 그녀가 가장 무서워하는 버릇없는 빌리가 말했다. 그는 그녀를 쳐다보지 않고 대신 음식을 입속에 밀어 넣고 소리 내며 먹었다.

"여긴 너희 집이 아니잖아." 해리엇이 말했다.

"언젠가는 우리가 이 집을 당신에게서 빼앗을 거예요." 커다랗게 웃으면서 엘비스가 말했다.

"오, 아마 그럴 거야. 그래."

그들은 기억날 때마다 모두 이런 '혁명적인' 말들을 했다.

"혁명만 일어나면, 우리는……", "우리는 부자 똥개들을 모두 죽여 버리고 그때는……", "부자를 위한 법칙이 있고 가난한 사람을 위한 법칙이 있지. 모두들 그 사실을 알아." 다른 사람들을 모방할 때, 즉 대중적인 분위기나 사회운동의 일부가 되었을 때, 사람들이 흔히 갖는 충만감을 가지고 그들은 이런 일들을 상냥하게 말했다.

요즈음 데이비드는 직장에서 늦게 돌아왔고 때론 돌아오지 않을 때도 있었다. 그는 직장 동료 한 사람의 집에서 자곤 했다. 어느 날 밤 그가 일찍 도착했을 때 그는 중국 음식 포장

다섯째 아이　　　185

상자와 생선 튀김과 감자를 쌌던 종이들 그리고 맥주 깡통들을 온통 바닥에 흩어 놓은 채 아홉이나 열 정도의 패거리들이 텔레비전을 보고 있는 것을 발견했다.

그는 말했다. "이 쓰레기 치워."

그들은 천천히 일어나 그것을 치웠다. 그는 어른이었다. 이집안의 어른. 벤도 그들과 함께 치웠다.

"됐어." 데이비드가 말했다. "이제 집으로 가. 너희들 모두."

그들은 발을 질질 끌면서 떠났고 벤도 그들과 함께 갔다. 해리엇이나 데이비드 누구도 벤을 가지 못하게 하는 어떤 말도 하지 않았다.

그들은 최근에 단둘이 함께 있은 적이 없었다. 몇 주 동안그녀는 생각했다. 그는 뭔가 말하고 싶어했지만 두려워했다. 자신의 그 위험한 분노를 일깨우는 것이 두려워서?

"당신, 무슨 일이 일어날지 모르겠어?" 그는 냉장고에 있는 것 아무것이나 한 접시를 갖고 와 앉으면서 마침내 물었다.

"그 애들이 여기 더 자주 올 거라는 말이야?"

"그래. 바로 그 말이야. 우리가 이 집을 팔아야 한다는 것을당신은 모르겠어?"

"그래, 그래야겠지." 그녀는 조용히 말했지만 그는 그녀의말투를 오해했다.

"제발, 하느님, 해리엇. 당신은 도대체 무엇을 기다려? 이건미친 짓이야……."

"단 한 가지 내가 생각할 수 있는 점은 애들이 우리가 이집을 지켰을 때 좋아하지 않을까 하는 거야."

"우린 애가 없어, 해리엇. 아니, 나는 애가 없어. 당신은 애가 하나 있지."

그가 집에 더 자주 있었더라면 그렇게는 말하지 않았을 텐데, 하고 그녀는 느꼈다. 그녀는 말했다. "당신이 보지 못하는 것이 있어, 데이비드."

"그래, 그게 뭔데?"

"벤은 떠날 거야. 그들 모두 떠날 거고 벤도 그들을 따라갈 거야."

그는 이 점에 관해 심사숙고했다. 턱을 천천히 움직이며 음식을 먹으면서 그녀에 대해서도 생각했다. 그는 매우 피곤해 보였다. 이전보다 훨씬 늙어 보였고 50대라기보다는 60대로 여겨지기 쉬웠다. 그는 흰머리에다 구부정한 모습이었고 지친 표정과 뭔가 잘못될 것을 예감하는 조심스러운 시선을 갖고 있는 공허한 남자였다. 그는 뭔가 잘못될 것 같은 점을 그녀에게 지적했다.

"왜 떠나겠어? 그들은 원하면 언제든지 여기 올 수 있고 마음대로 음식도 먹고 자기 좋은 대로 할 수 있는데."

"그게 그들을 충족시키기에는 흥분이 부족하기 때문이지. 내 생각에는 그 애들은 언젠가 런던이나 큰 도시로 떠나갈 것 같아. 지난주에도 닷새나 가 있었는걸."

"벤도 그들과 함께 갈까?"

"벤은 함께 갈 거야."

"그러면 당신은 그들을 추적해서 그 애를 데려오지 않을 거지?"

그녀는 대답하지 않았다. 이건 불공평했고 그는 이 사실을 알아야만 한다. 잠시 후 그가 말했다. "미안해. 난 너무 피곤해서 내가 오는지 가는지도 모를 지경이야."

"그 애가 떠나면 우린 아마 어딘가 함께 떠나 휴가를 가질 수 있을 거야."

"그래, 아마도 그럴 수 있겠지." 이 말은 그가 이런 사실을 희망하고 믿기까지 하는 것처럼 들렸다.

후에 그들은 서로 닿지 않게 나란히 누웠다. 학교로 제인을 보러 가는 계획 같은 실질적인 이야기를 했다. 그리고 폴을 만나러 부모 방문일에 학교로 갈 것이었다.

그들은 벤을 제외한 모든 아이들이 태어난 커다란 방에 둘만 있었다. 그들 위로는 위층과 다락방의 공허함이 있었고 아래쪽으로는 빈 거실과 부엌이 있었다. 그들은 출입문을 잠갔다. 그날 밤 만약 벤이 집에 들어오려 한다면 그는 벨을 울려야만 할 것이다.

그녀는 말했다. "벤이 떠나면 우리는 이 집을 팔아서 어딘가에 괜찮은 집을 살 수 있을 거야. 그 애가 거기 없으면 아마도 다른 아이들이 우리를 방문하러 즐겨 오겠지."

대답이 없었다. 데이비드는 잠이 들어 있었다.

그 일이 있고 난 직후 벤과 다른 애들은 다시 한번 며칠 동안 사라졌다. 그녀는 그들을 텔레비전에서 보았다. 런던 북부에서 폭동이 일어났다. '분쟁'이 예고되었다. 그들은 벽돌이나 쇠뭉치나 돌을 던지는 무리 중에 있지는 않았고 한쪽 가에 서서 노려보고 야유하면서 격려의 고함을 치는 무리 중에 서 있었다.

다음 날 그들은 돌아왔지만 텔레비전 앞에 오래 있지는 않았다. 그들은 안절부절못하다가 다시 떠나 버렸다. 다음 날 뉴스에 의하면 우체국 업무도 함께 보고 있는 작은 상점이 털렸다고 했다. 400파운드가량의 돈이 털렸다. 가게 주인은 묶이고 재갈이 물렸다. 여점원은 두들겨 맞아 의식을 잃은 상태였다.

그날 저녁 7시경에 그들은 돌아왔다. 벤만 제외하고 모두들 흥분과 성취감에 가득 차 있었다. 그들은 그녀를 보자 그녀는 공유하지 못하는 비밀을 즐기기라도 하듯이 서로 눈길을 주고받았다. 그녀는 그들이 지폐 뭉치를 꺼내서 손으로 세고 다시 주머니에 집어넣는 것을 보았다. 만약 그녀가 경찰이었다면 그들의 흥분되고 들뜬 얼굴을 보고 의심할 수 있었을 것이다.

벤은 다른 애들처럼 들떠 있지 않았다. 그 애는 예전과 같은 모습이었다. 그 일이 무엇이든지 간에 그 애는 일역을 담당하지 않았다고 생각할 수 있을 정도였다. 그러나 그 애는 폭동 장소에 있었고 그녀는 그 애를 보았었다.

그녀는 이렇게 시도해 보았다. "나는 너희들을 텔레비전에서 많이 봤어. 너희들 화이트스톤 이스테이츠에 있었지."

"그래요, 우린 거기 있었어요." 빌리가 자랑을 했다.

"그게 우리 맞아요." 데릭이 엄지를 들어 올려 맞다는 표시를 하면서 말했다. 엘비스는 날카롭고 뭔가를 아는 듯이 보였다. 정규 멤버는 아니면서 간혹 그들과 함께 다니는 몇몇 애들이 함께 있었는데 그들도 즐거운 표정이었다.

며칠 후 그녀는 이렇게 통고했다. "내 생각에 너희들도 반드시 알아야 될 것 같아. 이 집을 팔려고 해. 당장은 아니지만 얼마 후에."

그녀는 특히 벤을 지켜보았지만 그는 그녀에게서 눈을 돌렸고, 그녀는 그가 그 뉴스를 받아들이는 것으로 가정했다. 벤은 아무 말도 하지 않았다.

"그래, 이 집을 파실 거라구요? 그런 다음에는요?" 데릭이 말했고 그녀는 그저 예의상 그렇게 말한 것으로 느꼈다.

그녀는 벤이 여기에 대해 언급할 때까지 기다렸지만 그는 아무 말도 하지 않았다. 자신의 갱단과 자신을 너무나 일치시켜서 이제 그는 이 집을 자기 집이라고도 생각하지 않는다는 말인가?

다른 애들이 듣지 못하는 곳에서 그녀는 벤에게 말했다. "벤, 무슨 이유에서건 간에 네가 나를 여기서 만날 수 없을 때를 대비해서 나를 항상 찾을 수 있는 주소를 너한테 줄게." 그녀는 데이비드가 자기 말에 찬성하지 않으면서 냉소적으로 쳐다보는 것을 느꼈다. '좋아.' 그녀는 보이지 않는 데이비드를 향해 마음속으로 말했다. '만약 내가 그러지 않으면 당신이 똑같은 일을 할 거라구……. 우린 그런 사람들이기 때문에 좋든 싫든 우리가 달리 할 수 있는 일은 없다구.'

벤은 그녀가 준 종이를 받았다. 그녀는 해리엇 로바트란 이름을 쓰고 몰리와 프레더릭 버크 씨 댁, 그리고 그들의 옥스퍼드 집 주소를 썼으며 이 일은 그녀에게 약간의 앙갚음하는 기뿜을 주었다. 그러나 그녀는 벤의 방 바닥에서 그 종이가 잊힌 채 아니면 무시된 채 놓여 있는 것을 보고서, 다시 주소를 주려 하지 않았다.

봄이 가고 여름이 왔다. 그들은 점차 뜸하게 왔고 때론 며칠씩 오지 않았다. 데릭이 오토바이를 샀다.

이제 어디서인가 도난이나 강도 그리고 강간 소식을 들을 때마다 그녀는 그들 짓으로 여겼다. 그러나 자신이 불공평하다고도 생각했다. 그들에게 모든 일에 대해 다 책임을 돌릴 수는 없지 않은가! 그러면서도 그녀는 그들이 떠나기를 간절히 바랐다. 그녀는 새로운 인생을 시작할 필요성을 절감했다. 그녀는 이 불행한 집과 그것과 관련된 모든 생각을 끝장내고 싶었다.

하지만 그들은 때때로 돌아왔다. 마치 그들이 그렇게 오랫동안 떠나 있지 않았던 것처럼 어디에 있다 왔는지 한마디도 하지 않고 거실로 유유히 들어와 텔레비전 주위에 네다섯 명, 아니 때로는 열이나 열한 명 정도가 둘러앉았다. 그들은 이제 냉장고를 해치우는 일은 없었다. 요즈음 그 안에는 음식이 거의 없었기 때문이다. 그들은 십여 개국에서 만들어진 다양한 종류의 음식을 엄청난 양으로 사 가지고 왔다. 피자와 키쉬, 중국 음식, 인도 음식, 샐러드를 채운 빵, 타코와 토티야와 사모사와 칠리 콘 카르네, 파이와 고기 파이, 샌드위치. 이것들이 편협한 의미에서 전통적인 영국 음식이지, 안 그래? 그들 부모가 아는 음식 외에 다른 것은 먹지 않게 되어 있다! 그들은 무엇을 먹든지 양만 많다면 그리고 부스러기나 껍질 또는 포장지를 마음대로 흩어 놓고 치울 필요가 없는 한 상관치 않는 것 같았다.

그녀는 그들 뒤를 따라다니면서 치웠다. 그리고 '이 짓도 얼마 안 남았다.'라고 생각했다.

그들이 나지막한 벽 너머 반대쪽에서 뒹굴고 있을 때 그녀는 커다란 식탁에 혼자 앉아 있곤 했다. 텔레비전 소리가 그들의 크고 시끄럽고 악쓰는 목소리에 역류했다. 이질적이고 알수 없고 호전적인 족속의 목소리.

식탁의 넓이가 그녀에게 위안을 주었다. 맨 처음 정육점에서 버린 판매대를 샀을 때 그것의 표면은 거칠고 금이 많이간 상태였다. 그러나 이제 편편하게 깎여서 나무의 새로운 층이 크림색으로 하얗고 깨끗하게 드러났다. 그녀와 데이비드는 왁스칠을 했었다. 그 이후로 수많은 손과 손가락, 소매들, 여름날 벗은 팔들, 어른의 무릎에 앉아 있다가 엎드려 잠든 아이들의 뺨들, 모두들 박수 치는 가운데 그 위에서 붙잡아 주면 걸음마를 시작하던 아기들의 통통한 발들. 이 모든 것들, 20년 세월이 어루만지고 매끈하게 만져 주어서 이 넓은 식탁은—그것은 오래전 거대한 참나무에서 한 덩이로 잘라 낸것으로—빛나는 비단결 표면을 갖게 되었다. 손가락이 미끄러질 정도로 너무나 매끈한. 이 표피 아래로 나무의 소용돌이무늬와 옹이가 깔려 있고 그녀는 그것을 은밀하게 알고 있었다. 하지만 표피에 상처가 나 있었다. 도러시가 너무 뜨거운 프라이팬을 놓았다가 화가 나서 들어 올릴 때 생긴 갈색 반원자국이 있고, 구부러진 검은색의 자국이 있는데 이것은 무엇 때문이었는지 해리엇은 기억할 수 없었다. 식탁을 특정한 각도에서 쳐다보면 접시의 열기로부터 이 소중한 표면을 보호하기 위해 삼발이를 놓았던 데가 작게 패인 자국이나 흠집으로 남아 있었다.

앞으로 몸을 기울이자 그녀는 자신의 모습을 희미한 빛 속에서 볼 수 있었다. 천천히 그러나 충분히 몸을 다시 뒤로 세워서 자신을 보이지 않게 했다. 그녀는 데이비드 같아 보였다. 늙은. 아무도 그녀가 마흔다섯이라고 하지 않을 것이었다. 그러나 이건 그냥 흰머리에 지친 피부와 같이 정상적으로 나이 들어 가는 모습이 아니었다. 보이지 않는 실체가 그녀로부터 스며 나왔다. 모든 사람들이 당연하게 여기는 어떤 기름층 같은 것 그러나 물체는 아닌 어떤 요소가 그녀로부터 빠져나왔다.

몸을 뒤로 기울여 희미한 자신의 모습을 볼 수 없게 되자 그녀는 이 식탁이 한때는 축제와 즐거움을 위해 또한 가족의 생활을 위해 어떻게 꾸며졌던가를 상상했다. 그녀는 20년, 15년, 12년, 10년 전의 장면들, 로바트 식탁의 단계들을 재창조했다. 먼저 데이비드와 자신을, 그의 부모들과 도러시와 자신의 언니들과 함께 있는 용맹한 젊은이로서의 모습을…… 그리고 아기들이 태어나고 어린아이들이 되고…… 새 아기들…… 스무 명의 사람들, 서른 명이 이 빛나는 표면 주위에 몰려 앉고 그 표면에 반사되었고 그들은 양쪽 끝에 다른 책상을 덧대고 가대 위에 널판을 대어 넓히고……. 그녀는 식탁이 길어지고 넓어지고 얼굴들의 무리가 그 주위에 몰려 있는 것을 보았다. 항상 웃는 얼굴들. 이 꿈은 비판이나 불화를 수용할 수 없기 때문이었다. 그리고 아기들…… 어린애들…… 그녀는 어린아이들의 웃음소리와 그들의 목소리를 들었다. 그러고 나서는 식탁의 넓은 광택이 어두워지는 듯이 보였고 거기에는 이방인이자 파괴자인 벤이 있었다. 그녀는 그가 갖고 있다고 확신하는 감각들을 그 안에서 일깨우기를 두려워하며 조심스레 머리를 돌렸고 의자에 앉아 있는 그를 보았다. 그리고 언제나 그랬듯이 그의 눈은 상대방의 얼굴을 관찰하고 있었다. 차가운 눈? 그녀는 그 눈이 항상 차갑다고 생각했다. 하지만 그것들은 무엇을 보았는가? 사려 깊은 눈? 사람들은 그가 생각하고 있다고, 그가 보는 것으로부터 데이터를 취해서 정리하고 있다고 믿을 수 있다. 그러나 그녀도 또는 어느 누구도 짐작할 수 없는 어떤 내적인 양식에 따라서였다. 미숙하고 덜떨어진 청년들에 비하면 그는 원숙한 존재였다. 완성된. 완전한. 그녀는 그를 통하여 인간성(그것이 무엇을 의미하든 간에)이 무대를 차지하기 수천만 년 전에 정점에 도달했던 종족을 바라보고 있다고 느꼈다. 벤의 종족은 위쪽 땅 위에서는 빙하 시대가 진행되는 동안 땅속 동굴 속에 살면서 어두운 심연의 강물로부터 생선을 잡아 먹거나 냉혹한 눈 위로 몰래 나가 곰이나 새를 잡았을까? 아니 사람들, 자신의(해리엇의) 조상들마저도 잡았을까? 그의 종족이 인간 조상의 여인들을 강간했을까? 그리하여 새로운 종족을 만들었고 그 종족은 번성하다가 사라졌는데 어쩌다 그들의 씨가 여기저기 인간의 모체에 남겨졌다가 벤처럼 다시 나타나는 것일까? (그리고 아마도 벤의 유전자가 태어나려고 애를 쓰고 있는 어떤 태아에 이미 있는 것은 아닐까?)

그는 자신을 보는 그녀의 눈길을 인간이 느끼듯이 느끼고 있을까? 그녀가 그를 쳐다볼 때 간혹 그는 그녀를 쳐다보았다. 자주는 아니지만 그의 눈이 그녀의 눈과 마주칠 때가 있었다. 그녀는 자신의 눈길에다 이런 사고를, 이런 의문을, 자신의 필요를, 그에 대해 더 알고자 하는 자신의 열정을 집어넣었다. 그가 자신을 거의 죽게 했지만 어쨌든 그녀는 그를 8개월이나 배 속에 넣고 있다가 출산했다. 그러나 그는 그녀가 묻고 있는 이런 질문들을 느끼지 못했다. 무심하게, 아무렇지도 않게, 그는 다시 눈길을 돌렸고 그의 눈은 자신의 동료들과 추종자들의 얼굴로 돌아갔다.

그리고 무엇을 보았나?

그녀가—자신의 어머니가, 하지만 그게 그에게 무슨 의미일까?—그를 그 장소에서 발견하여 집으로 데려온 것을 그는 기억이나 할까? 구속복에 묶여 반쯤 죽어 있던 불쌍한 상태의 그를 발견한 사실을 기억할까? 그녀가 그를 집으로 데려왔기 때문에 이 집은 비게 되고 모든 사람들이 그녀를 홀로 남겨 놓고 다 떠났다는 사실을 그는 알고 있을까?

두루두루 둘러봐. 만약 내가 그를 죽게 내버려두었다면 그럼 우리 모두가, 너무나 많은 사람들이 행복할 수 있었는데. 하지만 난 그럴 수 없었고, 그래서…….

그럼 이제 벤에게는 무슨 일이 일어날까? 그는 이미 반쯤 버려진 건물들과 동굴들과 굴 속, 그리고 보통 가정이나 집에서 자기 자리를 찾을 수 없는 사람들이 사는 대도시의 피난처에 대해 알고 있었다. 그랬음이 분명하다. 아니면 그가 집에서 나가 며칠이나 몇 주 동안 어디 다른 곳에 있을 수 있겠나? 만약 그가 폭동이나 싸움에서 흥분거리를 찾는 무리의 일부가 되어 군중 속에 자주 끼게 되면 곧 그와 그의 친구들은 경찰에 알려질 것이다. 그는 남들이 쉽게 지나칠 수 있는 모습은 아니다……. 하지만 왜 그녀는 그런 말을 하는가? 벤이 태어난 이후 권위를 가진 모든 사람들이 벤을 제대로 보지 않았다……. 그녀가 텔레비전의 군중 속에서 그를 보았을 때 그는 칼라를 세운 윗도리를 입고 스카프를 하고 있었고, 마치 데릭의 동생처럼 보였다. 그는 건장한 학생 같아 보였다. 그는 변장하려고 이런 옷을 입었던 것일까? 그 말은 그가 자신이 어떻게 보이는지를 안다는 말인가? 그는 자신을 어떻게 보는 것일까? 사람들은 항상 그를 제대로 보는 일을, 그의 본질을 인식하는 일을 거부할 것인가?

그렇다면 책임을 지려 할 사람은 권위 있는 누구는 아닐 것이다. 선생도, 의사도, 전문가 어느 누구도 '이것이 그의 본질이다'라고 말할 수 없었다. 어떤 경찰도, 경찰 전문의도, 사회 복지가도 그럴 수 없을 것이다. 하지만 어느 날 인간 조건에 대해 연구하는 어떤 아마추어가, 아마도 비정상적인 종자를 연구하는 인류학자가 실제로 친구들하고 길에 서 있는 또는 경찰 구치소에 있는 벤을 보고서 진실을 인정했다고 하자. 그의 호기심은 인정한다…… 그다음은? 벤은 과학을 위해서 희생당할 수 있을까? 그들은 그에게 무슨 짓을 할 것인가? 조각으로 잘라 볼 것인가? 그의 곤봉 같은 뼈를, 그 눈을 검사해 보고 왜 그의 말투가 그렇게 거칠고 어색한지를 발견할까?

만약 이런 일이 일어나지 않는다면——그리고 이제까지 그 와 보낸 그녀의 경험에 의하면 그런 일은 일어나지 않을 것이 다.——그렇다면 벤에게는 그녀의 예상보다 더 나쁜 일이 일어 날 것이다. 그 갱단은 여전히 도둑질로 먹고살 것이고 언젠가 는 잡힐 것이다. 벤도 잡힐 것이다. 경찰에 잡히면 그는 분노를 제어할 수 없어서 싸우고 고함치고 발길질하고 괴성을 지를 것이다. 그들은 어쩔 수 없이 그를 약으로 마취시킬 것이며 머 지않아 죽어 가던 그를 그녀가 발견했을 때의 모습처럼 수의 를 입고 창백하게 축 늘어진 거대한 굼벵이 같은 상태가 될 것 이다.

아니면 어쩌면 그는 체포당하는 일을 피할 수 있을까? 그는 그 정도로 교활할까? 그의 친구들 갱단은 확실히 그렇지 못해 서 흥분하고 우쭐거릴 때 잡힐 것이 분명했다.

그들의 목소리와 텔레비전 소리가 옆방에서 들리고 있었고 해리엇은 그곳에 조용히 앉아 있었다. 그녀는 때로 벤을 재빨 리 쳐다보고선 눈길을 돌렸다. 그리고 돌아올 기약 없이 그들 이 모두 다 얼마 있지 않아 떠나 버리지 않을까 궁금했다. 그 녀는 식탁의 고요하고 부드러운 광채 옆에 앉아 그들이 돌아 오기를 기다릴 것이지만 그들은 돌아오지 않을 것이다.

그럼 왜 그들은 이 나라에 머물까? 그들은 쉽게 이곳을 떠 나 이 세상의 대도시 아무 데나 휩쓸려 그곳의 지하세계에 합 류하여 그들의 머리로 살아갈 수 있을 것이다. 아마도 얼마 지나지 않아 그녀는 데이비드와 (단둘이) 새 집에서 살 것이며 거기서 텔레비전을 통해 베를린과 마드리드, 로스엔젤레스와 부에노스아이레스의 뉴스를 볼 것이다. 거기서 군중으로부터 약간 떨어져서 그 도깨비 같은 눈으로 카메라를 응시하거나 군중 속에서 자기와 같은 종족에 속하는 또 다른 얼굴을 찾고 있는 벤의 모습을 볼 것이다.

도리스 레싱의 생애와 작품 세계

도리스 메이 테일러 레싱은 1919년 지금의 이란 땅인 페르시아의 케르만샤에서 영국인 부모 아래 태어났다. 제1차 세계 대전 상이용사이던 아버지 앨프리드 테일러는 간호사였던 에밀리 모드 맥비그와 결혼한 뒤 전후 영국의 답답한 상황을 탈피하기 위해 로디지아(현재의 짐바브웨)로 이민을 떠난다. 다섯 살 난 도리스와 식구들은 솔즈베리(현재의 하라레, 짐바브웨의 수도)에서 약 100마일 떨어진 농장으로 이주한다. 변경에 자리 잡은 그 농장은 부모에게는 적잖은 고통을 주었지만 어린 도리스는 황량한 아프리카의 초지에서 일종의 해방감을 맛보게 된다. 당시의 해방감은, 여성에게 주어진 역할로부터 자유로웠던 어린 시절에 맛볼 수 있었던 것으로, 평생 동안 그녀의 사고에 독립성을 부여한다. 그리고 그녀의 소설이 대부분 사실주의적이지만 그 표면 아래 항상 깔려 있는 환상적 요소는 황야에서 보낸 어린 시절의 영향으로 보인다. 또한 그녀는 변경에 살면서 주류에서 벗어난 자신의 위치를 인식하게 된다. 그녀는 평생 동안 어떤 집단이나 그룹에 동조하기를 거부하면서 관찰자로서의 위치를 유지한다. 역설적이긴 하지만 이런 변경적 지위가 그녀를 현대 영국 문학계에서 가장 중심이 되는 작가로 만들어 주었다.

레싱은 어려서부터 책 읽기를 좋아했지만 엄격한 학교 교육은 싫어했다. 열네 살 되던 해에 학교를 그만둔 그녀는 간호 보조원, 타이피스트, 전화 교환원 등으로 솔즈베리에서 일한다. 1939년 그녀는 공무원이던 프랭크 위즈덤을 만나 결혼하여 두 아이를 출산한다. 그러나 1943년 그녀는 안락한 가정주부의 생활이 자신과 맞지 않다고 느끼며 이혼하고 지방 신문에 단편과 시들을 발표하기 시작한다. 그동안 그녀는 공산주의 운동에 참여했는데 이때 만난 독일 피난민인 고트프리트 안톤 레싱과 1945년 결혼한다. 그러나 1949년 남편과 헤어진 뒤 그녀는 두 번째 결혼에서 낳은 아들 피터를 데리고 런던으로 향하며 이때 첫 소설인 『풀잎은 노래한다』의 원고를 함께 가져간다.

첫 소설 『풀잎은 노래한다』는 T. S. 엘리어트의 시 「황무지」의 한 구절에서 따온 제목에서도 짐작할 수 있듯이 메마른 불모지의 열기 속에서 쇠진해 가는 가난한 백인 농장주의 아내 메리의 분열 과정을 그리고 있다. 흑인 하인에게 살해당하는 백인 여주인 이야기는 얼핏 보면 살인을 다룬 통속소설 같지만, 이 첫 작품은 그녀의 작품 세계 전반에 보이는 주제들을 이미 모두 내포하고 있다. 즉 개인과 집단(결혼, 교육 제도, 공산당이나 스포츠 클럽같이 우리가 일원으로 참여하는 단체를 모두 포함한다.), 흑인과 백인, 남자와 여자, 이주민과 땅, 역할과 정체성 사이의 관계는 그 뒤 그녀가 지속적으로 다루는 내용이다.

이러한 주제들은 그 후 20년간 그녀가 5부작으로 발표하는 『폭력의 아이들』의 기초가 된다. 『폭력의 아이들』은 여주인공 마사 퀘스트가 로디지아에서 보낸 어린 시절부터 전후 영국을 거쳐 서기 2000년 미래의 묵시록적 종말까지를 추적하는 성장 소설(Bildungsroman)이다. 퀘스트(quest, 추구)란 이름이 암시하듯이 마사가 평생 동안 추구하는 문제는 무엇이 한 개인을 구성하는가, 정체성이란 무엇인가, 정체성과 집단의 올바른 관계란 무엇인가 같은 것이다.

『폭력의 아이들』 1, 2부가 출판되었을 때 비평가들로부터 찬사를 받았지만 소설가로서 레싱의 명성을 세계적으로 확고하게 해 준 작품은 『황금 노트북』이다. 이 소설은 이혼한 작가 애나 울프에 대한 이야기로, 그녀가 자신의 삶을 분류하기 위해 기록하는 검정, 빨강, 노랑, 파랑 4권의 노트북과 황금빛 노트북의 내용이 이야기 사이사이에 함께 끼어드는 구조이다. 다양한 색깔의 노트북들은 애나의 삶과 의식의 분열을 상징적으로 드러내 준다. 동시에 애나가 시도하는 글쓰기는 수많은 역할 갈등과 혼돈 속에서 삶에 의미를 부여하고 이성을 지탱하려는 하나의 버팀목이다. 검은 노트는 애나의 아프리카 경험을 다루고 있고, 붉은 노트는 그녀의 공산주의자로서의 이야기를 그리고, 노란 노트는 또 다른 소설인 '엘라'를 투시해 본 자전적 이야기로 구성되어 있다. 푸른색 노트는 그녀의 정신분석 경험에 관해 숙고하면서 쓴 일기이다. 이런 외피 이야기를 내부에서 사고하고 교란하는 시각을 황금빛 노트가 담고 있다. 즉, 이 소설의 안쪽은 바깥쪽이 되며 그러므로 이 소설의 진짜 힘은 '그릇된 읽기'를 하도록 개방되어 있다는 점이다. 레싱은 이 소설의 주된 목적이 스스로 해설하고 침묵으로 표현하며 구성 방식으로 설명하는 책을 쓰는 것이라고 서문에서 쓰고 있다. 이 소설은 사고의 광활함, 형식상의 정교함, 다양한 관심사, 역사적 정확성, 주인공들의 지적 능력 등으로 아직까지도 그녀의 가장 위대한 작품으로 여겨진다. 또한 인생을 보는 여성의 시각이 남성의 시각과 마찬가지로 정당성을 지니고 있다는 점을 보여 주고 있다.

이 소설을 페미니스트 입장에서 해석하는 것이 보편적이지만 레싱과 여성해방운동의 관계는 모호하다. 사실 『황금 노트북』은 1950년대 여성의 상황을 가장 정확하게 분석하고 있으며 레싱은 여성의 권리를 분명히 옹호하고 있다. 하지만 『황금빛 노트북』이 양성 사이의 전쟁에 관한 것으로 읽힐 때 레싱은 분노하며 또한 여성해방운동을 너무 국지적이라 보면서 무조건적으로 지지하기를 거부한다. 계급 간의 차별이나 인종 차별에 대해 의식하면서, 그리고 그녀답게 변경적 위치를 유지하면서, 그녀는 여성 문제를 모든 억압받는 집단의 해방이란 차원에서 보려 한다.

후기 소설 『지옥으로의 하강에 대한 브리핑』과 『한 생존자의 회고담』, 『아르고스의 카노프스』 등은 '내면적 공상 소설(inner space fiction)'의 차원으로 들어가서 정신 분열과 사회적 붕괴를 다루고 있다. 특히 5부작인 『아르고스의 카노프스』는 전통적 리얼리즘과 완전한 결별을 고하면서 허구적 우주에서 일어나는 서사적, 신화적 사건을 묘사하고 있다. 식민지 유성 쉬카스타의 안녕을 생각하는 관대한 식민지 지배자 카노피아 족을 그리면서 레싱은 인간의 진화는 운명에 의해서가 아니라 인간보다 더 우월한 어떤 식민지배자에 의해 구상된 계획이라고 보고 있다. 그녀는 구약 성경, 다윈의 진화론, 인간의 역사를 다시 쓰는 방대한 작업을 통해 자연, 문명, 역사, 운명 등의 관계를 고찰하고 있다.

1980년대 들어 레싱은 다시 그녀의 특기인 면밀한 관찰과 분석에 바탕을 둔 소설들(『제인 소머스의 일기』, 『선한 테러리스트』, 『다섯째 아이』)을 발표한다. 『다섯째 아이』가 1988년 출판되고 난 뒤, 한 인터뷰에서 레싱은 이 소설을 착안하게 된 사건 두 가지를 밝혔다. 하나는 빙하시대의 유전자가 우리에게도 내려온다는 한 인류학자의 글이었고, 다른 하나는 한 어머니가 잡지에 기고한 글에서 정상적인 세 아이를 낳은 뒤 태어난 네 번째 딸 때문에 다른 아이들을 망쳤다고 하소연하는 것을 읽은 일이다. 레싱은 이 두 가지 글이 자연스럽게 합쳐져서 『다섯째 아이』의 줄거리가 되었음을 말하면서 늘상 그러하듯이 소설을 1980년대 영국의 상황에 대한 정치적 비유 또는 우화로 읽지 말도록 당부한다.

레싱의 이전 작품 중에는 육체적, 정신적 진화를 다룬 소설들이 있으며 그 악몽 속에는 퇴화된 아이들도 포함되어 있다. 그러나 이전의 공상 과학 소설과는 다르게 이 소설은 표면적으로는 사실적 형태를 유지하고 있으므로 그 섬뜩한 효과가 일반 독자에게 훨씬 더 직접적으로 와닿는다.

아주 정상적인 두 남녀가 만나 사랑을 하고 가정을 꾸민다. 그들은 주위 가족들이 놀리듯이 오늘날에는 보기 드문 경우이다. 문란한 혼전 성관계, 이혼, 또는 혼외 정사라든가 산아 제한, 마약 같은 것들을 거부하며 그들은 전통적인 의미에서 행복한 가정을 건설해 나간다. 그런 행복한 가정의 요소는 아이들이 마음껏 뛰놀 수 있고 또 뿔뿔이 흩어진 핵가족들이 한데 모일 수 있는 빅토리아식 큰 집을 포함하지만 무엇보다도 아이를 낳고 사랑하는 모성애, 가족을 위해 열심히 일하는 가장으로서의 책임감, 또한 자식들이 필요로 할 때 기꺼이 도움을 주는 부모로서의 의무 등이 포함된다. 그러나 우리가 가지고 있는 이러한 가치관이 이 시대에는 얼마나 허상인지를 레싱은 『다섯째 아이』에서 그대로 보여 준다.

비정상적인 한 아이가 태어나자 정상적인 가정과 그 가정의 기초가 되었던 모든 이상들은 완전히 붕괴되어 버린다. 이 아이의 이름을 해리엇은 즉흥적으로 벤이라고 정하는데, 히브리어로 아들 그리고 라틴어로 좋다는 의미를 연상시키는 이 단어는 구약 성경에 나오는 일화를 연상시킨다. 아이를 갖지 못하던 라헬이 난산 끝에 아들을 낳지만 결국 숨을 거두면서 그 애를 히브리어로 슬픔의 아들이란 의미의 '벤오니'라고 부른다. 그러나 남편 야곱은 아이 이름을 오른팔 같은 아이라는 의미인 '벤야민'으로 바꾼다. 즉, 벤은 아버지가 든든하게 기대고 싶고 가장 큰 기대를 갖는 아들 이름이면서 동시에 어머니에게는 죽음이란 가장 큰 슬픔을 안겨 준 존재를 의미한다. 이름의 의미를 생각하면 소설 속 벤의 존재가 주는 이중적 아이러니는 더욱 신랄하게 다가온다. 벤은 부모가 꿈꾸던 든든한 아들이 아니라 가족의 화합을 파괴하며, 모든 식구들에게 (아마도 해리엇에게도) 증오와 공포의 대상이 된다. 가족들을 위해 벤을 포기해야 한다는 선택 앞에서 해리엇은 모성애란 전통적 가치관을 택한다. 아무리 괴물 같은 아이라도 자신의 자식을 비인간적인 요양소에서 죽게 만들 수 없다는 해리엇의 선택은 당연해 보인다. 그러나 해리엇은 가족들이 가정파탄의 원인 제공자로 죄의식을 느끼도록 자신을 강요한다고 생각하며 결국 남편과 자식으로부터 고립되고 만다.

  벤을 포기하지 않았던 해리엇의 선택이 잘못된 것인가? 다른 가족을 위해 벤을 포기해야 한다는 데이비드의 생각이 잘못된 것인가? 그러나 이 소설은 기형아를 낳았을 때 부모가 어떤 선택을 해야 하는가 같은 윤리적 딜레마에 초점을 맞추지 않는다. 사실 벤이란 인물이 해리엇 가족의 붕괴를 가져오는 하나의 장치라고 간단히 보기에는 소설 후반부에서 그의 존재는 점차 커지면서 우리에게 많은 생각거리를 제공한다. 소설의 전반부는 지루하리만큼 자세히 데이비드와 해리엇이 함께 꿈꾸던 가정을 만들어 가는 과정을 보여 준다. 두 사람의 처음 만남을 묘사하는 지나치게 길고 꼬인 문장들이 암시하듯 레싱은 자신들의 이상에 대해 지나치게 확신에 차 있는 두 젊은이들에게 거리감을 두고 있다. 1960년대의 혼돈스러운 가치관을 배경으로 데이비드와 해리엇의 행동은 칭찬받아 마땅해 보이지만, 사랑과 결혼이란 전통적 가치관을 신봉하는 두 사람의 고집 역시 사회제도나 집단의 가치관을 맹목적으로 따르는 사람들의 망상과 유사한 것이다. 이런 집단적 가치관을 공유하는 인물들은, 특히 남편 데이비드조차도, 소설이 진행되면서 배경으로 사라지고 작품의 후반부는 해리엇과 벤에게 집중된다.

벤과 해리엇은 각기 다른 이유에서 고립된 인간이다. 벤을 지켜보면서 해리엇은 어떻게 그 애와 소통해야 하는지, 과연 그 애가 어떻게 느끼는지 궁금해한다. 무엇 때문에 벤 같은 아이가 태어났을까? 데이비드는 그의 통제 밖에 있는 나쁜 유전자가 불행히도 지금 나타났다는 이성적인 해답을 택한다. 해리엇은 자신들이 더 나은 삶을 살고자 노력한 것에 대해 신이 내린 형벌일까, 아니면 태고로 거슬러 올라가는 우주적 진화의 소산일까 반문한다. 그러나 레싱은 벤의 출생에 대한 해답을 시도하지 않는다. 오히려 낯설고 이질적인 존재로 인해 인간 사회가 느끼는 당혹감의 원인을 파고들면서 인간성 자체를 분석하려는 듯이 보인다. 이는 레싱이 휴머니즘이나 인간성에 대한 맹신을 가장 기만적인 이데올로기적 행위라고 비판하는 점과 같이 간다. 『네 개의 문이 있는 도시』에서 인간을 결국 끔찍한 결함이 있는 육체 속에 갇혀 고립된 채 자신의 필요와 욕구라는 그물에 엉켜서 다른 것을 생각하는 것이 불가능한 존재라고 정의하는 마사 퀘스트의 말이 이를 대변

한다. 마사는 어떤 구절들이 그녀에게 불쾌감을 주는데 이런 자신의 조건 반사들이 바로 "타인의 생각에 대한 공포, 타인과 다를까 하여 느끼는 공포, 고립에 대한 공포, 우리가 속해 있는 집단에 대한 공포, 그 집단 중 우리 그룹에 대한 공포"에 의해 비롯됨을 발견한다. 즉, 인간은 스스로 철저히 동질화하려고 노력하며, 가정이나 학교나 병원이나 모든 사회 제도들은 아이들을 결국 어른들과 같은 집단으로 만드는 동질화 과정이다. 그러나 그런 제도의 무용성을 레싱은 벤의 의사나 교사를 통해 보여 준다. 아무도 벤이 우리와 다른 존재이고 어떤 문제가 있음을 인정하려 하지 않으면서, 벤은 그저 '열심히 노력하나 약간 똑똑하지 않은 아이, 엄마에게 약간 문제가 있는 아이'라는 공식적인 반응을 보인다. 벤에게 가장 효과적인 동질화 교육은 역설적이게도 요양원에 대한 공포의 기억을 되살리는 해리엇의 방법이다.

　문제는 우리가 인간성에 대한 이러한 냉철한 분석을 이해하면서도 우리와 너무나 다른 벤을 동정적으로 받아들일 수 없다는 점이다. 벤의 기괴함이 우리에게 너무나 충격적이기 때문에 우리는 데이비드나 다른 아이들처럼 해리엇의 선택을 비판적으로 보려는 자신을 발견한다. 또한 벤을 포기하지 않는 해리엇을 보면서 우리는 여성에게 주어진 모성이란 특징에 대해 부정적인 시각을 갖게 되지만 동시에 해리엇이 큰 집에서 이전처럼 어머니와 아내로서 행복한 가정생활을 계속하기 바라는 것을 발견하고 당혹감을 느끼게 된다. 이런 당혹감은 소설이 뚜렷한 결말 없이 끝나기 때문에 마지막까지 지속

된다. 해리엇은 집을 팔고 데이비드와 함께 소시민의 삶을 살기로 결정한다. 집을 포기한다는 것은 벤 일당의 아지트를 없애는 것인데 해리엇은 막연히 벤이 어느 대도시의 지하세계에서 살아남을 것이라고 생각한다. 사랑, 결혼, 가족, 모성애 등 완전하다고 생각했던 가치들은 이제 무의미해지고, 두 중년 부부는 자신들의 의도와는 다른 삶을 살아가며, 인간으로 양육하려고 애쓰던 그들의 아이는 괴이한 모습으로 세상 속으로 나간다. 소설을 끝내면서 우리는 벤이 앞으로 무슨 일을 저질러 대도시를 공포로 몰아넣을 것이라고 생각하기 쉽다. 그러나 레싱은 2000년 발표한 후속작 『세상 속의 벤』에서 집을 떠난 벤이 그의 힘과 모자란 지능 때문에 어떻게 인간들에게 착취를 당하는지 보여 주고 있다. 프랑스로, 브라질로, 안데스 산맥으로 끌려 다니며 원치 않는 여행을 하는 벤의 유일한 희망이 있다면 자신과 같은 종족을 찾는 것이다. 우리가 원하든 아니든 레싱의 시각은 집단으로부터 고립된 존재 쪽으로 향하고 있다.

레싱의 방대한 작품 세계를 요약하는 일은 거의 불가능하다. 그녀의 서술 기법이나 소설 형태는 사회주의적 사실주의, 성장 소설, 모더니스트적 수법부터 우화, 설화, 로망스, 공상 과학 소설 등을 망라한다. 또한 그녀의 관심사는 수피즘 (Sufism) 같은 신비주의뿐만 아니라 정신분석학, 마르크시즘, 실존주의, 사회생물학 등과 같은 20세기의 주요한 지적 문제들을 모두 포함한다. 이러한 다양한 소설을 통해 결론적으로 레싱이 전념하는 한 가지 문제를 요약하라면 그것은 역시 글쓰기라는 행위 자체라고 할 수 있다. 그녀는 결혼 생활을 포기한 이유가 글쓰기를 위해서라고 말할 만큼 작가란 직업을 항상 심각하게 생각해 왔다. 그녀는 작가의 사회적 책임감을 강조하면서 소설가의 가장 중요한 공헌은 우리가 스스로를 다른 사람이 보는 시각으로 볼 수 있게 해 준다는 점이라고 말한다.

특히 인간에게는 미개적 집단 행동으로 역행하려 하는 끊임없는 충동이 있어 인간이란 종족의 생존을 위협하는데, 레싱은 대중 운동과 집단 감정에 대처하기 위해서 우리는 집단 행동이 진화되어 나온 과정을 이해하는 법을 배워야 한다고 본다. 작가란 관찰하고 검토하는 그 습관 때문에 이러한 집단의 감정으로부터 자신을 분리시키기가 용이하며, 이런 독립적인 시각을 유지하는 작가군이 형성될 때 사회는 올바른 생존을 향해 나아갈 수 있다는 것이다. 그러나 그러한 작가가 들쳐 보이는 우리의 관습적 생각은 안이하며, 그러한 작가가 보여 주는 현실은 악몽과 같이 두려운 것이다. 그런 의미에서 레싱에게 주어진 '카산드라' 또는 '원시 종족사회에 있었던 주술적 무녀'라는 칭호가 참으로 적절한 것 같다.

작가 연보

1919년   지금의 이란에 있는 케르만샤에서 태어났다.

1925년   아프리카의 로디지아(지금의 짐바브웨)로 가족이 이주했다.

1938년   솔즈베리에서 전화 교환원으로 근무했다.

1939년   프랭크 위즈덤과 결혼했다.

1942년   공산당에 참여했다.

1943년   두 아이를 낳은 뒤 첫 남편과 이혼했다.

1945년   독일 피난민이며 동료 마르크시스트였던 고트프리트 안톤 레싱과 재혼했고, 같은 해에 아들 피터가 태어났다.

1949년   이혼한 뒤 영국으로 이주했다.

1950년   소설 『풀잎은 노래한다』가 출판됐다.

1951년   단편집 『이곳은 늙은 추장의 나라였다』가 출판됐다.

1952년   5부작『폭력의 아이들』의 1권인『마사 퀘스트』가 출판
         됐다.

1953년   단편집『다섯』이 출판됐다.

1954년   5부작『폭력의 아이들』의 2권에 해당하는『올바른 결
         혼』이 출판됐다. 단편집『다섯』으로 서머싯 몸상을 수
         상했다.

1956년   소설『순수로의 피정』이 출판됐다.

1957년   단편집『사랑하는 습관』, 자서전『집으로 돌아감』이 출
         판됐다.

1958년   『폭력의 아이들』의 3권인『폭풍의 파문』과 희곡『그들
         각자의 황야』가 출판됐다.

1959년   시집『14편의 시』가 출판됐다.

1960년   자서전『영국식 따르기』가 출판됐다.

1962년   소설『황금빛 노트북』과 희곡『호랑이가 있는 연극』이
         출판됐다.

1963년   단편집『한 남자와 두 여자』가 출판됐다.

1964년   단편집『아프리카 이야기』가 출판됐다.

1965년   5부작『폭력의 아이들』의 4권인『내륙』이 출판됐다.

1967년   자서전『특별히 고양이들에 대하여』가 출판됐다.

1969년   5부작『폭력의 아이들』의 5권인『사대문의 도시』가 출
         판됐다.

1971년   소설『지옥으로의 하강에 대한 브리핑』이 출판됐다.

1972년   단편집『잭 올크니의 유혹』이 출판됐다.

1973년   소설『어둠이 오기 전의 여름』이 출판됐다.

1975년	소설 『살아남은 자의 비망록』이 출판됐다.
1979년	메디치상을 수상했다.
1978년	단편집 『이야기들』이 출판됐다.
1979년	5부작 『아르고스의 카노프스』의 1권인 『5번 식민지 유성 쉬카스타에 대하여』가 출판됐다.
1980년	5부작 『아르고스의 카노프스』의 2권인 『3, 4, 5구역 사이의 결혼』이 출판됐다.
1981년	5부작 『아르고스의 카노프스』의 3권인 『시리안의 실험』이 출판됐다.
1982년	5부작 『아르고스의 카노프스』의 4권인 『8번 유성의 대표자 만들기』가 출판됐다. 오스트리아 정부가 주관하는 유럽문학상을 수상했다.
1983년	5부작 『아르고스의 카노프스』의 5권인 『볼얀 제국의 감상적인 조원에 관한 서류들』이 출판됐다.
1984년	소설 『제인 소머스의 일기』가 출판됐다.
1985년	소설 『선한 테러리스트』가 출판됐다.
1987년	에세이집 『우리가 갇혀 살기로 선택한 감옥들』, 『바람이 날려 버린 우리의 말』이 출판됐다.
1988년	소설 『다섯째 아이』가 출판됐다.
1990년	『영국식 따르기』가 연극으로 상연되었다.
1992년	단편 연작집 『런던 스케치』가 출판됐다.
1999년	『마라와 댄』이 출판됐다.
2000년	소설 『세상 속의 벤』이 출판됐다.
2001년	소설 『가장 달콤한 꿈』이 출판됐다.

2002년   단편집 『고양이에 대하여』가 출판됐다.

2003년   단편집 『할머니들』이 출판됐다.

2004년   에세이집 『시간이 깨문다』가 출판됐다.

2006년   소설 『장군 댄과 마라의 딸, 그리오와 백구에 대한 이
          야기』가 출판됐다.

2007년   소설 『클레프트』가 출판됐다. 노벨문학상을 수상했다.

2013년   94세를 일기로 런던 자택에서 사망했다.

세계문학전집 **27**

다섯째 아이

1판 1쇄 펴냄   1999년 6월 25일
1판 64쇄 펴냄   2024년 7월 31일

지은이   도리스 레싱
옮긴이   정덕애
발행인   박근섭, 박상준
펴낸곳   (주)민음사

출판등록   1966. 5. 19. (제 16-490호)
서울특별시 강남구 도산대로1길 62(신사동) 강남출판문화센터 5층 (우편번호 06027)
대표전화 02-515-2000   팩시밀리 02-515-2007
www.minumsa.com

한국어 판 ⓒ (주)민음사, 1999, 2021. Printed in Seoul, Korea

ISBN 978-89-374-6027-2 04800
ISBN 978-89-374-6000-5 (세트)

세계문학전집 목록

1·2 변신 이야기 오비디우스 · 이윤기 옮김 서울대 권장도서 100선

3 햄릿 셰익스피어 · 최종철 옮김 서울대 권장도서 100선 | 미국대학위원회 선정 SAT 추천도서

4 변신 · 시골의사 카프카 · 전영애 옮김 서울대 권장도서 100선

5 동물농장 오웰 · 도정일 옮김 미국대학위원회 선정 SAT 추천도서 | 《타임》 선정 현대 100대 영문소설

6 허클베리 핀의 모험 트웨인 · 김욱동 옮김 《뉴스위크》 선정 100대 명저

7 암흑의 핵심 콘래드 · 이상옥 옮김 미국대학위원회 선정 SAT 추천도서 | 《뉴스위크》 선정 10대 명저

8 토니오 크뢰거 · 트리스탄 · 베네치아에서의 죽음 토마스 만 · 안삼환 외 옮김 노벨 문학상 수상 작가

9 문학이란 무엇인가 사르트르 · 정명환 옮김

10 한국단편문학선 1 김동인 외 · 이남호 엮음 국립중앙도서관 선정 청소년 권장도서

11·12 인간의 굴레에서 서머싯 몸 · 송무 옮김

13 이반 데니소비치, 수용소의 하루 솔제니친 · 이영의 옮김 노벨 문학상 수상 작가

14 너새니얼 호손 단편선 호손 · 천승걸 옮김

15 나의 미카엘 오즈 · 최창모 옮김

16·17 중국신화전설 위앤커 · 전인초, 김선자 옮김

18 고리오 영감 발자크 · 박영근 옮김

19 파리대왕 골딩 · 유종호 옮김 노벨 문학상 수상 작가 | 《타임》 선정 현대 100대 영문소설

20 한국단편문학선 2 김동인 외 · 이남호 엮음

21·22 파우스트 괴테 · 정서웅 옮김 서울대 권장도서 100선 | 미국대학위원회 선정 SAT 추천도서

23·24 빌헬름 마이스터의 수업시대 괴테 · 안삼환 옮김

25 젊은 베르테르의 슬픔 괴테 · 박찬기 옮김 논술 및 수능에 출제된 책(1998~2005)

26 이피게니에 · 스텔라 괴테 · 박찬기 외 옮김

27 다섯째 아이 레싱 · 정덕애 옮김 노벨 문학상 수상 작가

28 삶의 한가운데 린저 · 박찬일 옮김

29 농담 쿤데라 · 방미경 옮김

30 야성의 부름 런던 · 권택영 옮김

31 아메리칸 제임스 · 최경도 옮김

32·33 양철북 그라스 · 장희창 옮김 노벨 문학상 수상 작가 | 서울대 권장도서 100선

34·35 백년의 고독 마르케스 · 조구호 옮김 노벨 문학상 수상 작가 | 서울대 권장도서 100선

36 마담 보바리 플로베르 · 김화영 옮김 서울대 권장도서 100선

37 거미여인의 키스 푸익 · 송병선 옮김

38 달과 6펜스 서머싯 몸 · 송무 옮김

39 폴란드의 풍차 지오노 · 박인철 옮김

40·41 독일어 시간 렌츠 · 정서웅 옮김

42 말테의 수기 릴케 · 문현미 옮김

43 고도를 기다리며 베케트 · 오증자 옮김 노벨 문학상 수상 작가 | 서울대 권장도서 100선

44 데미안 헤세 · 전영애 옮김 노벨 문학상 수상 작가

45 젊은 예술가의 초상 조이스 · 이상옥 옮김 서울대 권장도서 100선

46 카탈로니아 찬가 오웰 · 정영목 옮김

47 호밀밭의 파수꾼 샐린저 · 정영목 옮김 《타임》 선정 현대 100대 영문소설 | 미국대학위원회 선정 SAT 추천도서 | 《뉴스위크》 선정 100대 명저 | BBC 선정 꼭 읽어야 할 책

48·49 파르마의 수도원 스탕달 · 원윤수, 임미경 옮김

50 수레바퀴 아래서 헤세 · 김이섭 옮김 노벨 문학상 수상 작가 | 국립중앙도서관 선정 청소년 권장도서

51·52 내 이름은 빨강 파묵 · 이난아 옮김 노벨 문학상 수상 작가

53 오셀로 셰익스피어 · 최종철 옮김 서울대 권장도서 100선

54 조서 르 클레지오 · 김윤진 옮김 노벨 문학상 수상 작가

55 모래의 여자 아베 코보 · 김난주 옮김

56·57 부덴브로크 가의 사람들 토마스 만 · 홍성광 옮김 노벨 문학상 수상 작가

58 싯다르타 헤세 · 박병덕 옮김 노벨 문학상 수상 작가

59·60 아들과 연인 로렌스 · 정상준 옮김 《뉴스위크》 선정 100대 명저

61 설국 가와바타 야스나리 · 유숙자 옮김 노벨 문학상 수상 작가 | 서울대 권장도서 100선

62 벨킨 이야기 · 스페이드 여왕 푸슈킨 · 최선 옮김

63·64 넙치 그라스 · 김재혁 옮김 노벨 문학상 수상 작가

65 소망 없는 불행 한트케 · 윤용호 옮김 노벨 문학상 수상 작가

66 나르치스와 골드문트 헤세 · 임홍배 옮김 노벨 문학상 수상 작가

67 황야의 이리 헤세 · 김누리 옮김 노벨 문학상 수상 작가

68 페테르부르크 이야기 고골 · 조주관 옮김

69 밤으로의 긴 여로 오닐 · 민승남 옮김 노벨 문학상 수상 작가 | 미국대학위원회 선정 SAT 추천도서

70 체호프 단편선 체호프 · 박현섭 옮김

71 버스 정류장 가오싱젠 · 오수경 옮김 노벨 문학상 수상 작가

72 구운몽 김만중 · 송성욱 옮김 서울대 권장도서 100선 | 국립중앙도서관 선정 청소년 권장도서

73 대머리 여가수 이오네스코 · 오세곤 옮김

74 이솝 우화집 이솝 · 유종호 옮김 논술 및 수능에 출제된 책(1998~2005)

75 위대한 개츠비 피츠제럴드 · 김욱동 옮김 《타임》 선정 현대 100대 영문소설

76 푸른 꽃 노발리스 · 김재혁 옮김

77 1984 오웰 · 정회성 옮김 《타임》 선정 현대 100대 영문소설 | 《뉴스위크》 선정 100대 명저

78·79 영혼의 집 아옌데 · 권미선 옮김

80 첫사랑 투르게네프 · 이항재 옮김

81 내가 죽어 누워 있을 때 포크너 · 김명주 옮김 노벨 문학상 수상 작가

82 런던 스케치 레싱 · 서숙 옮김 노벨 문학상 수상 작가

83 팡세 파스칼 · 이환 옮김

84 질투 로브그리예 · 박이문, 박희원 옮김

85·86 채털리 부인의 연인 로렌스 · 이인규 옮김

87 그 후 나쓰메 소세키 · 윤상인 옮김

88 오만과 편견 오스틴 · 윤지관, 전승희 옮김 미국대학위원회 선정 SAT 추천도서

89·90 부활 톨스토이 · 연진희 옮김 논술 및 수능에 출제된 책(1998~2005)

91 방드르디, 태평양의 끝 투르니에 · 김화영 옮김

92 미겔 스트리트 나이폴 · 이상옥 옮김 노벨 문학상 수상 작가

93 페드로 파라모 룰포 · 정창 옮김

94 차라투스트라는 이렇게 말했다 니체 · 장희창 옮김 국립중앙도서관 선정 청소년 권장도서

95·96 적과 흑 스탕달 · 이동렬 옮김 국립중앙도서관 선정 청소년 권장도서

97·98 콜레라 시대의 사랑 마르케스 · 송병선 옮김 노벨 문학상 수상 작가 | BBC 선정 꼭 읽어야 할 책

99 맥베스 셰익스피어 · 최종철 옮김 서울대 권장도서 100선 | 미국대학위원회 선정 SAT 추천도서

100 춘향전 작자 미상 · 송성욱 풀어 옮김 서울대 권장도서 100선

101 페르디두르케 곰브로비치 · 윤진 옮김

102 포르노그라피아 곰브로비치 · 임미경 옮김

103 인간 실격 다자이 오사무 · 김춘미 옮김

104 네루다의 우편배달부 스카르메타 · 우석균 옮김

105·106 이탈리아 기행 괴테·박찬기 외 옮김

107 나무 위의 남작 칼비노·이현경 옮김

108 달콤 쌉싸름한 초콜릿 에스키벨·권미선 옮김

109·110 제인 에어 C. 브론테·유종호 옮김 BBC 선정 꼭 읽어야 할 책

111 크눌프 헤세·이노은 옮김 노벨 문학상 수상 작가

112 시계태엽 오렌지 버지스·박시영 옮김 《타임》 선정 현대 100대 영문소설 | 《뉴스위크》 선정 100대 명저

113·114 파리의 노트르담 위고·정기수 옮김 미국대학위원회 선정 SAT 추천도서

115 새로운 인생 단테·박우수 옮김

116·117 로드 짐 콘래드·이상옥 옮김 《뉴스위크》 선정 100대 명저

118 폭풍의 언덕 E. 브론테·김종길 옮김 미국대학위원회 선정 SAT 추천도서

119 텔크테에서의 만남 그라스·안삼환 옮김 노벨 문학상 수상 작가

120 검찰관 고골·조주관 옮김

121 안개 우나무노·조민현 옮김

122 나사의 회전 제임스·최경도 옮김 미국대학위원회 선정 SAT 추천도서

123 피츠제럴드 단편선 1 피츠제럴드·김욱동 옮김

124 목화밭의 고독 속에서 콜테스·임수현 옮김

125 돼지꿈 황석영

126 라셀라스 존슨·이인규 옮김

127 리어 왕 셰익스피어·최종철 옮김 서울대 권장도서 100선 | 《뉴스위크》 선정 100대 명저

128·129 쿠오 바디스 시엔키에비츠·최성은 옮김 노벨 문학상 수상 작가

130 자기만의 방·3기니 울프·이미애 옮김

131 시르트의 바닷가 그라크·송진석 옮김

132 이성과 감성 오스틴·윤지관 옮김

133 바덴바덴에서의 여름 치프킨·이장욱 옮김

134 새로운 인생 파묵·이난아 옮김 노벨 문학상 수상 작가

135·136 무지개 로렌스·김정매 옮김

137 인생의 베일 서머싯 몸·황소연 옮김

138 보이지 않는 도시들 칼비노·이현경 옮김

139·140·141 연초 도매상 바스·이운경 옮김 《타임》 선정 현대 100대 영문소설

142·143 플로스 강의 물방앗간 엘리엇·한애경, 이봉지 옮김 미국대학위원회 선정 SAT 추천도서

144 연인 뒤라스·김인환 옮김

145·146 이름 없는 주드 하디·정종화 옮김

147 제49호 품목의 경매 핀천·김성곤 옮김 《타임》 선정 현대 100대 영문소설

148 성역 포크너·이진준 옮김 노벨 문학상 수상 작가 | 퓰리처상 수상 작가

149 무진기행 김승옥

150·151·152 신곡(지옥편·연옥편·천국편) 단테·박상진 옮김 《뉴스위크》 선정 100대 명저

153 구덩이 플라토노프·정보라 옮김

154·155·156 카라마조프가의 형제들 도스토옙스키·김연경 옮김

157 지상의 양식 지드·김화영 옮김 노벨 문학상 수상 작가

158 밤의 군대들 메일러·권택영 옮김 퓰리처상 수상 작가

159 주홍 글자 호손·김욱동 옮김 서울대 권장도서 100선 | 미국대학위원회 선정 SAT 추천도서

160 깊은 강 엔도 슈사쿠·유숙자 옮김

161 욕망이라는 이름의 전차 윌리엄스·김소임 옮김

162 마사 퀘스트 레싱·나영균 옮김 노벨 문학상 수상 작가

163·164 운명의 딸 아옌데·권미선 옮김

165 모렐의 발명 비오이 카사레스 · 송병선 옮김

166 삼국유사 일연 · 김원중 옮김 서울대 권장도서 100선

167 풀잎은 노래한다 레싱 · 이태동 옮김 노벨 문학상 수상 작가

168 파리의 우울 보들레르 · 윤영애 옮김

169 포스트맨은 벨을 두 번 울린다 케인 · 이만식 옮김

170 썩은 잎 마르케스 · 송병선 옮김 노벨 문학상 수상 작가

171 모든 것이 산산이 부서지다 아체베 · 조규형 옮김 《타임》 선정 현대 100대 영문소설

172 한여름 밤의 꿈 셰익스피어 · 최종철 옮김 미국대학위원회 선정 SAT 추천도서

173 로미오와 줄리엣 셰익스피어 · 최종철 옮김 미국대학위원회 선정 SAT 추천도서

174·175 분노의 포도 스타인벡 · 김승욱 옮김 노벨 문학상 수상 작가 | 《타임》 선정 현대 100대 영문소설

176·177 괴테와의 대화 에커만 · 장희창 옮김

178 그물을 헤치고 머독 · 유종호 옮김 《타임》 선정 현대 100대 영문소설

179 브람스를 좋아하세요... 사강 · 김남주 옮김

180 카타리나 블룸의 잃어버린 명예 하인리히 뵐 · 김연수 옮김 노벨 문학상 수상 작가

181·182 에덴의 동쪽 스타인벡 · 정회성 옮김 노벨 문학상 수상 작가

183 순수의 시대 워튼 · 송은주 옮김 《뉴스위크》 선정 100대 명저 | 퓰리처상 수상작

184 도둑 일기 주네 · 박형섭 옮김

185 나자 브르통 · 오생근 옮김

186·187 캐치-22 헬러 · 안정효 옮김 《타임》 선정 현대 100대 영문소설

188 숄로호프 단편선 숄로호프 · 이항재 옮김 노벨 문학상 수상 작가

189 말 사르트르 · 정명환 옮김

190·191 보이지 않는 인간 엘리슨 · 조영환 옮김 《타임》 선정 현대 100대 영문소설

192 왑샷 가문 연대기 치버 · 김승욱 옮김 퓰리처상 수상 작가

193 왑샷 가문 몰락기 치버 · 김승욱 옮김 퓰리처상 수상 작가

194 필립과 다른 사람들 노터봄 · 지명숙 옮김

195·196 하드리아누스 황제의 회상록 유르스나르 · 곽광수 옮김

197·198 소피의 선택 스타이런 · 한정아 옮김 퓰리처상 수상 작가

199 피츠제럴드 단편선 2 피츠제럴드 · 한은경 옮김

200 홍길동전 허균 · 김탁환 옮김

201 요술 부지깽이 쿠버 · 양윤희 옮김

202 북호텔 다비 · 원윤수 옮김

203 톰 소여의 모험 트웨인 · 김욱동 옮김

204 금오신화 김시습 · 이지하 옮김

205·206 테스 하디 · 정종화 옮김 미국대학위원회 선정 SAT 추천도서 | BBC 선정 꼭 읽어야 할 책

207 브루스터플레이스의 여자들 네일러 · 이소영 옮김

208 더 이상 평안은 없다 아체베 · 이소영 옮김

209 그렌지 코플랜드의 세 번째 인생 워커 · 김시현 옮김 퓰리처상 수상 작가

210 어느 시골 신부의 일기 베르나노스 · 정영란 옮김

211 타라스 불바 고골 · 조주관 옮김

212·213 위대한 유산 디킨스 · 이인규 옮김 서울대 권장도서 100선 | BBC 선정 꼭 읽어야 할 책

214 면도날 서머싯 몸 · 안진환 옮김

215·216 성채 크로닌 · 이은정 옮김

217 오이디푸스 왕 소포클레스 · 강대진 옮김 서울대 권장도서 100선

218 세일즈맨의 죽음 밀러 · 강유나 옮김

219·220·221 안나 카레니나 톨스토이 · 연진희 옮김 서울대 권장도서 100선

222 오스카 와일드 작품선 와일드·정영목 옮김

223 벨아미 모파상·송덕호 옮김

224 파스쿠알 두아르테 가족 호세 셀라·정동섭 옮김 노벨 문학상 수상 작가

225 시칠리아에서의 대화 비토리니·김운찬 옮김

226·227 길 위에서 케루악·이만식 옮김 《타임》 선정 현대 100대 영문소설 | 《뉴스위크》 선정 100대 명저

228 우리 시대의 영웅 레르몬토프·오정미 옮김

229 아우라 푸엔테스·송상기 옮김

230 클링조어의 마지막 여름 헤세·황승환 옮김 노벨 문학상 수상 작가

231 리스본의 겨울 무뇨스 몰리나·나송주 옮김

232 뻐꾸기 둥지 위로 날아간 새 키지·정회성 옮김 《타임》 선정 현대 100대 영문소설

233 페널티킥 앞에 선 골키퍼의 불안 한트케·윤용호 옮김 노벨 문학상 수상 작가

234 참을 수 없는 존재의 가벼움 쿤데라·이재룡 옮김

235·236 바다여, 바다여 머독·최옥영 옮김

237 한 줌의 먼지 에벌린 워·안진환 옮김 《타임》 선정 현대 100대 영문소설

238 뜨거운 양철 지붕 위의 고양이·유리 동물원 윌리엄스·김소임 옮김 퓰리처상 수상작

239 지하로부터의 수기 도스토옙스키·김연경 옮김

240 키메라 바스·이운경 옮김

241 반쪼가리 자작 칼비노·이현경 옮김

242 벌집 호세 셀라·남진희 옮김 노벨 문학상 수상 작가

243 불멸 쿤데라·김병욱 옮김

244·245 파우스트 박사 토마스 만·임홍배, 박병덕 옮김 노벨 문학상 수상 작가

246 사랑할 때와 죽을 때 레마르크·장희창 옮김

247 누가 버지니아 울프를 두려워하랴? 올비·강유나 옮김

248 인형의 집 입센·안미란 옮김

249 위폐범들 지드·원윤수 옮김 노벨 문학상 수상 작가

250 무정 이광수·정영훈 책임 편집 서울대 권장도서 100선

251·252 의지와 운명 푸엔테스·김현철 옮김

253 폭력적인 삶 파솔리니·이승수 옮김

254 거장과 마르가리타 불가코프·정보라 옮김

255·256 경이로운 도시 멘도사·김현철 옮김

257 야콥을 둘러싼 추측들 욘존·손대영 옮김

258 왕자와 거지 트웨인·김욱동 옮김

259 존재하지 않는 기사 칼비노·이현경 옮김

260·261 눈먼 암살자 애트우드·차은정 옮김 《타임》 선정 현대 100대 영문소설

262 베니스의 상인 셰익스피어·최종철 옮김

263 말리나 바흐만·남정애 옮김

264 사볼타 사건의 진실 멘도사·권미선 옮김

265 뒤렌마트 희곡선 뒤렌마트·김혜숙 옮김

266 이방인 카뮈·김화영 옮김 노벨 문학상 수상 작가 | 미국대학위원회 선정 SAT 추천도서

267 페스트 카뮈·김화영 옮김 노벨 문학상 수상 작가 | 국립중앙도서관 선정 청소년 권장도서

268 검은 튤립 뒤마·송진석 옮김

269·270 베를린 알렉산더 광장 되블린·김재혁 옮김

271 하얀 성 파묵·이난아 옮김 노벨 문학상 수상 작가

272 푸슈킨 선집 푸슈킨·최선 옮김

273·274 유리알 유희 헤세·이영임 옮김 노벨 문학상 수상 작가

275 픽션들 보르헤스·송병선 옮김 서울대 권장도서 100선

276 신의 화살 아체베·이소영 옮김

277 빌헬름 텔·간계와 사랑 실러·홍성광 옮김

278 노인과 바다 헤밍웨이·김욱동 옮김 노벨 문학상 수상 작가 | 퓰리처상 수상작

279 무기여 잘 있어라 헤밍웨이·김욱동 옮김 미국대학위원회 선정 SAT 추천도서

280 태양은 다시 떠오른다 헤밍웨이·김욱동 옮김 《타임》 선정 현대 100대 영문 소설

281 알레프 보르헤스·송병선 옮김

282 일곱 박공의 집 호손·정소영 옮김

283 에마 오스틴·윤지관, 김영희 옮김

284·285 죄와 벌 도스토옙스키·김연경 옮김 미국대학위원회 선정 SAT 추천도서

286 시련 밀러·최영 옮김

287 모두가 나의 아들 밀러·최영 옮김

288·289 누구를 위하여 종은 울리나 헤밍웨이·김욱동 옮김 노벨 문학상 수상 작가

290 구르브 연락 없다 멘도사·정창 옮김

291·292·293 데카메론 보카치오·박상진 옮김

294 나누어진 하늘 볼프·전영애 옮김

295·296 제브데트 씨와 아들들 파묵·이난아 옮김 노벨 문학상 수상 작가

297·298 여인의 초상 제임스·최경도 옮김 미국대학위원회 선정 SAT 추천도서

299 압살롬, 압살롬! 포크너·이태동 옮김 노벨 문학상 수상 작가

300 이상 소설 전집 이상·권영민 책임 편집

301·302·303·304·305 레 미제라블 위고·정기수 옮김

306 관객모독 한트케·윤용호 옮김 노벨 문학상 수상 작가

307 더블린 사람들 조이스·이종일 옮김

308 에드거 앨런 포 단편선 앨런 포·전승희 옮김 미국대학위원회 선정 SAT 추천도서

309 보이체크·당통의 죽음 뷔히너·홍성광 옮김

310 노르웨이의 숲 무라카미 하루키·양억관 옮김

311 운명론자 자크와 그의 주인 디드로·김희영 옮김

312·313 헤밍웨이 단편선 헤밍웨이·김욱동 옮김 노벨 문학상 수상 작가

314 피라미드 골딩·안지현 옮김 노벨 문학상 수상 작가

315 닫힌 방·악마와 선한 신 사르트르·지영래 옮김

316 등대로 울프·이미애 옮김 《타임》 선정 현대 100대 영문소설 | 《뉴스위크》 선정 100대 명저

317·318 한국 희곡선 송영 외·양승국 엮음

319 여자의 일생 모파상·이동렬 옮김

320 의식 노터봄·김영중 옮김

321 육체의 악마 라디게·원윤수 옮김

322·323 감정 교육 플로베르·지영화 옮김

324 불타는 평원 룰포·정창 옮김

325 위대한 몬느 알랭푸르니에·박영근 옮김

326 라쇼몬 아쿠타가와 류노스케·서은혜 옮김

327 반바지 당나귀 보스코·정영란 옮김

328 정복자들 말로·최윤주 옮김

329·330 우리 동네 아이들 마흐푸즈·배혜경 옮김 노벨 문학상 수상 작가

331·332 개선문 레마르크·장희창 옮김

333 사바나의 개미 언덕 아체베·이소영 옮김

334 게걸음으로 그라스·장희창 옮김 노벨 문학상 수상 작가

335 코스모스 곰브로비치 · 최성은 옮김

336 좁은 문 · 전원교향곡 · 배덕자 지드 · 동성식 옮김 노벨 문학상 수상 작가

337·338 암 병동 솔제니친 · 이영의 옮김 노벨 문학상 수상 작가

339 피의 꽃잎들 응구기 와 시옹오 · 왕은철 옮김

340 운명 케르테스 · 유진일 옮김 노벨 문학상 수상 작가

341·342 벌거벗은 자와 죽은 자 메일러 · 이운경 옮김 퓰리처상 수상 작가

343 시지프 신화 카뮈 · 김화영 옮김 노벨 문학상 수상 작가

344 뇌우 차오위 · 오수경 옮김

345 모옌 중단편선 모옌 · 심규호, 유소영 옮김 노벨 문학상 수상 작가

346 일야서 한사오궁 · 심규호, 유소영 옮김

347 상속자들 골딩 · 안지현 옮김 노벨 문학상 수상 작가

348 설득 오스틴 · 전승희 옮김

349 히로시마 내 사랑 뒤라스 · 방미경 옮김

350 오 헨리 단편선 오 헨리 · 김희용 옮김

351·352 올리버 트위스트 디킨스 · 이인규 옮김

353·354·355·356 전쟁과 평화 톨스토이 · 연진희 옮김

357 다시 찾은 브라이즈헤드 에벌린 워 · 백지민 옮김

358 아무도 대령에게 편지하지 않다 마르케스 · 송병선 옮김

359 사양 다자이 오사무 · 유숙자 옮김

360 좌절 케르테스 · 한경민 옮김 노벨 문학상 수상 작가

361·362 닥터 지바고 파스테르나크 · 김연경 옮김 노벨 문학상 수상 작가

363 노생거 사원 오스틴 · 윤지관 옮김

364 개구리 모옌 · 심규호, 유소영 옮김 노벨 문학상 수상 작가

365 마왕 투르니에 · 이원복 옮김 공쿠르상 수상 작가

366 맨스필드 파크 오스틴 · 김영희 옮김

367 이선 프롬 이디스 워튼 · 김욱동 옮김 퓰리처상 수상 작가

368 여름 이디스 워튼 · 김욱동 옮김 퓰리처상 수상 작가

369·370·371 나는 고백한다 자우메 카브레 · 권가람 옮김

372·373·374 태엽 감는 새 연대기 무라카미 하루키 · 김난주 옮김

375·376 대사들 제임스 · 정소영 옮김

377 족장의 가을 마르케스 · 송병선 옮김 노벨 문학상 수상 작가

378 핏빛 자오선 매카시 · 김시현 옮김

379 모두 다 예쁜 말들 매카시 · 김시현 옮김

380 국경을 넘어 매카시 · 김시현 옮김

381 평원의 도시들 매카시 · 김시현 옮김

382 만년 다자이 오사무 · 유숙자 옮김

383 반항하는 인간 카뮈 · 김화영 옮김 노벨 문학상 수상 작가

384·385·386 악령 도스토옙스키 · 김연경 옮김

387 태평양을 막는 제방 뒤라스 · 윤진 옮김

388 남아 있는 나날 가즈오 이시구로 · 송은경 옮김

389 앙리 브륄라르의 생애 스탕달 · 원윤수 옮김

390 찻집 라오서 · 오수경 옮김

391 태어나지 않은 아이를 위한 기도 케르테스 · 이상동 옮김 노벨 문학상 수상 작가

392·393 서머싯 몸 단편선 서머싯 몸 · 황소연 옮김

394 케이크와 맥주 서머싯 몸 · 황소연 옮김

395 월든 소로·정회성 옮김

396 모래 사나이 E. T. A. 호프만·신동화 옮김

397·398 검은 책 오르한 파묵·이난아 옮김 노벨 문학상 수상 작가

399 방랑자들 올가 토카르추크·최성은 옮김 노벨 문학상 수상 작가

400 시여, 침을 뱉어라 김수영·이영준 엮음

401·402 환락의 집 이디스 워튼·전승희 옮김

403 달려라 메로스 다자이 오사무·유숙자 옮김

404 아버지와 자식 투르게네프·연진희 옮김

405 청부 살인자의 성모 바예호·송병선 옮김

406 세피아빛 초상 아옌데·조영실 옮김

407·408·409·410 사기 열전 사마천·김원중 옮김 서울대 권장도서 100선

411 이상 시 전집 이상·권영민 책임 편집

412 어둠 속의 사건 발자크·이동렬 옮김

413 태평천하 채만식·권영민 책임 편집

414·415 노스트로모 콘래드·이미애 옮김

416·417 제르미날 졸라·강충권 옮김

418 명인 가와바타 야스나리·유숙자 옮김 노벨 문학상 수상 작가

419 핀처 마틴 골딩·백지민 옮김 노벨 문학상 수상 작가

420 사라진·샤베르 대령 발자크·선영아 옮김

421 빅 서 케루악·김재성 옮김

422 코뿔소 이오네스코·박형섭 옮김

423 블랙박스 오즈·윤성덕, 김영화 옮김

424·425 고양이 눈 애트우드·차은정 옮김

426·427 도둑 신부 애트우드·이은선 옮김

428 슈니츨러 작품선 슈니츨러·신동화 옮김

429·430 세계의 끝과 하드보일드 원더랜드 무라카미 하루키·김난주 옮김

431 멜랑콜리아 I-II 욘 포세·손화수 옮김 노벨 문학상 수상 작가

432 도적들 실러·홍성광 옮김

433 예브게니 오네긴·대위의 딸 푸시킨·최선 옮김

434·435 초대받은 여자 보부아르·강초롱 옮김

436·437 미들마치 엘리엇·이미애 옮김

438 이반 일리치의 죽음 톨스토이·김연경 옮김

439·440 캔터베리 이야기 초서·이동일, 이동춘 옮김

441·442 아소무아르 졸라·윤진 옮김

443 가난한 사람들 도스토옙스키·이항재 옮김

444·445 마차오 사전 한사오궁·심규호, 유소영 옮김

세계문학전집은 계속 간행됩니다.